발목 깊이의 바다

* 이 도서의 국립중앙도서관 출판예정도서목록(CIP)은 서지정보유통지원시스템
　홈페이지(http://seoji.nl.go.kr)와 국가자료공동목록시스템(http://www.nl.go.kr/kolisnet)에서
　이용하실 수 있습니다. (CIP제어번호: CIP2020004462)

최민우
장편소설

발목 깊이의 바다

은행나무

차례

프롤로그

우리는 개를 데려온 여자가 카페를 떠난 뒤에도 한동안 야외 테라스에 앉아 시간을 보냈다. 비는 30분 전에 그쳤고, 사람들은 접은 우산을 흔들며 인도를 지나갔다.

여자가 놓고 간 플라스틱 케이지에서 닥스훈트가 하품을 했다. 개에 대해서는 잘 몰랐지만 닥스훈트가 까불거리는 견종이라는 사실 정도는 알았다. 하지만 케이지 철망 안쪽에 녹아내릴 듯 늘어져 있는 흑갈색 네발 생물은 지나치게 차분해서 마치 뒤늦게 철이 든 삼촌 같았다.

납치 아니에요. 여자는 떠나기 전에 한 번 더 확인했다. 그녀의 주장에 따르면 중학생 딸이 영어 학원을 마치고 집으로 가는데 개가 먼저 다가왔다는 것이었다. 딸은 가방에 비상식량으로 챙겨뒀던 간식용 소시지를 먹이고 개를 안아서 집으로 데려갔다. 지금은 학원도 빠지고 침대에 엎드려 계속 울고만 있다고 했다.

여자는 우리가 찾아오지만 않았어도 이 아이, 카일리와 계속 같이 지낼 생각이었다고 했다. 솔직히 둘만 사는 집에 개 한 마리 있으면 위로가 되니까요. 통하는 데도 많고. 좋은 데서 잘 자란 아이라고 내심 짐작은 했어요. 털 관리 된 걸 봐도 그렇고. 자존심도 있고. 하지만 일이 이렇게 됐으니까요. 좋은 건 원래 오래 머물지 않잖아요. 여자가 거칠고 통통한 손을 가볍게 흔들었다. 안녕. 가서도 잘 지내.

개는 고개를 처박은 채 눈길 한 번 주지 않았다.

노아는 의뢰인 측 대리인과 전화로 협상을 진행하는 중이었다. 전직 고등법원 판사인 늙은 변호사로, 전관답게 고압적이고 늙은이답게 꼬장꼬장했다. 사무실에서 노아와 상담하는 동안 이건은 비밀이라며 한참 윽박을 지르다가 선대 회장님과의 인연이 아무리 깊다 한들 이 나이에 이런 어처구니없는 일에 휘말리는 마음을 누가 이해하겠냐고 탄식했는데, 지금은 협상은 무슨 얼어죽을 협상이냐며 고래고래 소리를 지르는 중이었다. 노아가 전화기에서 귀를 슬쩍 떼고 내게 쓴웃음을 지었다. 휴대폰 내장 스피커에서 고함 소리가 희미하게 새어나왔다. 빌딩 사이로 저무는 해에서 번져나온 불그스름한 빛이 노아의 둥글고 매끈한 정수리와 깡마른 손등에 내려앉았다.

"천천히 출발하죠."

노아가 전화를 끊고 말했다.

"저희 조건이 이행되면 연락을 주겠답니다. 견주께서도 진정제 약효가 덜 빠지신 모양이고요. 멀쩡한 정신으로 카일리를 마중하고 싶으신가보네요."

노아가 커피를 홀짝였다. 닥스훈트가 하품을 하고 앞발로 귀를 긁었다.

당시 나는 그의 '파트너'로 막 일을 시작한 참이었고, 노아가 개를 어떻게 찾았는지 전혀 짐작이 가지 않았다. 잃어버린 개를 찾기란 어렵다. 인식표도 달려 있지 않은 조그만 흑갈색 개가 한밤중에 사람 눈을 피해 밖으로 나가 어둠 속으로 사라졌다는 사실을 적어도 예닐곱 시간이 지난 뒤에야 알아차리게 된다면 더 그렇다. 그쯤 되면 필요한 건 기적과 요행이다. 개장수의 손아귀에 떨어지거나 강아지 공장에 갇혀 있지만 않길 바라게 된다. 하지만 노아는 자기 책상 서랍에서 연필을 꺼내듯 손쉽게 개를 찾아냈고, 우리는 전날 밤 모녀가 사는 비좁은 반지하방을 방문하여 오랫동안 대화를 나눴다.

물론 **요령**을 배우기는 했다. 노아의 설명에 따르면 중요한 것은 필연적으로 다른 것들을 끌어들이게 되어 있다는 것이었다. 공중에 펼친 천에 묵직한 쇠공을 올려놓은 모습을 상상해보라고 노아는 말했다. 쇠공이 놓인 부분이 아래로 내려앉으면서 공을 중심으로 하는 경사가 생기고, 쇠공 주변의 다른 작은 공들이 경사를 따라 중심을 향해 굴러가는 광경을 떠올려보라고도 했다. 그게 **중력**의 원리죠. 노아가 설명했다. 우주는 넓은 천이고, 별들은 중력에 의해 움직입니다. 우리는 우주의 일부이고요. 그러니 우주의 법칙을 따르면 됩니다. 경사를 따라가면 돼요. 그러면 자연스럽게 문제의 핵심에 다다를 수 있죠.

배우고 나니 더 혼란스러워지는 요령이었다.

30분쯤 뒤 노아의 휴대폰이 진동했다. 그가 문자를 확인하고 정수리를 쓰다듬었다.

"잘 처리됐습니다. 슬슬 가보죠. 일 끝나고 저녁 같이 먹을까요? 인도 카레가 기막힌 데가 있어요. 저번에 갔을 때……."

"싫어."

내가 한 말이 아니었다.

우리는 거의 동시에 케이지를 쳐다보았다. 흰 양말에 슬리퍼를 신고 테라스 옆을 지나가던 여중생들이 까르르 웃었다.

"방금 뭐라고 했나요, 카일리?"

노아가 부드럽게 말했다. 케이지에서 다시 목소리가 나왔다.

"안 가. 싫어."

"그러면 약속은 없던 일이 됩니다. 그래도 괜찮은가요?"

"싫어."

"연희 학생이 불행해지는 거죠. 카일리에게 소시지도 줬는데."

케이지에서는 대답이 없었다.

전날 밤에도 개는 이렇게 고집스러웠다. 대화 내내.

엄밀히 따지면 케이지 속 생물이 정말로 사람처럼 말한다고 보기는 어려웠다. 그보다는 헉헉대는 숨소리와 낑낑거리는 신음 소리, 낮은 으르렁댐 중간에 짧은 단어를 불쑥불쑥 내뱉는 쪽에 더 가까웠다. 발음도 불분명했고 첫소리도 섞여서 신경 써서

듣지 않으면 못 알아챌 수도 있었다. 그러나 그 **사람 소리**는 정확한 타이밍과 올바른 맥락에서 나왔고, 변호사가 보여준 동영상 속에서 견주는 개가 질문에 대답을 할 때마다 손뼉을 치면서 광적으로 기뻐했으며, 개가 달아나자 모든 회의와 일정을 취소하고 식음을 전폐하여 드러누웠다. 낙하산처럼 내려와 로켓처럼 승진한 재벌가의 딸다웠다. 규모가 있는 기업인 만큼 대표가 없다고 회사 운영에 당장 차질이 생기지는 않았지만 그렇다고 계속 그런 상태로 놓아둘 수도 없는 일이었다.

"약속은 카일리가 돌아가야 전부 지켜집니다. 잊으면 안 돼요."

노아가 부드럽게, 동시에 단호하고 엄격하게 확인했다. 개에게 응당 그래야 하듯.

개는 대꾸하지 않았다.

우리는 노아의 은색 세단을 타고 견주의 저택으로 향했다. 나는 조수석에 앉아 케이지를 무릎에 올려놓았다. 러시아워가 시작된 탓에 차는 가다 서다를 반복했다. 라디오 뉴스에서 25년 동안 도피 생활을 하던 강도가 임종 직전에 죄를 고백했다는 소식이 나왔다. 억울하게 죄를 뒤집어쓰고 수감 생활을 했던 사람의 유족들이 국가를 상대로 소송을 진행하겠다고 밝혔다. 노아가 라디오 채널을 돌렸다. 3587님의 신청곡입니다. 엘가의 '수수께끼 변주곡' 9번 〈님로드〉. 레너드 번스타인 지휘, BBC 심포니 오케스트라 연주입니다. DJ의 멘트가 끝나자 층층이 쌓인 현악이 짙고 달콤한 선율을 노래하기 시작했다.

"안 가. 싫어."

카일리가 말했다.

"압니다."

노아가 대답했다.

"말 시켜. 잠 못 자. '산채' 못 나가. 사람들이 많이 봐."

"'산책'을 못 나가면 힘들겠지요."

"싫어. 말. 개, 아니야. 개, 말 아니야."

케이지가 들썩였다. 잠시 뒤 카일리가 다시 입을 열었다.

"개, 말하면 안 돼. '운제'야."

"네. '문제'지요. 저도 그렇게 생각합니다. 확실히 문제지요."

수수께끼 변주곡이 끝났다. 양화대교를 건너자 정체가 조금 풀렸다.

"안 가. 싫어."

카일리가 또 고집을 부렸다.

"하지만 연희 학생은 좋지요."

"소시지."

"연희 학생에게는 멀리 따로 사는 아버지가 있고요. 술만 마시면 찾아와서 어머니를 때리고 연희 학생을 괴롭히죠. 카일리가 제게 그렇게 말해줬지요."

"죽어."

"카일리가 집으로 돌아가면, 카일리의 소원대로 아무도 연희 학생을 괴롭히지 않을 겁니다. 그게 어제 우리가 한 약속이었죠?"

개의 입에서 '켕보'처럼 들리는 소리가 났다. 노아가 빙긋 웃었다.

"그래요. 연희 학생이 행복해집니다."

"소시지."

카일리의 목소리가 아련해졌다.

"돈도 지불됐습니다. 방금 확인했어요. 카일리를 보호해줘서 고맙다고 카일리의 주인이 돈을 줬어요. 그 돈으로 연희 학생이 공부를 할 수 있고, 소시지를 많이 살 수 있어요."

"같이 못 먹어."

"다른 사람들이 카일리에게 소시지를 잔뜩 갖다줄 거예요."

"안 먹어."

개가 철망에 코를 바짝 대고 나를 올려다보았다. 내가 있다는 사실을 그제야 알아차린 양, 젖은 눈이 냇가의 자갈처럼 반짝였다.

"말, 개, 행복, 아니야."

카일리가 결론을 내렸다.

"다시, 말 안 해."

그러고는 가는 내내 입을 꾹 다물었다.

세단이 엔간한 중형차를 리어카처럼 보이게 만드는 조용한 주택가로 들어섰다. 견주의 저택은 주변에 비해서는 검소한 편으로, 헬기 착륙장이나 수영장이 들어설 정도로 크지는 않았다. 철조망 사이로 CCTV가 튀어나온 담장에 말라붙은 덩굴손이 매달려 있었다.

노아가 초인종을 누르는 동안 나는 케이지를 들고 뒤에 섰다.

잠시 후 두꺼운 철문이 열리면서 갈색 남방을 입은 덩치 큰 남자가 나타났다. 남자의 뒤에는 깡마른 중년 여자가 잔디에 깐 디딤돌을 밟고 서서 맛있는 걸 눈앞에 둔 아이처럼 혀를 날름거리고 있었다. 여자의 퀭한 얼굴에 경련에 가까운 미소가 넘실거렸다.

덩치 큰 남자가 말없이 케이지를 건네받고 안으로 들어갔다. 기쁨과 히스테리가 뒤섞인 목소리가 닫히는 문틈으로 새어나왔다.

"카일리! 엄마한테 인사해야지! 인사! 인사아아!"

우리가 마지막으로 들은 건 개가 죽을힘을 다해 짖어대는 소리였다. 착각이나 오해의 여지가 전혀 없는, 순수한 동물의 절규.

돌아가는 동안 노아는 라디오를 틀지 않았다. 해는 완전히 저물었다. 비가 마르지 않은 고가도로 아래서 자동차들의 헤드라이트가 빛으로 만든 카펫처럼 반짝였다.

모녀가 살던 반지하방은 화장실과 부엌이 붙어 있었다. 중학생 소녀는 개를 껴안은 채 적의에 찬 눈길로 우리를 노려보았다. 개도 소녀에게 꼭 달라붙어 있었다. 어머니는 하룻밤만 여유를 줬으면 좋겠다고, 카일리와 작별인사를 할 시간이 필요하다고 부탁했다.

노아가 소녀에게 말했다. 네가 오늘 밤에 카일리를 놓아줄 수 있다는 걸 안단다. 도망치게 해줄 수도 있겠지. 하지만 이건 알아두렴. 네가 그렇게 하면 카일리는 살아남을 수 없어. 다른 사람들은 카일리를 그냥 놔두지 않을 테니까. 널 만난 건 카일리에게는 큰 행운이었다고 생각해. 하지만 원래 주인에게 돌아가는 것이 카일리를 위해서는 가장 좋은 일이야. 널 믿겠다. 너도 날 믿어줬으면 좋겠고.

소녀는 여전히 화난 표정으로 고개를 저었다. 노아가 계속 말했다. 세상에는 여기 이곳에 있으면 안 되는 존재가 있어. 하지만 있게 된 이상 함부로 없앨 수는 없지. 그렇다면 그 존재를 가장 안전한 곳에 데려다놓는 게 좋아. 그렇지 않으면 많은 사람들이 해를 입을 수 있단다.

카일리는 그냥 개일 뿐이에요. 소녀가 입을 열었다. 봐요. 이렇게 조그만데.

폭탄도 그래. 조그맣지. 노아가 말했다.

"카일리 말인데요."

내가 말문을 열었다.

"이제 어떻게 될까요?"

"어떻게 되다니요?"

"그러게요, 왜 이런 걸 묻는지 저도 잘 모르겠네요."

"신경 쓰이십니까?"

"아닙니다. 일은 일이죠."

"신경이 쓰였으면 좋겠습니다."

노아가 운전대를 꺾었다.

"많이들 그러죠. 일은 일이라고. 협회원 중에도 그런 말 하는 사람이 있고요. 하지만 제 생각은 다릅니다. 일은 그저 일이 아니죠. 우리는 인간의 일도 아니고 유령의 일도 아닌 것을 다룹니다. 그래서 저는 우리가 가능한 한 좋은 사람이어야 한다고 생각해요. 그렇지 않으면 아무것도 해내지도, 이해하지도 못할 겁니다."

나는 대꾸하지 않았다. 지금쯤 늙은 변호사는 이를 갈고 있을 것이다. 견주도 진정제 약효가 떨어지면 이를 갈게 될 것이다. 연희 학생의 아버지도 이를 갈 것이다. 노아가 카페에서 받은 문자에는 두려움에 질려 울먹이는 얼굴로 무릎을 꿇은 채 각서를 들고 있는 연희 학생 아버지의 사진이 첨부되어 있었다. 다시는 아내와 딸에게 접근하지 않겠다는 각서. 전문가들이 어련히 알아서 처리했을 것이겠지만 어쨌거나 이건 엄연한 범죄였고, 따라서 의뢰인 입장에서는 그런 일까지 해야 하는 게 내키지 않았을 것이며, 의뢰비 외에 추가 비용을 지출하는 것도 무척이나 짜증이 났겠지만, 노아는 자신이 제시한 조건이 이행되지 않을 경우 카일리의 숨통을 끊어버리겠다고 했다.

특유의 느긋한 말투로, 카일리가 듣는 앞에서.

그게 진심이었을지 궁금했다. 노아가 해구에 가라앉은 잠수함처럼 종적을 감추고 난 후, 조그만 주먹이 사무실을 노크할 때까지, 가끔.

'사단법인 도서정리협회'는 전국에 열아홉 곳의 지부를 두고 있다. 나와 노아가 일하던 지부 사무실은 버스 종점에 위치한 적당히 낡은 3층짜리 상가 건물 3층이었다. 창문에 셀로판지를 오려 붙인 협회 이름은 밥상 위의 나물 반찬처럼 도시의 풍경에 잘 녹아들었다.

우리는 수수께끼를 다뤘다. 그게 우리가 하는 일이었다. 세계는 비유이자 실재이고, 수수께끼는 그 사이의 틈에서 발생한다.

1년 내내 하루도 빠짐없이 비가 내리는 산골 마을에서 일어난 가뭄, 새로 펼칠 때마다 내용이 바뀌는 소설책, 겨드랑이에 날개가 달린 아기.

하지만 사실 그런 수수께끼들은 중요하지 않다. 물론 이상하면서도 중요한 일이 없지는 않다. 예를 들어 상자에 갇힌 채 죽음과 삶의 중간에 놓여 있는 고양이는 이상하면서도 중요하다. 거기에는 우주의 진리가 있으니까. 하지만 대개의 수수께끼는 삶과 무관하다. 막다른 골목에서 난데없이 사람이 나타날 때가 있다. 어제 현관에 놓아둔 빨간색 우산이 아침에는 검정색으로 바뀌어 있기도 하다. 사람들은 그런 상황에 맞닥뜨리면 잠시 당혹스러워하지만 이내 웅덩이를 뛰어넘듯 대수롭지 않게 지나친다. 못 보거나 못 본 척한다. 중요하지 않으니까. 그런 수수께끼는 풀지 않아도 상관없으니. 하지만 우리는 그런 걸 지나칠 수 없다. 우리에겐 그게 중요하니. 노아는 가끔 말하곤 했다. 중요하지 않은 것이 중요한 거죠. 그는 그 중요하지 않은 것들은 화분 아래 감춰둔 열쇠처럼 언젠가 발견되기를, 이해받을 날을 조용히 기다리고 있다고 했다.

하지만 지금 여기서 내가 말하려는 건 수수께끼가 아니다. 어떤 의미에서는 수수께끼이지만, 본질적으로는 아니다. 마을에 대해서도, 소설책에 대해서도, 아기에 대해서도 아니다. 한 소년에 대해서다. 내게도 이해는 필요하니까.

〈루머의 루머〉

'이유 없이' 사라진 사람들? (200*. 11. 21. 통권 104호)

752건의 「대실종」······ 경찰은 사건 사이의 연관성이나 특이성은 없다고 밝혀

'설사 가출을 한다고 쳐요. 그럼 준비라도 해야 할 거 아니에요. 약간이라도 계획을 세워야 하잖아요. 하다못해 가방이라도 들고 나가야죠. 체육복에 슬리퍼 끌고 편의점에 가다가 갑자기 무슨 가출을 해요. 말이 안 되잖아요.'(「대실종」에 달린 실종자 가족의 댓글)

때 이른 더위가 기승을 부리던 6월 10일 저녁, 휴대폰 대리점 점장 B(45. 남)씨는 담배를 사러 나갔다가 그대로 소식이 끊겼다. 집에서 입는 체육복에 낡은 슬리퍼 차림이었고, 휴대폰도 그대로 둔 채였다. 이틀 뒤 가족들은 경찰에 실종 신고를 했다. 가족들의 주장에 따르면 경찰에서는 B씨의 실종을 대수롭지 않게 여겼다고 한다. 단순 가출일 가능성이 크니 일단 조금 더 기다려보라는 말만 반복하더라는 것이다. 가족들은 경찰이 늑장을 부리는 바람에 때를 놓쳤다고 생각한다. 목격자를 확보하지 못하고 CCTV 기록도 삭제되면서 행방을 확인할 수 있는 단서가 완전히 사라졌다는 것이다. 경찰은 초동 수사가 미흡했다는 점은 인정했지만 사건 자체에 특별한 범죄 혐의점이 없었다고 설명했다. 단순 가출일 가능성에 더 무게를 둘 수밖에 없었다는 것이었다. "아무 이유가 없었습니다." 익명을 요구한 경찰 관계자가 말했다. "그건 가족들도 인정했어요. 자살이나 가출을 할 특별한 정황이나 동기가 없었다는 점 말입니다. 해당 시기에 비슷한 인상착의를 가진 사람이 사고를 당했거나 변사체로 발견되었다는 신고도 접수되지 않았습니다. 그럼 어쩔 수 없이 우선순위에서 밀려날 수밖에 없어요."

문제는 이 '아무 이유'가 없는데 자취를 감춘 사람들이 놀랄 만큼 많다는 데 있다. 연령대와 직업은 다양하지만 실종자들에게는 몇 가지 공통점이 있다. 실종된 시기가 6월과 9월 사이에 걸쳐 있고, 돌연히 자취를 감췄으며, 모두 지금까지 행방이 묘연하다.

7월 12일에 실종된 A(27. 여)씨의 경우는 마치 미스터리 소설의 도입부 같다. A씨는 본인이 근무하던 화장품 회사 건물 안에서 사라졌다. 직장 동료들은 A씨가 화장실에 다녀오겠다며 자리를 비운 뒤 돌아오지 않았다고 증언했다. 회사 측이 경찰에 제공한 CCTV 영상에는 A씨가 화장실에 들어가는 모습은 찍혀 있었지만 나오는 모습은 찍혀 있지 않았다. 사무실 책상에는 휴대폰과 가방뿐 아니라 입고 있던 재킷까지 그대로 남아 있었다. 경찰은 납치를 비롯한 범죄나 사고 가능성도 염두에 두고 조사를 했지만 성과는 없었다. 말 그대로 연기처럼 사라져버린 것이다.

중소기업 직원 G씨(39,남)의 실종을 둘러싼 정황도 기묘하기는 마찬가지이다. G씨의 동료는 그가 자재 창고 문을 열고 들어가는 것을 목격한 직후 그를 따라 창고 안으로 들어갔다. 그러나 창고 안에 G씨는 없었다. 창고로 들어가는 입구는 그 문 하나뿐이었다. G씨가 창고 밖으로 나오지 않았다는 사실 역시 CCTV 확인 결과 드러났다. G씨와 A씨 모두 별다른 문제가 없었다는 것이 그들을 아는 이들의 공통된 증언이다. 직장에서의 평가 또한 우수했고 대인관계나 금전 문제 또한 없었다. A씨는 결혼을 앞두고 있었고, G씨는 막 팀장으로 승진한 참이었다.

이 '이유 없이 기묘한' 실종에 대한 글이 한 달 전 인터넷에서 논쟁을 불러일으켰다. 디지털카메라 커뮤니티 자유게시판에 'great_missing'이라는 아이디를 쓰는 이용자가 작성한 「여름의 대실종: 사라진 사람들」(이하 「대실종」)이라는 글이다. 'great_missing'의 주장에 따르면 6월 10일 실종된 B씨는 그해 여름에 벌어졌던 설명할 수 없는 실종 사건의 첫 번째 희생자였다. 마지막 실종 사건은 약 100일 뒤인 9월 17일에 일어났다. 작성자는 현재 전국 경찰서에 접수된 '이유도 없고 정황도 수상쩍은' 실종 사건이 총 752건이라고 밝히면서 같은 기간의 실종자 통계를 감안하더라도 비슷한 유형의 실종자가 단기간에 이렇게 많이 생겨난 것은 유례가 없는 일이라고 주장했다. 그런데도 경찰은 이 사건들을 '단순 가출'에 포함시키면서 통계를 왜곡하고 있다는 것이다.

이 글에 그렇게 사라진 사람들을 자기도 알고 있다는 댓글이 붙기 시작하면서 격렬한 논쟁이 벌어졌다. 댓글을 단 사람들은 자신의 가족이나 주변 사람들이 난데없이 사라져버렸다고 했다. 점심식사를 하러 갔다가 그대로 실종된 남편, 배달 중 오토바이를 놔두고 종적을 감춘 택배기사, 쉬는 시간에 담배를 피우고 오겠다면서 나갔다가 돌아오지 않은 서점 아르바이트생……

경찰은 그러한 주장이 터무니없다고 반박한다. '752건'이라는 숫자가 대체 무슨 근거로 나온 건지도 모르겠고, 특이한 유형의 실종이 단기간에 집중적으로 발생한 적도 없다는 것이다. 실종 사건은 그렇지 않아도 늘 많다는 것이 경찰의 설명이다. 실제로 경찰청 통계에 따르면 만 18세 이상의 성인 실종 건수는 꾸준히 늘고 있다. 지난해에는 약 5만 3천 건의 신고가 들어왔는데, 올 상반기에 접수된 신고 건수만 해도 벌써 3만 4638건으로 꾸준한 증가세를 기록하고 있다. 이는 치매환자나 지적장애인은 제외한 숫자다. 하루 평균 약 190여 명이 실종되는 셈이다. 이에 대응할 수사 인력은 턱없이 부족하다. 실종 신고의 경우 아동이나 미성년자에 우선적으로 인력을 동원하기 때문에 성인 실종자는 '불가피하게' 우선순위에서 밀려

난다. 하지만 그렇다고 해서 벌어진 사건을 은폐하는 일은 있을 수 없다는 것이 경찰의 입장이다. "요즘 세상에 그런 게 있다면 숨길 방법이 없죠. 말씀하신 경우는 단순 가출일 가능성이 가장 높아요. 우리끼리 얘긴데, 보통은 시간이 해결해줍니다." 익명을 요구한 또 다른 경찰 관계자의 말이다. 실제로 상당수의 실종 사건이 '저절로' 해결된다. 약 95퍼센트의 실종자가 자진 귀가한다. 범죄로 인한 실종으로 밝혀진 것은 지난해에는 19건이었다. 분명 많은 숫자는 아니다.

그러나 여기서 간과해서는 안 되는 요소가 있다. 바로 미해결 사건의 수이다. 경찰청 공식 통계에 따르면 올 상반기까지 미해결로 분류된 실종 사건은 2657건이다. 지난해 미해결 실종 사건은 총 1834건이었다. 실종 사건의 수가 매년 증가하고 있다는 점을 감안하더라도 올해의 실종자 수는 이례적으로 많아 보인다. 아직 집계되지 않은 하반기 건수까지 합하면 미해결 실종 건수는 더욱 늘어날 것으로 보인다.

어쩌면 경찰의 해명대로 이 일련의 실종 사건에 특정한 경향성 같은 건 없을지 모른다. 모든 게 그저 우연일 수도 있는 것이다. 「대실종」의 작성자 역시 '이유도 없고 정황도 수상쩍은' 실종 사건이 발생했다고 주장은 했지만 어떤 근거로 정황을 수상쩍다고 보는지는 정확히 밝히지 않았다. 그런 와중에 댓글 논쟁은 엉뚱한 방향으로 흐르기 시작했다. 이렇게까지 구체적인 통계와 사례를 제시하는 것으로 볼 때 어쩌면 작성자가 경찰 관계자가 아니냐는 말이 나온 것이다. 부담을 느꼈는지 작성자는 글을 삭제했다.

이쯤에서「대실종」게시물에 달렸던 몇몇 증언을 주목할 필요가 있다. 한 네티즌은 눈앞에서 보고도 차마 경찰에는 말하지 못했던 이야기라면서 다음과 같은 글을 남겼다. '언니가 카페 문을 열고 들어가는 걸 봤어요. 그런데 아무리 기다려도 나오질 않는 거예요. 기다리다 지쳐서 카페로 갔는데 언니가 들어간 쪽 벽에 문이 없더라고요. 진짜 입구는 반대쪽에 있었고요. 지금도 모르겠어요. 제가 대체 뭘 잘못 본 건지. 어떻게 그럴 수 있는지 모르겠어요.'

착각일까? 그럴 가능성이 높다. 그러나 A씨와 G씨 역시 화장실과 창고 문을 열고 들어갔고, 거기서 다시 나오지 않았다. 비슷한 증언이 몇몇 댓글에서 이어졌다. 한 네티즌은 양복을 입은 남자가 벽에 그린 문을 열고 들어가는 걸 봤다고 주장했다. '스프레이로 그린 문이요. 그걸 열고 들어갔어요. 만화나 영화에 나오는 것처럼.'

물론 이 모든 것은 '루머'의 범위를 벗어나지 못한다.「대실종」게시물이 삭제되기 전까지 아무도 자신의 주장에 대해 확실한 증거를 제시하지 못했다. 인터넷 글의 특성상 장난이나 조작이 섞여 있을 수도 있다. 현재까지는 어떤 것도 단정 지어 말할 수 없다. 더군다나 실종은 엄연한 현실이다. B씨의 가족은 가장의 실종 이후 힘든 나날을 보내고 있다. 자녀들은 친가와 외가로 뿔뿔이 흩어졌다. 그의 아내는 대리점을 정리하고 남편이 남긴 빚을 청산하는 과정에서 과로로 쓰러지면서 위암이 재발했다. G씨의 어머니는 거리에서 아들의 사진이 인쇄된 전단을 나눠주고 있다. 그들에게 중요한 건 실종된 사람의 행방이지 그가 어떻게 사라졌는가에 대한 루머는 아닐 것이다. 그러나 루머는 때로 현실을 다른 방식으로, 그러면서도 더욱 적절히 반영할 때가 있다. 다만 현재로서는, 그 루머가 반영하는 것이 과연 어떤 현실인지는 알 수 없다.

월요일

소년

사무실 문을 열자 밝은 연갈색 눈동자가 나를 올려다보았다.

나는 한 손으로는 문손잡이를 잡고 다른 손으로는 문 옆의 벽을 짚은 자세로 방문객을 내려다보았다. 연두색 바람막이 점퍼와 노란색 티셔츠를 입고 녹색 백팩을 멘 통통한 소년이 가방 어깨끈을 양손으로 꼭 쥔 채 서 있었다.

"안녕하세요."

소년이 예의 바르게 고개를 꾸벅 숙였다.

"안녕."

내가 대답했다.

잠시 침묵. 소년이 문에 붙은 '사단법인 도서정리협회' 문패를 확인하듯 흘끗 보았다. 그러고는 메고 있던 백팩을 벗어 앞주머니를 뒤적이다가 안에서 뭔가를 꺼내 내게 내밀었다.

"탐정님 뵈러 왔어요."

나는 명함을 받아들었다. 정말로 노아의 명함이란 걸 알아보는 데 잠깐 시간이 걸렸다. 모서리가 구겨지고, 가운데가 접히고, 이름과 전화번호와 주소가 인쇄된 부분에 누리끼리한 얼룩이 져 있어서만은 아니었다. 기억이 엉뚱한 방향에서 갑자기 찾아오면 아무래도 조금 헤매게 마련이다. 통통한 남자애의 형태로 나타난다면 더더욱.

"탐정님 지금 계신가요?"

소년이 사무실 안을 기웃거리며 말했다.

"아니."

"언제 오세요?"

"안 오실 거 같은데."

소년의 눈동자가 물 위의 배처럼 흔들렸다.

"안 오신다고요?"

"안 오신 지 한참 됐지."

"어디 멀리 가셨어요?"

"아마."

"어디요?"

"나도 그게 궁금하네."

다시 침묵. 소년의 얼굴이 반항적으로 바뀌었다.

"그럴 리 없는데요."

"그럴 리 없다고?"

"저한테 약속하셨거든요. 엄마한테 일이 생기면 아무 때나 오라고 그러셨어요."

나는 대꾸하지 않았다. 소년이 그럴 리가 없는데,라며 혼잣말하듯 재차 중얼거리고는 나를 올려다보았다.

"그럼 아저씨가 **조수** 맞죠?"

"조수?"

"탐정님이 자기한테 조수가 있다고 그러셨거든요."

"지금 조수라고 했니?"

"자기가 바빠서 전화를 받을 수 없거나 자리에 없을 수 있대요. 그럴 경우에는 조수한테 말하면 된다고 하셨거든요. 그럼 조수가……."

"저기, 잠깐."

나는 소년의 말을 잘랐다.

"무슨 말을 어떻게 들었는지 모르겠는데, 나는 **이 사람** 조수가 아니야."

"그래요? 아무튼 조수라고 하셨어요, 탐정님은."

"너 이거 어디서 났니?"

"탐정님이 주셨다니까요."

나는 할 말을 잃은 채 소년을 보았다. 평온한 월요일 오후였다. 조금 전까지는. 나는 업무용 노트북 컴퓨터로 「뇌과학이 밝혀낸 4번 타자의 비밀」이라는 기사를 읽던 중이었다. 기사의 요점은 감각과 뇌에 대한 통상적인 인식을 재고해야 한다는 것이었다. 사람들은 시각 정보가 뇌로 전달되고 그 정보에 따라 뇌가 근육에 명령을 내린다고 생각하지만 과학의 손가락은 반대 방향을 가리킨다는 사실이 밝혀졌다. 육체가 먼저 반응하고 뇌가 그 상황을 나중에 인지한다는 것이다. 그게 바로 4번 타자가 투수의 손에서 공이 떠나기도 전에 공이 어디로 오게 될지 본능적으로 아는 이유다.

한가한 오후를 심오한 사색으로 보내기에 적당한 내용이었다.

"그래서 도움을 받으러 왔어요."

소년이 다시 말했다.

"탐정님이 도와주겠다고 약속하셨거든요."

소년의 연갈색 눈동자가 나를 똑바로 응시했다. 흥분한 숨결에서 희미하게 냄새가 풍겼다. 떡볶이. 아니면 닭강정. 아니면 둘 다.

목 뒤로 시원한 공기가 와 닿았다. 창문으로 들어와 열린 사무실 문을 지나 아래층 계단으로 매끄럽게 달음박질치는 5월의 바람에는 여전히 수액 내음이 배어 있었다. 수목 정비 사업의 일환으로 시청에 고용된 일꾼들이 오전 내내 가로수에 전기톱을 휘둘러댄 여파였다.

소년의 머리카락이 땀에 젖어 이마에 달라붙어 있었다. 어쩌면 여기까지 잰걸음으로, 적어도 뛰다시피 걸어와 한 번에 두 칸씩 계단을 올라온 다음, 사무실 문 앞에서 숨을 가다듬고 할 말을 생각한 뒤 노크를 했는지도 몰랐다. 방금 불고 지나간 이 바람이 소년의 달구어진 이마와 뺨을 식혀주었을 것이다.

"일단 들어와."

나는 소년의 정수리를 내려다보며 말했다. 소년은 실례합니다,라고 하며 목례를 하고 안으로 들어왔다. 말투는 버릇없기 짝이 없는데 행동은 묘하게 예의가 발랐다.

나는 벽에 기대어 놓았던 접이식 철제 의자를 펴서 책상 앞에 놓았다. 소년이 의자에 앉아 백팩을 무릎에 올려놓았다.

"뭐 좀 마실래?"

나는 협탁 옆 냉장고 문을 열면서 물었다.

"오렌지 주스나 사이다 있나요?"

"아니."

"그럼 아무거나 괜찮아요."

냉장고에는 손님용으로 준비한 캔녹차와 캔커피, 내가 마시려고 쟁여둔 캔맥주, 누굴 위해 준비한 건지 알 수 없는 비타500 한 상자가 들어 있었다. 나는 캔녹차와 비타500을 꺼내 비타500을 소년에게 건넸다.

"고맙습니다."

소년이 말했다. 나는 인조가죽 회전의자에 비스듬히 앉아 캔을 땄다. 소년도 병뚜껑을 땄다.

우리는 잠시 음료를 음미했다. 소년이 병에 입을 댄 채 눈만으로 사무실을 둘러보았다. 사무용 책상, 보고서와 청구서 등을 정리한 캐비닛, 전기주전자와 믹스커피와 녹차 티백과 머그잔이 놓인 협탁, 그 옆의 소형 냉장고, 간이 세면대, 옷걸이, 수건걸이, 벽에 세워둔 접이식 간이침대. 청소는 매일 해서 깨끗한 편이었지만 벽과 건물 자체에 스며 있는 낡은 기운까지는 털어낼 수 없었다.

소년이 사무실을 견학하는 동안 나는 소년을 관찰했다. 어린

아이의 나이를 가늠하기란 쉽지 않다. 어린 시절에서 멀어질수록 그렇다. 멀리 있는 산이 다 비슷해 보이는 이치다. 그렇긴 해도 중학생은 확실히 아니었다. 상고머리. 볼록한 볼. 커다란 눈. 끌어안고 있는 백팩은 오래 써서 플라스틱 테두리가 닳기 시작했다. 배트맨 로고가 인쇄된 노란색 티셔츠는 목 부분이 늘어나 주름이 잡혀 있었다.

"이름이 뭐니?"

내가 먼저 말을 꺼냈다.

"한별이요. 윤한별."

"몇 살? 초등학생이지?"

"3학년이요."

말하는 태도로만 봐서는 키 작은 6학년 같았다. 나는 명함을 책상에 놓았다.

"이건 언제 받았니?"

"저번 겨울에요."

"겨울 언제?"

이렇게 물어보면 꼬마들은 허둥대게 마련이다. 하지만 소년은 잠깐만요,라고 하더니 백팩에서 휴대폰을 꺼냈다. 터치스크린 액정이 달린 폴더폰으로, 언뜻 봐도 예전 모델이었다. 소년이 휴대폰 버튼을 이리저리 누르다가 나를 보았다.

"1월 10일요."

"1월 10일?"

"네."

"그때 이걸 너한테 줬다고?"

"실은 아빠한테 줬는데 아빠가 안 받으려고 해서요."

"아빠는 왜 안 받으려고 하셨는데?"

"연락할 일 없을 거라고요."

"너는 왜 받았고?"

"연락할 일이 있을 거 같아서요."

소년이 아랫입술을 비죽 내밀었다.

나는 녹차를 홀짝였다. 사무실 캐비닛에 바로 이 노아의 명함이 보관되어 있었다. 모두 다섯 상자로, 반의반 상자도 쓰지 않았다. 이 일은 명함이 필요 없다. 내가 일을 찾아가는 게 아니라 일이 나를 찾아오기 때문이다. 우리는 흥신소가 아니다. 흥신소는 자유경쟁과 수요공급의 법칙에 따라 움직인다. 반면 우리 일은 살인청부업에 더 가깝다. 취향을 타는 소규모 주문제작인 셈이다. 물론 말이 그렇다는 소리일 뿐이다. 프로 살인자에 대해서는 영화에서 본 것 말고는 하나도 모른다. 하지만 영화에서 그런 직업을 가진 사람들이 사방에 명함을 뿌리는 건 본 적이 없다. 따라서 나도 명함은 필요 없다. 재작년인가 노아가 명함을 팔 생각인데 같이 만들지 않겠냐고 뜬금없이 제안했을 때 대략 그렇게 말했다. 노아가 예의 그 은근한 미소를 지었다. 그거야 경해 씨 마음입니다만, 그래도 자기 이름이 적힌 명함이 생기면 어쩐지 의젓한 기분이 들지 않겠습니까? 그리고 이 명함이 꼭 필요한 사람이 분명 있을 테니까요.

"좋아. 뭐 그렇다 치자."

나는 소년에게 말했다.

"하지만 이 명함 주인은 여기 없어. 어디 있는지도 모르고."

"우리 엄마도요. 집을 나갔거든요."

"엄마에게 생겼다는 일이 그거니?"

"네."

"경찰에 신고해야지."

"경찰은 안 돼요."

"경찰은 안 된다고?"

"네."

"하지만 도움은 필요하다?"

"네."

나는 머리를 긁적였다. 아이와 대화를 나누는 게 편한 어른은 없다. 조숙해 보이는 아이라면 더 그렇다. 요즘 아이들이 대체로 조숙하기는 하다. 하지만 생각해보면 어른의 눈에 아이는 늘 조숙하다. 어른은 아이를 얕잡아 보니까. 앞뒤가 적당히 맞는 말을 실수 없이 하기만 해도 조숙하다고 생각하니까. 하지만 이 아이의 조숙함은 그와는 조금 다른 구석이 있었다. 손님이 찾아온 날짜를 휴대폰에 기록해두는 조숙함.

소년이 남은 음료를 다 마시고 입맛을 다시면서 창밖을 흘끗 보았다. 창틀에 갇힌 하늘이 파랬다. 길 건너 교회 첨탑 뒤로 유리판에 얹은 듯 바닥이 납작한 뭉게구름이 떠 있었다. 이번 여름은 길 것이다. 문득 그런 예감이 들었다. 일찍 찾아오고 늦게 물러갈 것이다. 이맘때의 바다가 궁금해졌다. 색깔은 얼마나 푸를

지, 파도는 얼마나 높을지, 바람은 얼마나 짤지. 바다에 가본 지 오래되었다.

"좋아. 도움이 필요하다 이거지."

내가 입을 열었다.

"엄마가 집을 나갔으니까. 경찰에 신고할 수 없는 사연도 뭐, 있겠지. 하지만 여기는 가출한 사람을 찾는 데가 아니거든. 그런 일을 하는 분들은 따로 있어. 이 '탐정님'이 뭐라고 말을 했는지는 모르겠지만……."

"알아요."

"안다고? 뭘?"

"엄마를 찾아달라고 온 게 아니에요. 여기가 홍신소가 아니라는 거 정도는 알거든요. 탐정님도 그랬어요. 자기는 그런 일을 하는 게 아니라고."

소년의 말이 조금 빨라졌다.

"자기가 우리를 찾아온 데는 이유가 있다고 그러셨어요. 언젠가 엄마가 집을 떠나야 할지도 모르는데, 그때 너무 슬퍼하면 안 된다고요. 근데 저도 그렇게 생각하거든요. 그러니까 엄마를 찾고 싶은 게 아니에요. 그건 괜찮아요. 어쩔 수 없다는 걸 아니까."

내가 그때 무슨 표정을 짓고 있었는지는 모르겠다. 하지만 입을 바보처럼 벌리지 않도록 꽤나 애를 썼다는 건 분명하다. 소년이 말을 이었다.

"하지만 그 사람들이 엄마를 찾고 있다는 말은 전해야 해요."

"그 사람들?"

"엄마를 죽이고 싶어 하는 사람들이요."

한별이 비타 500병을 만지작거렸다. 손등이 꿩을 노리는 활처럼 팽팽해졌다.

"물론 우리 엄마가 **죽지 않는** 사람이긴 해요. 저도 봐서 알거든요. 하지만 그 아저씨가 말했단 말이에요. 목을 잘라도 살 수 있는지 보자고."

상담

노아가 종적을 감춘 뒤에도 그가 여전히 버스 종점의 이 사무실에 있는 줄 알고 찾아오는 사람들이 있었다. 대부분은 노아가 없다는 말에 돌아갔지만 몇몇은 불안감을 완전히 털어버리지 못한 표정으로 내게 일을 맡겼다. 나 역시 스스로를 반신반의하는 처지에 그들을 탓하기는 어려웠다. 노아 없이 이곳을 꾸려간다는 건 한 번도 상상해본 적이 없었다. 어찌어찌 일을 끝내면 이번에도 운이 좋았다는 생각이 먼저 들었다. 내게는 노아가 사람들에게 주던 편안함과 자신감과 확신이 없었다.

나로서는 어쩔 수 없는 일이었다. 이 일을 나름 몇 년을 해왔는데도, 나는 의뢰인들을 만날 때마다 설명하기 어려운 이물감을 느끼곤 했다. 이 사이에 뭔가 끼었는데 양치질을 하고 치실을 써도 껄끄럽게 남아 있는 기분과 비슷했다. 그 이물감이 강할 때도 있고 약할 때도 있었지만 느끼지 않고 지나간 적은 거의 없었다. 매일 주사를 맞는다고 해서 바늘이 덜 따끔해지지는 않듯.

다만 그런 기분을 나만 느끼는 건 아니다. 사무실로 들어와 손님용 의자에 앉은 다음 다른 곳에서라면 절대 털어놓지 못할 이야기를 꺼내는 사람들도 불편해하기는 마찬가지였다. 있을 성싶지 않은 이야기라는 것 말고는 아무런 공통점도 없는 사연들.

내가 직접 겪은 일이 없었다면 절대로 믿지 않았을 말들.

그들의 마음을 이해할 수 있었다. 나 또한 처음 노아를 만났을 때 그런 얼굴을 했을 게 분명하니까. 자기가 미친 것도, 뇌에 종양이 자라고 있는 것도 아니라는 사실을 스스로에게 설득하느라 지친 표정으로, 차라리 그랬다면 더 나았을 거라 생각하면서.

소년이 병을 만지작거리며 나를 빤히 쳐다보았다. 그 아이의 속이야 모를 일이지만, 내 안에서는 예의 그 이물감이 자석을 갖다 댄 쇳가루처럼 명치 언저리를 중심으로 뭉치기 시작했다. 꽤 크게 뭉쳐질 듯했다.

나는 헛기침을 하고 나서 입을 열었다.

"어머니가 죽지 않는 분이라고."

"네."

"그런데 누가 어머니를 해치려 한다?"

"죽이려고 한다니까요."

소년이 말했다.

"둘은 다른 거죠."

"그렇긴 하지."

나는 인정했다.

"알겠다, 그래서 '탐정님'이 여기 계셨으면 무슨 부탁을 하려고 한 거냐?"

"말씀드렸잖아요. 엄마에게 말 전해달라고요. 누가 엄마를 찾고 있다고."

"그 사람들은 네 엄마를 왜 찾는데?"

"몰라요."

한별이 어깨를 으쓱했다.

"두 사람인데, 한 명은 우리 아빠만큼 커요."

"흠."

"아빠 가게로 찾아왔거든요. 인쇄소요."

소년이 말을 이었다.

"개판이었어요. 아빠랑 그 사람들이랑 딱 마주보고 서서…… 아빠는 그 사람들한테 내 손끝이라도 건드리면 인쇄기에 머리를 집어넣어 죽여버릴 거라 그러고 그 사람들은 어디 할 수 있으면 한번 해보라고 비웃고……"

소년이 한숨을 쉬었다.

"개판이었어요."

"그런 말은 쓰지 마라."

"무슨 말이요?"

"개판."

"개판이 개판이죠."

나는 소년을 쳐다보았다. 소년은 모른 척 바닥을 내려다보았다.

"좋아. 아무튼 보다시피 '탐정님'은 자리에 없어."

나는 '탐정님'을 발음할 때 양쪽 검지로 작은따옴표를 치는 시늉을 했다.

"그리고 나는 이 얘기를 오늘 처음 듣고. 그러니 무슨 일인지 전혀 모르겠다."

"탐정님은 조수 아저씨가 아실 거라고 그러셨는데요."

순간 주변 기온이 조금 내려간 듯 느껴졌다.

"방금 뭐라고 그랬니?"

"탐정님이 그랬어요. 자기한테 조수가 있는데, 혹시 자기가 없어도 조수한테 말하면 다 알고 도와줄 거라고요. 그러니까 자기랑 연락이 안 돼도 너무 걱정하지 말라고. 그래서 찾아온 거예요. 전화를 계속 걸고 카톡이랑 문자도 보냈는데 안 받으셨거든요."

이번에는 입이 벌어지는 걸 막지 못했다. 턱이 모루처럼 무거워지며 아래로 떨어졌다.

"어른한테 거짓말하면 혼난다."

"제가 왜 그래요?"

나는 멍하니 소년을 보았다. 소년의 말이 맞다. 이런 거짓말을 할 이유는 없다. 게다가 나는 이 문제에 조금 전부터 관심을 갖고 있던 중이었다. 노아와 소년이 만난 날짜를 들었을 때부터. 소년은 노아가 명함을 준 날이 1월 10일이라고 했다.

노아는 그다음 날, 1월 11일에 잠적했다. 협회 사람들이 조사한 바에 따르면 그랬다. 12일은 일요일이었고, 그 바람에 나를 포함한 모두가 월요일에야 그 사실을 알게 되었다.

머릿속이 복잡해졌다. 소년의 말대로라면 노아는 자취를 감추기 전날 소년의 가족을 찾아갔고, 소년에게 명함을 주면서 어머니에게 무슨 일이 생기면 자기를 찾아오라고 한 것이다. 자기가 없을 경우 '조수'에게 용건을 말하면 된다면서.

문제는 노아가 애초에 **그 거울**을 들고 잠적할 생각이었다는 데 있었다. 따라서 내 '파트너'께서는 그때 이미 내게 이 아이를 떠맡길 작정을 하고 있었다는 얘기였다. 무려 다섯 달 전에. 내게는 일언반구도 없이.

"그 사람들이요,"

내가 생각에 잠겨 있는데 한별이 입을 열었다.

"엄마는 죄인이래요."

"죄인?"

"사람이 죽지 않는 게 얼마나 큰 죄인지 아느냐고요."

창밖에서 짧고 강한 경적 소리가 들렸다. 창문 아래에서 어떤 여자가 큰 목소리로 전화 통화를 하면서 지나갔다. 빨래 건조대 배송에 문제가 생긴 모양이었다.

"그 무서운 아저씨들 말인데,"

내가 대화를 재개했다.

"언제 왔니?"

"어제요. 어제 이 시간쯤."

"어머니는 언제 집을 나가셨는데?"

"잠깐만요."

소년이 다시 휴대폰을 들여다보았다.

"지난 주 목요일요. 5월 21일."

다시 침묵이 흘렀다. 소년이 말을 이었다.

"돈은 있어요."

"돈?"

"바로 환금은 못하지만요. 그래도 이틀 정도면……."

"돈 얘기는 꺼내지 마라."

내가 소년의 말을 가로막았다.

"그런 얘기는 하면 안 되는 거다."

"왜요?"

"넌 미성년자니까."

"그렇게 말씀하시니까 되게 권위적으로 들려요."

"그런 말은 어디서 배웠니? 아무튼 돈 얘기는 하지 마. 알겠어?"

"네."

나는 남은 녹차를 모두 마시고 빈 캔을 책상에 놓았다.

"좋아. 일단 일이 어떻게 된 건지는 알아보겠다."

내가 말했다.

"감사합니다."

"네 아빠와 먼저 얘기를 한 다음에."

"아, 진짜, 왜요?"

"말했잖아. 넌 미성년자라고. 네 아버지와 상담을 한 다음에 일을 맡을지 말지 결정할 거야."

"아까부터 자꾸 미성년자, 미성년자, 그러시는데, 그게 지금 이거랑 무슨 상관인지 모르겠네요. 아무튼 그건 안 돼요."

"왜?"

"그럴 수 있을 거면 처음부터 아빠랑 같이 왔죠. 아빠는 엄마한테 연락할 생각 하나도 없어요. 엄마가 어떻게 되든 자긴 관심 없다고 그랬단 말이에요."

"어떻게 되든 관심 없다고?"

"네."

한별의 표정이 순간 복잡해졌지만 더 말을 잇지는 않았다. 하지만 이 문제는 나도 양보할 수 없었다. 노아가 소년의 아버지에게 무슨 얘기를 했는지 알아야 했으니까.

"그렇게 되면 어쩔 수 없지."

"하지만요……"

"이게 마음에 안 들면 그냥 경찰서에 가."

소년이 입술을 잘근거렸다. 나는 기다렸다. 결국 소년이 내키지 않는 듯 입을 열었다.

"그럼 조수 아저씨가 확실히 설득해주세요."

"나는…… 아니다. 됐다."

파트너라고 굳이 바로잡기도 귀찮아졌다.

"아버지 가게, 성함, 전화번호를 가르쳐줘."

"인쇄소 이름은 '창신인쇄'고요. 전화번호는……"

나는 노트패드에 전화번호를 받아 적었다.

"네 전화번호도."

내가 말했다. 나는 한별이 가르쳐주는 번호를 휴대폰에 저장한 다음 통화 버튼을 눌렀다. 소년이 전화를 받자마자 말했다.

"아빠 언제 만나실 거예요?"

약간의 시차를 두고 소년의 목소리가 내 전화기에서 흘러나왔다. 나는 소년을 보았다. 소년이 어깨를 으쓱했다.

"연락할 테니까 가봐."

내가 말했다. 소년이 비타500을 책상 위에 놓고 일어나 백팩을 등에 멨다. 그런 다음 예의 바르게 고개를 꾸벅 숙이고 사무실을 나갔다.

거인

나는 음료수병과 캔을 쓰레기통에 넣고 책상으로 돌아왔다. 노트북 화면에는 여전히 4번 타자의 비밀에 대한 기사가 떠 있었다. 나는 건성으로 마우스를 움직여 포털사이트의 시작 페이지로 들어갔다. 검정색 양복을 입은 남자의 사진이 왼쪽 구석에 커다랗게 떠 있었다. 남자는 승용차 문을 열면서 안으로 들어가고 있었는데, 목 뒤에 계란 껍데기와 노른자가 붙어 있었고, 차 앞에서는 피켓을 든 사람들이 경찰의 저지를 뚫고 남자에게 다가가려 하는 중이었다. 나는 사진 밑에 붙은 캡션을 읽었다. '난장판이 된 법원 앞.' 작년 여름에 벌어진 가스 누출 사고로 재판에 회부된 기업 관계자들이 벌금형과 집행유예를 받고 풀려났다는 소식이었다.

나는 노트북을 덮은 뒤 소년의 방문에 대해 도서정리협회에 이야기를 할지 생각해보았다. 노아에 대한 새 소식이 들어왔다는 말을 들으면 협회는 무척 흥미로워할 것이다. 하지만 지금으로서는 노아가 내게 이상한 일을 떠맡겼다는 사실 외에 딱히 얘기할 만한 것이 없었다. 그것도 다섯 달 전에, 당사자에게는 일언반구도 없이.

우선 사정을 조금 더 알아볼 필요가 있었다.

나는 노트패드에 적은 번호로 전화를 걸었다. 신호음이 두세 번 울리자 딸깍, 하며 수화기를 드는 소리와 함께 묵직하고 낮은 남자의 음성이 들렸다.

"창신인쇄입니다."

"안녕하세요. 명함을 맞추고 싶어서 전화드렸는데요."

나는 책상에 놓인 노아의 명함을 보면서 말했다.

"명함이요?"

"네."

"바로 필요하신가요?"

남자가 말했다.

"아뇨, 그렇진 않습니다."

"이메일로 주문하시면 저희가 제작해서 택배로 보내드립니다. 홈페이지를 따로 운영하지는 않아서, 손님 이메일 주소를 알려주시면 샘플을 보내드리겠습니다. 그걸 보시고 결정하시면 돼요. 추가로 궁금하신 건 그때 물어보시면 되고요."

"제가 지금 외근을 나와서요. 곧 일이 끝나니까 여기서 바로 가게로 갈까 하는데요."

"이리로 오신다고요? 그러실 건 없는데요."

"직접 보고 결정하려고요. 영업시간이 어떻게 되죠?"

"7시 반 전까지만 오시면 됩니다."

"곧 들르겠습니다."

나는 전화를 끊고 자리에서 일어나 옷걸이에 걸어둔 봄 코트를 걸쳤다. 창문을 닫으러 창가로 다가갔을 때 길 건너 할인마트에서 카키색 라운드 티셔츠를 입은 마트 주인이 테니스 라켓처럼 생긴 전기 파리채를 들고 나오는 모습이 눈에 띄었다. 주인은 가게 밖에 진열한 참외와 수박 위로 파리채를 몇 번 휘둘렀다. 그가 안으로 들어가려다 걸음을 멈추고 뒤를 돌아보았다. 인도 난간에 걸어놓은 현수막이 바람에 떨렸다. 주인은 난간을 돌아 차도로 걸어 나와 현수막을 살펴보고는 바지 주머니에서 휴대폰을 꺼내 전화를 걸면서 마트로 들어갔다.

나는 사무실 문을 잠갔다. 복도는 어둑했다. 작년 겨울까지만 해도 3층에는 사단법인 도서정리협회 말고도 심리상담소와 온라인 장신구 판매 업체가 입점해 있었지만 이제는 내가 층 전체를 독점하고 있었고, 건물주는 고의인지 실수인지 수명이 다 되어 깜박거리는 형광등을 몇 달째 방치하고 있었다.

2층 계단을 내려가는 동안 어린아이들의 소리가 좌우에서 들렸다. 오른쪽은 태권도 학원에서 나는 기합 소리, 왼쪽은 소아과에서 나는 울음소리였다. 입구 우편함은 금연광고 포스터에서 담배 스무 개비를 한꺼번에 물고 있는 모델의 입처럼 서류 봉투와 광고지와 고지서로 미어터져가는 중이었다. 이 건물 사람들은 아무도 자기 우편물에 관심이 없었다. 나는 내 우편함에 꽂힌

대출 광고지를 꺼내 반송함에 집어넣었다.

1층 중국 식료품점 주인이 플라스틱 의자를 밖에 내놓고 앉아 있다가 나와 눈이 마주치자 아는 체를 했다. 머리카락이 종이처럼 새하얀 길림성 출신 할머니로, 딸이 결혼을 해 중국으로 떠난 뒤로는 혼자 가게를 꾸렸으며, 나를 '회장님'이라고 불렀다.

나는 일광욕하기 좋은 날씨라고 인사를 했다.

"일광욕 아니에요, 회장님."

할머니가 말했다.

"아인슈타인 기다려요."

"밥시간인가요?"

"지났는데 안 와요."

아인슈타인은 할머니의 딸이 기르던 아메리칸쇼트헤어종 고양이였다. 짧은 털에 눈매가 날카로운 녀석으로 중국까지 데려갈 방도가 없어서 어쩔 수 없이 가게에 놔두고 가야 했는데 그 뒤 비뚤어지겠다는 결심을 했는지 반쯤 길고양이가 되어 제멋대로 나갔다가 아무 때나 돌아오는 방탕한 삶에 뛰어들고 말았다.

"하루에 한 번은 꼭 와서 밥을 먹는데."

할머니가 사료 그릇을 발로 건드렸다. 그릇에 먹이가 가득했다.

"나는요, 죽은 영감 혼백이 고것한테 달라붙은 게 아닌가 싶어. 사람 기다리게 하는 짓이 똑같아."

"아인슈타인이 암컷 아니었나요?"

"수컷. 그래도 중성화했으니까 쓸데없는 짓은 못하겠지."

할머니가 손을 내저으며 키득거렸다. 그러다가 문득 진지한 표정을 지으며 내게 말했다.

"누가 구멍을 냈어요."

"구멍이요?"

할머니가 손을 들어 현수막을 가리켰다. 현수막은 거의 1년 가까이 그곳에 걸려 있었고, 그래서 거기 적힌 내용은 거의 외울 정도였다. '사람을 찾습니다. 200*년 9월 9일 오후 6시경 실종. 실종 당시 복장은 반팔 체육복과 체육복 바지. 행방을 알고 있거나 목격하신 분께는 아래의 번호로 연락 주시면 후사하겠습니다.' 사진에는 꽃밭을 배경으로 학사모를 쓴 여학생이 카메라를 보고 있었다.

구멍은 사진에 뚫려 있었다. 누군가 사진 속 얼굴의 양쪽 눈을 담뱃불로 지져놓았다. 어제까지는 없었던 자국이었다. 누군가 밤사이 저지른 짓임에 분명했다.

나는 말없이 현수막을 바라보았다. 오랫동안 걸어놓아서 가장자리의 올이 풀리고 있었다. 빨간색 글자로 또렷하게 적혀 있던 실종 날짜는 색이 바래면서 시간 속으로 녹아든 것처럼 흐릿해졌고, 사진 속 여학생의 얼굴 또한 환한 미소의 윤곽만 남아 있었다. 설사 누군가 지금 저 현수막을 주의 깊게 바라보고 거기 나온 얼굴을 기억해둔다 해도, 실제로 길에서 마주친다면 알아볼 수 있을지 확신할 수 없었다.

웃고 있는 두 눈에 작고 까만 구멍이 뚫린 지금은 더.

"사람이 참 독하고 잔인하죠?"

할머니가 말했다.

"벌 받을 거예요. 저런 짓을 저지르고 무사한 사람은 본 적이 없어."

"그럴 겁니다."

내가 말했다.

30분 뒤 인쇄소 근처 공영주차장에 차를 세웠다. 스마트폰 지도 애플리케이션을 확인하며 몇 분쯤 걷다 보니 재래시장까지 이어지는 중층 건물이 늘어선 거리가 나왔다. 건물 대부분에 인쇄소 간판이 달려 있었다. 건물들은 낡았지만 인도의 보도블록과 차도의 아스팔트는 새로 깔아 깨끗했다. 가로수 그림자가 오려 붙인 것처럼 선명한 윤곽을 그리며 보도블록에 달라붙어 있었다.

뒷바퀴를 개조해 철제 적재함을 얹은 삼륜 오토바이가 내 옆을 지나갔다. 적재함에 탑처럼 쌓인 종이가 차체의 진동 때문에 휘청거렸다. 단층 건물 전체를 쓰는 인쇄 업체 앞에 주차된 소형 지게차에도 돌돌 말린 종이들이 제재소의 통나무처럼 쌓여 있었다. 운전석에 앉은 지게차 운전자가 먼 곳에 시선을 둔 채 목에 걸고 있는 효도 라디오에서 나오는 트로트에 맞춰 손가락으로 핸들을 톡톡 두드려댔다.

창신인쇄는 재래시장으로 가는 도중에 난 좁은 골목에 있었다. 파란색 슬레이트 지붕을 이고 있는 낡은 2층 건물 1층이었다. 건물과 간판의 나이는 비슷해 보였다. 상호 위에 '주문제작 인쇄의 모든 것—기획에서 납품까지'라고 적힌 문구는 빛이 많이 바래 있었다. 유리문에는 '카다록' '팜플렛' '옵셑인쇄' '도무소' 등의 단어가 빨간 고딕체로 붙어 있었는데, 최근에 만들어 붙인 듯한 '즉석명함전문'만 명조체에 노란색이었다.

문을 열고 들어가자 작은 책상에 앉아 있던 남자가 고개를 들었다.

책상이 작은 게 아니었다. 소년이 왜 '아빠만큼 크다'는 표현을 썼는지 이해가 갔다. 그는 다른 사람들보다 적어도 1초 이상 먼저 비를 맞으며 사는 사람이었다. 오십대 후반에서 육십대 초반쯤 되어 보이는 남자로, 넓고 구부정한 어깨 위로 솟은 튼튼한 목에 말처럼 길쭉한 얼굴이 얹혀 있었고, 짧게 친 머리의 절반은 새치로 덮여 있었다.

주인이 자리에서 일어섰다. 고개를 똑바로 들면 키가 2미터도 넘을 듯했다. 양 끝으로 처진 입매를 중심으로 얼굴 전체에 피로한 기색이 번져 있었지만 밝은 연갈색 눈동자는 갑옷처럼 단단했다. 그 눈동자의 존재를 의식하자 나는 이 남자에게서 소년으로 이어지는 핏줄을 어렴풋이 상상해볼 수 있었다.

"안녕하세요."

내가 인사했다.

"안녕하세요."

거인, 소년의 아버지도 인사했다. 동굴의 습기처럼 축축하고 묵직한 음성이었다.

"아까 전화드렸는데요. 명함 일로."

"앉으세요."

나는 책상 앞에 놓인 등받이 없는 플라스틱 의자에 앉았다. 주인도 다시 자리에 앉았다.

벽에 걸린 낡은 선풍기가 좌우로 천천히 돌면서 약품 냄새를 퍼뜨렸다. 가게 면적의 절반은 미쓰비시 스티커가 붙은 대형 인쇄기가 점령했고, 나머지는 책상과 인쇄물, 먼지가 쌓인 채 얽혀 있는 전선, 책꽂이, 오래되어 빛바랜 벽지가 나눠 가졌다. 책상 뒤에 인쇄기와 비슷하지만 훨씬 작고 낡은 정체불명의 기계가 놓여 있었는데 용도가 무엇인지 짐작이 가지 않았다.

"일은 다 끝내신 겁니까?"

거인이 먼저 말을 꺼냈다.

"네?"

"외근 나오셨다면서요."

"아. 외근. 그렇지. 생각보다는 일찍 끝났습니다."

"알겠습니다. 시안이야 지금 만들면 되고…… 당장 필요하신 거라면 디지털이 빠릅니다. 한 시간 정도면 충분해요. 다만 옵셋으로 하는 것에 비해 품질 차이가 있습니다. 여유가 있으면 옵셋으로 뽑는 걸 권하고 싶은데요. 디지털하고 가격 차이가 크게 나지는 않아요. 내일까지는 확실히 받으실 수 있고요."

"옵셋으로 하죠."

내가 대답했다.

"그러시죠. 디자인은요? 혹시 생각하고 계신 게 있습니까?"

"아뇨. 실은 명함을 처음 만드는 거라서요."

"처음이라고요."

거인이 내 말을 따라 했다.

"회사 다니신다면서요?"

"다른 명함은 처음 만들어본다는 말입니다. 실은 회사에 말 안 하고 부업을 준비하고 있거든요. 직장만 다녀서는 힘든 세상이니까요."

"그건 그렇죠."

거인이 말했다.

"업종별로 샘플을 정리한 파일이 있습니다. 그걸 참고하실 수도 있겠네요. 무슨 부업을 하시려고요?"

"조사하는 일을 하려고요. 사람이나 물건 같은 거."

"흥신소 말입니까?"

"그 비슷한 거죠. 정확히 그건 아니고."

"그런 일이 부업으로 가능한가 모르겠네요. 조사를 하려면 직접 몸 쓰면서 돌아다니고 그래야 하지 않습니까?"

"재택으로도 가능합니다. 인터넷으로 검색도 많이 해야 하고, 메일이나 메신저로 정보를 주고받으면서 소재를 파악하는 경우도 많아서요."

"그렇습니까?"

거인이 미심쩍어했다. 방금 지어낸 얘기니 그럴 만도 했다.

"4차 산업혁명 시대니까요."

거인이 고개를 끄덕이고는 서랍에서 두툼한 파일을 꺼냈다. 시트 가장자리마다 업종명이 적힌 라벨 스티커가 반듯하게 붙어 있었다. 그가 중간에 붙은 스티커를 손끝으로 잡아 파일을 펼쳐

내 쪽으로 돌렸다.

"여기서 한번 골라보시죠."

파일 페이지에는 온갖 색깔과 글자의 명함들이 나비 표본처럼 가지런히 정리되어 있었다. 각종 심부름, 절대 비밀 보장, 도감청 전문, 불륜은 죄악입니다, 신용 문제 전문, 무엇이든 맡겨만 주세요, 묻지도 않고 따지지도 않는 신뢰 100%, 확대경 그림, 자동차 사진, 이쪽 일과 무슨 관계가 있는지는 모르지만 비키니 차림으로 해먹에 누워 일광욕을 하는 여자 사진.

"저는 단순한 게 좋겠는데요."

나는 파일을 덮어 돌려주었다.

"이름하고 전화번호만 있으면 될 것 같습니다. 깔끔하게. 공무원 명함처럼. 명함만으로는 뭘 하는지 잘 알 수 없게 말이죠."

"흠."

거인이 고개를 갸웃했다.

"그렇게 해서 장사가 되나요?"

"크게 상관없을 겁니다. 타겟 고객이 한정되어 있거든요."

거인이 미소를 지었다. 아마도 그런 듯했다. 처져 있던 입술 양 끝이 올라오면서 저울처럼 수평을 이루는 것을 미소라 할 수 있다면.

"여기 위층에 기획사가 하나 있는데 거기도 간판 없이 장사해요. 손님 부업처럼 거기도 단골 장사죠. 간판이 없어도 상관없답니다. 정식으로 사업자등록을 하면 세금이다 정품 소프트웨어다 해서 골치 아프다고. 그렇게 살아도 먹고사는 데는 지장이 없긴

한데, 그래도 가끔 그런 생각이 들죠. 떳떳하게 등록도 하고 세금도 내면서 남부끄럽지 않게 사는 편이 가족들 보기에도 낫지 않겠냐."

"각자 사정이라는 게 있으니까요."

내가 대답했다.

"그렇죠. 각자 말 못할 사정이란 게 있죠. 그러니까 손님 같은 분이 먹고 살 테고. 다만 그 말 못할 사정이란 게, 오래 끌어안고 살다 보면 좀 뭐랄까…… 자기 멋대로 굴 때가 있지 않습니까. 그렇게 되기 전에 그런 사정 같은 거 깨끗이 털어버리면 좋겠지만, 사람 일이란 게 원체 그렇게 간단히 풀리지는 않거든요."

"그러면서도 그 끌어안고 사는 것 때문에 살기도 하고요."

"바로 그거죠."

거인이 동의했다.

짧은 침묵이 흘렀다. 나는 우리가 조금 전 말로 정확히 표현할 수 없는 무언가를 공유했다는 사실을 깨달았다. 이 분위기를 깰 수밖에 없다는 사실이 유감이었다.

"그래서 어떤 디자인을 원하시는 겁니까?"

"이런 식으로 만들었으면 좋겠습니다."

나는 코트 주머니에서 노아의 명함을 꺼내 책상에 놓았다.

긴 침묵이 흘렀다. 거인이 의자 등받이에 몸을 기대며 팔짱을 끼고는 표적까지의 거리를 재듯 실눈을 뜨고 나를 유심히 보았다.

"사장님 자제분이 이 명함을 가지고 저를 찾아왔습니다."

내가 말했다.

"정확히 말하면 제가 아니라 이 명함 주인을 보러 온 거죠. 누군가 어머니를 해치려 하는데 그 얘기를 전해줘야 한다면서요. 이건 저와 사무실을 같이 쓰던 파트너의 명함입니다. 기억하실 겁니다. 지난 1월에 사장님을 찾아간 적이 있을 테니까요."

거인은 여전히 실눈을 뜬 채 팔을 풀지 않았다.

"아무튼 손님은 아니시다."

"죄송하게 됐습니다. 뜸을 들일 생각은 없었습니다."

"그래서, 용건이 뭡니까?"

"말씀드린 대로입니다. 저는 보호자를 만나서 이야기를 듣고 이 일을 맡을지 말지 결정하겠다고 했습니다."

"결정."

거인의 눈가에 냉소가 떠올랐다.

"좋아. 당신 결정을 도와드리지. 일을 맡기지 않겠어. 그럼 된 거지?"

"아드님이 사장님께서 그렇게 말할 거라더군요."

"걔가 그랬다고?"

"정확히는 어머니가 어떻게 되든 신경 쓰지 않을 거라고요."

선풍기 모터가 삐걱거리며 돌아갔다. 인쇄소는 더운 곳이었다. 선풍기 한 대로는 턱도 없었다. 식은땀에 젖은 셔츠가 등에 달라붙은 게 느껴졌다.

"우리 애가 그쪽을 찾아간 건 미안하게 됐습니다. 바쁜 사람을 괜히 오가게 했군."

거인의 말투가 조금 누그러졌다.

"애가 고집도 좀 있고 혼자 생각하는 것도 많아서 가끔 어디로 튈지 모르는 짓을 합니다. 집에 가서 단단히 말해두지요. 앞으로는 그쪽을 귀찮게 안 할 거요. 그쪽이 날 속인 건 그걸로 비겼다고 칩시다."

"득실을 따지는 문제가 아니라고 생각합니다만."

"그러니,"

거인이 내 말을 잘랐다.

"그쪽도 우리를 귀찮게 하지 마시오."

소년의 아버지가 팔짱을 낀 채 결론을 내렸다. 밤색 폴로 반팔 티셔츠 밖으로 나온 군살 없는 길쭉한 팔이 검문소의 가로대처럼 엇갈려 있었다. 호의를 거둔 입술이 철근의 양 끝을 잡아당긴 것처럼 호를 그리며 도로 쳐졌다. 나가는 문은 뒤에 있다는 메시지가 그의 몸 전체에서 방사선처럼 뿜어져 나오고 있었다. 나는 헛기침을 하고 입을 열었다.

"그건 어려울 것 같습니다."

"어렵다?"

"아드님 일 때문으로만 왔다면 그럴 수도 있겠지만, 제 파트너 문제도 있어서 그렇습니다."

나는 거인의 얼굴을 보며 말을 이었다.

"다섯 달 전에 갑자기 사라졌습니다. 지금까지 연락도 안 되고 소재도 파악되지 않고 있어요. 그런데 아드님 말로는 제 파트너가 사라지기 전날 사장님을 찾아갔다는 겁니다. 그 사람이 무슨 일 때문에 왔는지, 무슨 말을 했는지 알려주시면 좋겠습니다."

"우리 방금 서로 귀찮게 하지 말기로 했는데."

"사모님 문제였다는 건 압니다."

거인이 눈썹을 찌푸렸다.

"문제?"

"저희가 어떤 일을 하는지는 그때 들어서 아시겠지요. 만약 사모님께서……."

거인이 자리에서 일어났다. 철제 의자가 뒤로 넘어지며 요란한 소리를 냈다.

"나가."

그가 나를 내려다보며 말했다.

"똑똑히 들어. 우린 누구의 **문제**도 아니야."

나는 주머니에서 펜을 꺼내 노아의 명함 뒷면에 내 휴대폰 번호를 적었다.

"혹시 도움이 필요하시면 연락 주십시오."

거인은 대꾸하지 않았다. 나는 명함을 두고 인쇄소를 나왔다.

공원이 눈에 띈 것은 주차장으로 돌아가던 길이었다. 인쇄소로 가는 도중에는 다른 생각을 하느라 미처 못 보고 지나쳤던 모양이었다.

작은 공원이었다. 도심 개발 과정에서 규정상 할 수 없이 지은 것 같은 티가 물씬 나는 곳으로, 소나무를 비롯한 나무 몇 그루가 서 있고 한쪽 구석에는 원뿔 모양의 조형물이, 다른 한쪽에는 날개 아니면 바람에 날리는 머리카락을 표현한 것 같은 청동 조

각이 설치되어 있었으며, 그 사이로 구불구불한 벽돌 산책로가
나 있었다. 산책로에는 비둘기 예닐곱 마리가 돌아다니는 중이
었다. 조각 옆에 '문정 어린이공원'이라고 적힌 나무 팻말이 서
있었고, 부동산 광고가 나붙은 전봇대가 팻말 옆에 바짝 붙어 있
었다.

나는 공원 벤치에 앉아 비둘기들을 바라보았다. 도시 비둘기
들은 배짱이 두둑해서 여간해서는 겁을 먹지 않는다. 놀라게 해
도 게으르게 퍼덕거리는 게 전부다.

무언가를 한 것 같지도, 하지 않은 것 같지도 않았다. 알지도
못하는 일 때문에 모르는 사람을 만난 게 전부였다. 그게 무슨
일인지 알려줄 사람은 여기 없다. 그렇다면 그 사람 책임이다. 애
초에 내가 할 일도 아니었다. 나는 할 만큼 했다. 거기까지 생각
하자 은근히 부아가 났다.

휴대폰이 진동했다. 액정에 문자메시지가 떴다.

아빠 만나셨어요?

나는 전화기를 도로 주머니에 집어넣었다. 허리를 펴고 등에
힘을 주면서 기지개를 켠 다음 속으로 욕을 내뱉었다.

사무실 앞 주차장에 차를 대고 내렸을 때, 현수막 앞에 작고
여위고 등이 굽어 있는 남자가 서 있는 모습이 보였다. 지나가는
차들이 경적을 울렸지만 남자는 아랑곳하지 않고 현수막을 가만

히 들여다보고 있었다. 남자는 구멍 뚫린 두 눈을 쓰다듬듯 만지고 현수막을 묶은 끈을 풀기 시작했다. 현수막이 바닥에 떨어지지 않도록 신중하게 끈을 풀고 그 상태로 현수막을 둘둘 말면서 다른 쪽 끝으로 가 나머지 끈도 풀었다. 그런 다음 물에서 건진 것처럼 축 늘어진 현수막을 어깨에 메고 할인마트 앞에 주차한 하얀색 경차로 갔다. 남자는 트렁크에 현수막을 집어넣고 새 현수막을 꺼냈다. 그때 마트 주인이 가게에서 나와 남자가 현수막을 다는 것을 도왔다. 일이 다 끝난 뒤 남자가 마트 주인에게 고개를 숙였다. 마트 주인이 가게 안으로 들어가더니 음료수병을 들고 나와 남자에게 건넸다. 남자가 손사래를 쳤지만 주인은 남자의 손에 병을 쥐여주었다. 남자는 주인에게 다시 고개 숙여 인사하고는 경차를 타고 사라졌다. 마트 주인의 눈과 내 눈이 마주쳤다. 주인이 내게 고개를 저었다. 의사소통이 대개 그렇듯, 나는 그가 정확히 뭘 말하고 싶어서 고개를 젓는지 알 수 없었지만 그럼에도 주인의 생각에 전적으로 동의했다.

화요일

곰 선생

다음날 아침 출근했을 때 사무실 건물 앞에 회색 미니 쿠페가 서 있었다. 나는 우편함을 확인하고 계단을 올라갔다. 건물 내부는 조용했다. 나는 일부러 걸음 소리를 크게 내면서 3층으로 갔다. 어제 퇴근하기 전 열쇠로 사무실 문을 잠갔지만 나는 그대로 문손잡이를 돌렸다. 회색 미니 쿠페가 주차되어 있었으니까.

아니나 다를까 문손잡이는 매끄럽게 돌아갔다. 안으로 들어가자 곰 선생이 손님용 의자에 앉아 창밖을 보고 있었다. 손에 김이 모락모락 올라오는 머그잔이 들려 있었다.

"여기 창가는 늘 봐도 경치가 훌륭하다니까. 저 교회 첨탑이 화룡점정이야."

곰 선생이 고개도 돌리지 않고 말했다.

"언제 오셨습니까?"

"모르겠네. 풍경에 넋이 나가서. 지금 몇 시지?"

"10시 반입니다."

"벌써? 사무실 문 너무 늦게 여는 거 아닌가?"

나는 대꾸하지 않고 협탁으로 가서 전기주전자 스위치를 켰다. 물은 금방 끓었다. 나는 머그잔에 녹차 티백을 넣고 뜨거운 물을 부은 뒤 잔을 들고 책상에 앉았다.

"잘 지내지?"

곰 선생이 말했다.

"누가 열쇠도 없이 들어오지만 않으면요."

"이렇게 늦게 출근할 줄은 몰랐지."

"지난번에도 말씀드렸지만 열쇠를 복사해드리죠. 편하게 들어오세요."

"**불편하게** 들어온 적 없으니까 신경 쓰지 마. 괜히 그런 거 갖고 다니다 잃어버리기라도 하면 더 성가셔."

곰 선생이 차를 입에 머금고 헹구듯이 굴리다 꿀꺽 삼켰다. 고급 남색 여름양복 차림에, 무릎 위엔 모서리가 우아하게 닳은 가죽 서류가방이 놓여 있었다. 왼손 약지에 낀 다이아몬드 반지가 창백하고 두툼한 살에 파묻혀 있었다. 눈가가 불그스름했는데 수면부족인지 꽃가루 알레르기 때문인지 알 수 없었다.

중간 관리자란 대개 위쪽과 아래쪽 모두에서 안 좋은 소리를 듣게 마련이지만 곰 선생의 주변에서 그런 잡음이 나온 적은 내가 아는 한에서는 없었다. 하지만 그에 대해 좋은 이야기를 들어본 기억도 나지 않았다. 밀가루가 빵이 되기 위해 태어나듯 곰 선생은 매니저가 되기 위해 태어난 사람이었다. 강자에게 약한

지는 알 수 없었지만 약자에게는 확실히 강했다. 의무를 수행하는지는 잘 알 수 없었지만 책임은 확실히 잘 피해갔다. 거짓말을 하는지는 알 수 없었지만 진실을 제대로 말하지는 않았다. 사람들이 그를 곰 선생이라 부르는 건 그의 외모가 비에 젖은 채 거리에 버려진 곰 인형을 닮아서만이 아니었다. 곰이란 본시 음흉한 짐승인 것이다.

"무슨 일이신가요? 이렇게 일찍."

내가 말했다.

"보고 싶어서 왔다고 하면 안 믿겠지."

"제 장점입니다. 사람 말을 잘 믿는 거."

"노아 선생 말도 잘 믿었지."

"무슨 일로 오셨습니까?"

"요즘 많이 바쁜가?"

"약간요."

나는 달력을 흘긋 보며 대답했다. 추수가 끝난 들판처럼 아무것도 적혀 있지 않은 탁상 달력을 곰 선생도 확인했을 것이다.

"부탁 하나 들어줬으면 싶어서. 어려운 일은 아니야."

"작년에도 그렇게 말씀하셨죠."

"그랬던가?"

"종이를 반으로 접는 것만큼 간단한 일이라고요."

"아."

곰 선생이 이제야 기억났다는 듯 고개를 끄덕였다.

"그 일 말이지."

"네. 그 일."

"그 문제에 대해서는 우리가 합의를 했던 것 같은데."

"그랬죠. 그때 거기 계시지는 않았으니까요."

"안타까운 일이긴 했어. 다친 곳은 괜찮고?"

"몸은 괜찮습니다. 아직도 밤에 자다 악몽 때문에 가끔 깨곤 하죠."

나는 왼쪽 귀 뒤에 남은 흉터를 쓰다듬으며 말했다. 곰 선생이 씩 웃었다. 그는 나를 싫어했는데, 그건 그가 노아를 싫어했기 때문이었다. 둘 사이에 무슨 일이 분명히 있기는 했는데 노아도 곰 선생도 그 일이 무엇인지는 내게 말해주지 않았다. 언젠가 노아에게 물어본 적이 있었지만 그는 이렇게만 대답할 뿐이었다.

"곰 선생께서는 협회를 너무 사랑하시는 감이 좀 있죠."

아무튼 곰 선생의 '부탁'을 거절할 수는 없었다. 물론 곰 선생은 경찰도 아니고 내 상사도 아니다. 하지만 세상에는 의무가 아니라도 해야 하는 일이 있고 명령이 아니라도 따라야 하는 말이 있다. 그래서 향후 일정이 대학 구내식당의 주간메뉴만큼이나 빈틈없이 짜여 있어도 도서정리협회의 매니저가 회원에게 무언가를 부탁하면 회원은 만사 제치고 그 일부터 처리해야 했다. 일정이 사기꾼의 영혼처럼 텅 비어 있다면 말할 나위가 없고.

"내 다시 한번 심심한 유감의 뜻을 전하지."

"알겠습니다. 뭘 하면 됩니까?"

곰 선생이 가방에서 서류 봉투를 꺼내 책상에 올려놓았다.

"여길 살펴봐줘야겠어."

나는 봉투에서 두툼한 서류 더미를 꺼냈다. 표지 오른쪽 상단에 '1번'이라고 적혀 있는 것 외에는 아무것도 적혀 있지 않은 서류였다.

표지를 넘기자 첫 페이지에 컬러로 인쇄한 사진이 나왔다. 어딘가의 공사현장을 찍은 사진으로, 파헤쳐진 땅 주위로 철골이 솟아 있고, 멀리 타워크레인과 포클레인이 보였으며, 경찰차와 구급차도 눈에 띄었다. 공사현장에서 사용하는 주황색 라바콘이 파헤쳐진 땅 주변에 띄엄띄엄 흩어져 있었다. 노란색 폴리스 라인이 라바콘 사이를 연결하고 있었다.

그 사진 아래 또 다른 사진이 있었다. '과학수사'라고 적힌 하얀 옷을 입은 사람들이 구덩이 안을 돌아다녔고, 사복경찰과 정복경찰이 그 모습을 내려다보는 사진이었다.

경찰들이 내려다보고 있는 것은 뼈였다.

길고 짧은 뼈가 구덩이에 이리저리 흩어져 있었다. 사진 한쪽에서 마스크를 쓴 과학수사대원이 무릎을 꿇고 머리뼈를 살펴보는 중이었다. 수사대원 왼쪽에 펼쳐져 있는 파란색 방수포에 뼈들이 가지런히 정리되어 있었다. 방수포 위에 놓인 또 다른 머리뼈가 크고 검고 공허한 눈구멍으로 카메라 렌즈를 응시했다.

나는 고개를 들어 곰 선생을 보았다.

"이게 뭡니까?"

"보다시피."

나는 '1번' 서류를 계속 넘겼다. 현장 사진이 몇 페이지에 걸쳐 이어졌다. 그다음 장에는 유골을 발견한 시간과 장소, 현장 목격자들의 증언 등이 적혀 있었다. 날짜는 2주 전이었고, 발견 장소는 한 관광호텔 공사현장이었다. 상수도 설치 작업 중이던 인부가 흙속에 파묻힌 머리뼈를 발견했다('발견자는 순간 당황했지만 침착하게 현장책임자를 호출하여 상황을 보고했고, 책임자가 경찰에 신고함'). 최종적으로 발굴된 머리뼈는 모두 열두 점이었다. 뼈 사진들과 더불어 현장에서 발견된 유류품 사진이 첨부되어 있었다. 시계, 반지, 안경, 목걸이, 장갑, 양말, 신발, 티셔츠 등등. 뒤이어 붙어 있는 건 검시보고서였다. 머리뼈와 엉치뼈 등을 통해 성별을 추정한 결과 남자가 일곱, 여자가 다섯이었다. 아래턱뼈 등을 통해 추정한 연령대는 이십대에서 육십대까지 걸쳐 있었다. 마지막으로, 유골은 최근에 백골화된 것이었다. 시신이 백골로 화한 지 1년이 넘지 않은 것으로 보인다는 것이 검시관의 추정이었다.

마지막으로는 수사회의록 복사본이 실려 있었다. 지역 주민들의 증언과 지적도 조사를 통해 판단컨대 유골이 발견된 장소가 과거에 묘지로 전용된 적은 없었고, 장례 관련 시설도 운영된 바 없었다. 무엇보다 백골과 유류품의 상태가 최근인 점으로 미루어 보았을 때, 범죄일 가능성을 최우선으로 염두에 두고 수사 방향을 잡아야 했다. 현 상황에서는 신원 파악이 급선무였으므로, 경찰은 탐문수사와 동시에 유골에서 채취한 DNA를 최근 2, 3년간의 실종자 데이터베이스와 대조하는 작업에 착수하기로 했다.

나는 서류를 덮고 곰 선생을 보았다. 곰 선생이 자리에서 일어나 찻잔에 따뜻한 물을 더 따랐다.

"이게 **우리**가 할 일인가요?"

"그렇게 생각하나?"

"이건 **진짜** 범죄잖습니까."

"진짜 범죄라는 게 무슨 뜻이지?"

"모르겠습니다. 신도들을 암매장하는 사이비종교? 아니면 연쇄살인일 수도 있고요."

곰 선생이 고개를 끄덕였다.

"이런 일이 지난 2주 동안 전국에서 일곱 건 일어났다면?"

침묵이 흘렀다. 나는 표지에 적힌 '1번'이라는 숫자를 다시 보았다.

"일곱 건이라고요."

내가 말했다.

"그리고 91명. 발굴된 유골 숫자야. 상황은 모두 같아. 최근 1, 2년 사이에 백골이 됐고, 신원을 바로 알 수 있는 신분증 같은 건 없지만 유류품은 하나씩 꼭 있어. 물론 범죄일 수도 있겠지. 하지만 아닐 수도 있어. 아무튼 이상한 사건이라는 건 분명해. 적어도 어딘가의 높으신 분들이 우리에게 상담을 해보면 어떨까 생각할 만큼은 이상하지."

곰 선생이 말을 이었다.

"그래서 우리가 알아보겠다고 한 거야. 문제는 시간인데, 뉴스 보도를 막고는 있지만 언제까지 그럴 수 있을지는 몰라."

그러고 보니 이런 내용의 뉴스를 보거나 읽은 기억이 없었다. 곰 선생이 차를 한 모금 마셨다.

"신문에서 한두 개 정도 뉴스가 뜨긴 했지만 이 건들을 하나로 연결한 기사는 아직 나오지 않았어. 물론 안심은 못 하지. 기자는 믿을 수 없는 족속이니까. 아마 지금쯤 한창 자기들끼리 눈치게임 중일걸. 그러다 똥 마려운 개처럼 특종이 급한 누군가가 에라 모르겠다, 하고 제대로 확인도 안 한 사실을 질러버리는 거지. 그럼 난리가 나는 거고. 해골 91개가 별안간 땅에서 튀어나왔는데 안 뒤집어지겠어?"

"냉소적이시군요."

"그런가? 있는 그대로의 사실을 말하는 게 냉소는 아니지. 보라고. 어제 가스 누출 사건 판결 나온 거. 벌금형에 집행유예잖아. 이제 법원 판결도 나왔으니 훌훌 털어버리자는 사설이 쏟아지고 있다고. 그런 게 기자고 언론인 거지."

"그 일에 관심 갖고 계신 줄은 몰랐습니다."

"나도 갖기 싫었어. 우리 큰삼촌이 가스를 들이마시지 않았다면 몰라도 됐겠지."

"유감입니다."

"큰 피해는 안 입으셨어. 좀 떨어진 동네에 사셨으니까. 아무튼 기자들에게 그럴싸한 이야기를 제공해줘야 돼. 그 친구들이 납득할 만한 설명이 필요하다고. 그러려면 우리는 이게 진짜로 무슨 일인지 알아야겠지. 진실을 알아야 거짓말을 할 수 있으니까."

곰 선생이 차로 입을 헹궜다.

"알겠습니다. 뭘 하면 될까요?"

"우리가 늘 하는 일. 가서 보고 들어. 중요하지 않은 중요한 걸 찾아. 아무리 사소한 거라도 좋으니까. 알고 있겠지만 우리에게 일어나는 일에는 모두 의미가 있어."

"중력처럼 말이죠."

"중력? 그건 또 무슨 소리야? 아무튼 뭐든 좋으니까 보고 들은 걸 다 말해주면 돼. 그럼 우리가 다른 보고와 종합해서 **가설**을 세운 다음 현장에서 살펴봐야 할게 뭔지 다시 알려줄 거야. 몇 번 해봐서 알잖아?"

"안 좋은 일은 빨리 잊어버려서요. 제 두 번째 장점이죠."

곰 선생이 나를 바라보았다. 무언가 말하려는 듯 입술을 달싹거리다가 한숨을 쉬고는 다 마신 찻잔을 책상에 놓았다.

"오늘 저녁까지 보고해. 그 전이라도 언제든 연락하고."

곰 선생이 자리에서 일어났다.

"질문이 있습니다만."

"뭔데?"

"제가 이 '1번' 현장을 맡게 된 특별한 이유가 있습니까?"

"경해 선생 사무실과 제일 가까우니까. 다른 질문은?"

나는 고개를 저었다. 곰 선생이 문으로 걸어갔다. 나도 뒤를 따라갔다. 곰 선생이 문 앞에서 걸음을 멈췄다. 나도 멈췄다. 우리는 잠시 그 상태로 서 있었다. 내가 곰 선생의 듬성듬성한 정수리를 덮고 있는 불그스름한 두피에 시선을 두고 있는데 그가 몸을 돌렸다.

"혹시 최근에 노아 선생 소식 들은 거 없나?"

"없습니다."

나는 곧바로 대답했다. 대답하고 나니 너무 바로 반응한 건 아닌가 싶었다. 곰 선생이 고개를 끄덕이고는 내게 말했다.

"거울을 찾았어."

나는 잠깐 동안 그게 무슨 말인지 알아듣지 못했다. 곰 선생이 씩 웃었다.

"거울을 찾았다고. 우리 노아 선생이 들고 도주하신 그 물건."

이번에는 내가 곰 선생을 보았다. 그가 계속 말했다.

"저번 주에 회수했어. 이발소에 걸려 있더라고."

"이발소요?"

"이발소에 거울. 꼭 나뭇잎을 숲에서 찾았다는 얘기 같지? 이발소 주인 말로는 그 거울을 황학동 중고시장에서 샀대. 그런데 걸어놓고 보니 손님들이 불평을 하더라는 거야. 이 거울 대체 뭐냐고. 얼굴이 왜 이렇게 보이냐고."

나는 대꾸하지 않았다. 곰 선생의 표정이 의기양양해졌다.

"드디어 꼬리가 밟힌 거야. 그동안 잘 숨어 다니셨는데. 이제 곧 노아 선생도 찾을 수 있을 거야. 그러면 그간의 사정을 소상하게 들을 수 있겠지. 다행이지 않나?"

곰 선생이 나를 빤히 보았다. 눈가에 맺힌 기쁨이 창으로 들어오는 햇빛에 반사되어 번들번들 빛났다.

"다행이네요."

곰 선생이 다시 웃었다.

그가 사무실을 나간 뒤 나는 창가를 내다보았다. 회색 미니 쿠페가 건물 밖으로 나와 도로 저편으로 멀어져갔다.

책상으로 돌아가 '1번' 서류를 다시 펼쳤다. 스마트폰의 지도 애플리케이션을 열어 호텔 공사장 주소를 입력한 다음 손가락으로 지도를 확대하면서 주변 지역을 살펴보았다.

처음 서류에서 주소를 확인했을 때 머릿속에 떠올랐던 대로였다. 첫 번째로 유골이 발견된 장소인 호텔 공사장은 창신인쇄와 직선거리로 약 200미터 정도 떨어져 있었다.

소년이 찾아오고, 뼈가 드러나고, 거울이 나타났다.

경사를 따라가면 돼요. 그러면 자연스럽게 핵심에 다다를 수 있습니다.

노아는 예전에 그렇게 말했다. 내 눈앞에서 무언가가 경사를 따라 굴러가기 시작했지만 그게 무엇인지는 뭔지는 알 수 없었다.

거울

노아가 어째서 그런 짓을 저질렀는지 이유를 정확히 아는 사람은 없었다. 물론 가설은 많았다. 아주 많았다. 그게 우리가 하는 일이니까. 뭘 해야 할지 모르는 일이 생겼을 때 뭘 해야 할지 알아내는 것. 회원들은 한동안 일 문제로 마주칠 때마다 노아가 친 사고를 주제로 토론을 벌였다. 몇몇은 노아가 우리 모두의 신뢰를 강탈해간 것이라며 성토했다. 대개는 노아가 왜 그랬는지 궁금해했다.

그러나 모두를 설득시킬 만한 가설은 나오지 않았다.

불황 때문에 새해도 침울할 것이라는 전망이 우세하던 작년 말, 소규모 투자사 대표인 삼십대 여성이 펜트하우스 옥상에서 뛰어내렸다. 생전에는 하버드를 졸업하고 뉴욕 증권사에 취직해 일하다가 귀국한 뒤 알고리즘을 이용한 투자공식으로 엄청난 수익률을 거둔 투자의 귀재 '리사'로, 사후에는 '페라리녀'로 알려진 여성이었다. '페라리녀'라는 멸칭이 붙게 된 건 검찰 소환 전날 옥상에서 몸을 날렸을 때 본인 소유의 페라리 오픈카 운전석에 떨어졌기 때문이었다. 누군가 사건 현장을 동영상으로 찍어 인터넷에 올렸다. 원본은 곧 삭제되었지만 분노한 투자자들이 그 동영상을 퍼 나르며 죽어 싸다는 악성 댓글을 달았다. 영상에 〈해피 버스데이〉를 입힌 사람도 있었다. 상황이 심각해지자 경찰에서 고인의 명예를 지켜달라는 성명을 발표할 정도였다.

솔직히 말해 그 아수라장이 촉발된 데는 본인의 책임도 없지 않았다. 리사가 전문대 중퇴생이라는 옛 친구들의 폭로가 이어지고 투자금 횡령 문제로 경찰 수사가 시작되었을 때도 투자자들은 리사의 공식만큼은 진짜일 거라는 희망을 버리지 않았다. 그 공식으로 300퍼센트, 500퍼센트의 수익을 올렸다는 글과 사진과 영상이 하루가 멀다 하고 SNS에 올라왔는데, 그 모든 게 어떻게 거짓일 수 있겠나? 하지만 리사는 투신 직전 회사 페이스북 계정에다 그 게시물 중 조작이 아닌 건 하나도 없다고, 인생이건 투자건 공식 따위는 없고, 그런 걸 믿는 자들은 망해도 싸며, 세상이 내게 해준 것이 하나도 없기 때문에 투자자들에게도 미안할 일이 전혀 없다고 썼다.

사무실에 의뢰가 접수된 건 리사가 자살하고 약 2주 뒤였다. 의뢰인은 리사의 회사에 투자한 자산가 중 한 명으로, 회사에 추가 긴급 자금을 지원하는 대신 그녀의 소유물 하나를 받기로 되어 있었다고 주장했다. 의뢰인의 대리인 자격으로 방문한, 반짝이는 검정 양복에 반짝이는 검정 구두를 신고 반짝이는 검정 선글라스를 꼈으며 머릿기름을 발라 머리가 새까맣게 반짝이는 덩치 좋은 남자가 믿지도 않는 종교를 전도하듯 심드렁한 말투로 본인이 모시는 '회장님'이 원하는 걸 말했다.

"**좌우가 바뀌지 않는** 거울이라고 합니다. 회장님 말씀으로는."

"그렇군요."

노아가 말했다.

"오른쪽은 오른쪽에, 왼쪽은 왼쪽에 비친다고 하시네요."

"무슨 말씀인지 알겠습니다."

노아가 고개를 끄덕였다.

"선생님께서 그런 물건이 존재한다는 사실을 믿지 않는다는 것도 알겠고요."

"저는 회장님께 들은 대로 전할 뿐입니다."

"일본에서 실제로 그런 거울을 개발한 적이 있습니다."

"그렇습니까?"

대리인이 손톱 거스러미만 한 호기심을 보였다.

"흔히들 거울이 좌우대칭이라고 생각하죠. 오른쪽이 왼쪽으로 보이니까. 하지만 사실 거울은 전후대칭입니다. 그 원리를 이용하면 좌우가 바뀌지 않는 거울을 만들 수 있습니다. 빛이 들어오고 나가는 각도를 교묘하게 조정하는 거죠."

"흐음."

"물론 회장님께서 찾고 계신 건 그런 조잡한 장난감이 아니겠죠."

대리인이 계속 설명했다. 리사가 자살한 뒤 펜트하우스는 경매로 넘어갔고 남은 재산에는 압류 조치가 취해졌다. 문제는 그렇게 처분된 재산 중에 거울이 없었다는 점이다. 의뢰인 측에서는 사람을 고용해 자체적으로 조사를 했지만 별 성과를 거두지 못했다. 그때 우연찮게 도서정리협회의 존재를 알게 된 회장님께서 당장 그곳에 전화를 걸어보라고 지시하셨다. 대략 그런 이야기였다.

"고인의 그 물건이 확실히 회장님께 인도되기로 정해져 있던 건가요?"

"물론입니다. 적법한 절차를 거쳐 계약이 이뤄졌습니다. 회장님은 정당성에 무척 신경을 쓰시는 분입니다."

"미리 보내주신 계약서를 보았습니다. '투자에 상응하는 물품'이라고만 적혀 있던데요."

대리인이 그런 걸 일일이 설명해야 하느냐는 표정으로 노아를 바라보았다. 노아가 계속 말했다.

"실제 투자는 이루어졌습니까?"

"당연하죠."

"제가 듣기로는 투자가 이뤄지기로 약속한 날까지 돈이 안 들어왔다는데요."

"그런 얘기는 어디서 들으셨습니까?"

노아가 대답 대신 빙긋 웃었다. 대리인이 헛기침을 했다.

"막 전달되려던 참이었습니다. 큰돈은 엉덩이가 무거워요. 움직이려면 우리도 힘을 써야 한단 말입니다. 그러니 계약 내용은 변한 게 없습니다. 그 여자가 사망하지 않았다면 투자는 정상적으로 이뤄졌을 겁니다."

"어쨌든 투자가 이뤄진 건 아니었군요."

"그 여자는 사기꾼이었어요."

대리인이 짜증을 냈다.

"이제 와서 그 문제를 따지는 게 그렇게 중요합니까?"

"아닙니다. 중요하지는 않아요."

노아가 느긋하게 대꾸했다.

"다만 저희 모토랄까, 그게 좀 그렇습니다. 중요하지 않은 게 중요하다. 사소한 거라도 확인을 하는 게 좋다는 뜻이죠. 과거는 중요하니까요. 과거가 우리를 만들죠."

대리인이 떠난 뒤 노아가 말했다.

"이 일은 제가 맡겠습니다. 쌍둥이 문제는 혼자 마무리할 수 있겠죠?"

나는 알겠다고 했다. 얼굴이 하나도 닮지 않은 일란성 쌍둥이에 대한 일은 거의 다 끝나가는 중이었다. 마무리라면 혼자서 할 수 있을 것 같았다.

그다음 날부터 노아는 사무실에 나오지 않았다. 그를 다시 만난 건 일주일 뒤였다. 잠시 볼일이 있어 외출했다가 사무실로 돌아와보니 노아가 책상에 앉아 창밖을 멍하니 보고 있었다.

"오셨어요?"

나는 그에게 다가가며 말했다. 책상에 컴퓨터 모니터 정도 크기의 납작한 종이 상자가 놓여 있었다.

"찾으셨군요?"

"어찌어찌요."

그때 노아의 손에 눈길이 갔다. 오른손 엄지와 검지 사이에 칼에 베인 듯 길쭉한 상처가 나 있었다. 상처 위에 딱지가 말라붙었고, 주변은 불그스름하게 부은 상태였다. 상처에 세균이 들어간 모양이었다.

"별거 아닙니다. 거의 다 나았어요."

노아가 말했다.

"아닌 것 같은데요. 약을 바르든가 병원에 가봐야 하지 않을까요?"

"일부터 마치고요. 곧 의뢰인을 만납니다. 차를 보낸다네요."

노아가 상자를 톡톡 건드렸다.

"거울은 참 신기한 물건입니다. 그렇지 않나요?"

"신기한 거울이죠."

"아뇨, 거울이라는 물건 자체가 신기하다는 겁니다."

노아가 말을 이었다.

"보세요, 자기 모습에 관심을 기울이는 종은 인간뿐이에요. 다른 동물들은 상대의 모습과, 상대가 나를 어떻게 볼지에만 관심을 가져요. 생존에는 그 정도면 충분하니까. 자기가 자기를 볼 필요는 느끼지 못하는 거죠. 하지만 사람은 자기 자신에게 엄청나게 관심이 많습니다. 자기가 세상에 어떻게 보일지 알고 싶어 하죠. 하지만 거울은 좌우가 반대로 비쳐요. 그런 점에서 거울은 은유입니다. 자신의 모습을 보는 건 가능하지만 자신의 진짜 모습은 볼 수 없다는 은유. 하지만 이 거울은…… 이 앞에 서면 자신의 **진짜 모습**을 볼 수 있습니다. 은유로나, 실제로나. 그래서 '회장님'이 이걸 원하시는 거겠지요."

노아가 '회장님'을 발음하면서 양손 검지를 까딱였다.

"본인의 진짜 모습을 보려고요?"

"그보다는 남에게 보여주려 하겠죠."

"남에게 왜요?"

"경해 씨는 자기의 진짜 모습을 보고 싶나요?"

노아가 말했다.

"그렇게 되면 무슨 일이 벌어질까요?"

나는 대답하지 않았다. 밖은 완전히 어두워졌다. 거울처럼 변한 검은 유리에 노아와 내 모습이 비쳤다. 물론 응당 그래야 하듯, 좌우가 바뀐 채.

유리거울 속 노아가 다시 입을 열었다.

"옥상에서 뛰어내리기 전에 리사 씨는 이 거울에 자기를 비춰 봤을까요?"

몇 분 뒤 노아의 휴대폰이 진동했다. 노아가 전화를 받아 짧게 대답하고는 거울을 챙기며 자리에서 일어났다.

"먼저 가보겠습니다. 나중에 봐요."

나중에 곰 선생의 사무실로 불려가 그날 저녁의 기억을 되살리는 동안 나는 수십 번씩 이 대화를 되새겨야 했다. **나중에 보자고** 했다고? 그게 무슨 뜻이지? 나중에 어디서 보자는 건데? 그날 저녁의 대화에 대해 하도 집요하게 질문을 받다 보니 나중에는 내가 실은 정말로 중요한 말, 그러니까 노아가 회장에게 가짜 거울―일본에서 제작되었다는 그 공장제 거울―을 넘긴 뒤 진짜 거울을 들고 종적을 감춰버릴 예정이라는 말을 노아에게서 분명 들었는데 잊어버린 건 아닌가 하는 의심이 스스로에게 들 정도였다.

그렇게 노아는 달궈진 프라이팬에 떨어진 물방울처럼 흔적 하나 남기지 않고 증발해버렸다. 곰 선생은 거울을 둘러싼 정황에 대해 자세한 이야기를 해주지 않았지만 이런 종류의 일은 가만히 앉아만 있어도 소문이 제 발로 걸어오게 마련이다. 노아가 들고 사라진 거울을 찾는 '회장님'이 표면적으로는 무역회사를 경영하고 있지만 뒤로는 중국인가 러시아의 범죄조직과 긴밀한 관계를 맺고 있고, 그 거울을 진짜 원하는 쪽은 사실 그 조직이라는 이야기는 거의 정설이었다. 이 일로 곰 선생의 입장이 난처해졌다는 건 그냥 사실이었다. 노아를 회장에게 소개한 사람이 곰 선생이었으니까. 몇몇은 나를 걱정했다. 어느 날 사무실에 살벌한 남자들이 불시에 들이닥칠지도 모른다면서 사무실을 옮기는 게 좋을 거라고 충고했다.

그들을 기쁘게 해주기는 싫었기 때문에 회장의 대리인이 이미 사무실에 왔다 갔다는 이야기는 하지 않았다. 대리인과 차림새는 비슷했지만 흑백 인쇄물마냥 반짝이는 기운 같은 건 조금도 없는 살벌한 남자들을 대동했다는 말도 하지 않았다. 나는 곰 선생에게 전화를 걸었고, 곰 선생은 회장에게 전화를 했으며, 회장은 대리인에게 전화를 걸었다. 전화가 그렇게 오가는 동안 대리인은 내 배와 얼굴을 서너 번 두드렸다. 상황이 정리된 뒤 대리인은 허튼 수작 하지 말라고, 하루, 일주일, 한 달, 언제까지나 네 등 뒤에 숨어 너를 지켜보겠다고 말하고는 돌아갔다.

그 후로 대리인을 다시 볼 일은 없었다. 내 등 뒤에 잘 숨어 있어서는 아니었다. 노아가 사라지고 두 달쯤 뒤, 러시아와 중국을 오가며 사업을 하는 무역회사 대표가 체포되었다는 기사를 인터넷 뉴스에서 발견했다. 지방의회 의장에게 뇌물을 건넸다는 혐의였다. 읽다 보니 어쩐지 간접적으로 알고 있는 사람 같아 흥미가 동해 기사를 따라갔다. 일주일쯤 지나자 이야기가 재미있어졌다. 대표가 뇌물을 준 건 맞는데 의장은 받은 적이 없다는 것이었다. 정황상 '배달 사고'가 일어난 듯했다. 이를테면 대표와 의장 사이를 중개하던 대리인이 돈다발을 챙겨 증발했다거나 하는 식으로. 그러다 돈 얘기가 쏙 들어가더니 무역회사 대표가 러시아에서 불법 무기류를 밀수한 혐의로 구속 수감되었다는 소식을 마지막으로 기사가 끊겼다. 혐의 변경 사이에 나름의 곡절이 있었던 듯했다.

노아는 그 이후로도 나타나지 않았다. 나는 별 소용이 없다는 걸 알면서도 한동안 그의 번호로 전화를 걸고 문자메시지를 보냈다. 병에 편지를 담아 바다에 띄워 보내는 기분으로.

검토

사무실을 나왔을 때 고양이 한 마리가 먹이 그릇에 코를 파묻고 입을 오물거리고 있었다. 그 모습을 식료품점 주인할머니가 플라스틱 의자에 앉아 흐뭇하게 지켜보았다.

"돌아왔군요."

할머니가 빙긋 웃었다.

"밥 하나는 잘 먹죠. 이거 봐요. 정말 영감을 쏙 빼닮았지."

아인슈타인이 고개를 들었다. 노르스름한 공막 한가운데 자리 잡은 새까만 타원형 눈동자가 내 쪽을 향했다. 나는 어쩐지 어색해져서 윙크를 했다. 할 말이 없을 때 날씨 얘기를 꺼내는 것처럼. 고양이는 내 인사에 별다른 반응을 보이지 않았다. 새초롬한 표정으로 나를 빤히 응시할 뿐이었다.

"회장님이 마음에 드나봐요."

나는 미소로 그 말을 받아넘겼다. 고양이가 다시 먹이 그릇에 고개를 묻었다.

"우리 영감도 이렇게 앉아서 밥이나 먹고 살다 죽었으면 좋았는데."

할머니가 아쉬워했다.

나는 공영주차장에 차를 세웠다. 어린이공원을 지나가던 중 문득 이상한 낌새를 느끼고 뒤를 돌아보았다. 누군가 나를 지켜보고 있는 듯한 기분이 들었던 것이다. 하지만 공원에는 어제처럼 비둘기 몇 마리가 한가롭게 산책로를 어슬렁거릴 뿐이었다.

공사현장에 세운 회색 차단벽에 호텔 조감도가 그려져 있었다. 그림 속 호텔은 반듯한 도로와 촘촘히 심은 가로수 사이에 우뚝 서서 주변을 여유롭게 내려다보는 중이었다. 그러나 호텔이 실제로 완공된다 해도 투숙객이 내려다보게 될 것은 신록의 가로수가 아니라 녹색 페인트를 칠한 건물 옥상, 편의점, 휴대폰 대리점, 임대 딱지를 붙인 가게들이 다닥다닥 붙어 있는 풍경일 것이다. 지도를 볼 때도 관광호텔이 들어설 만한 장소 같지는 않았는데 실제 와보니 더 그렇게 보였다.

나는 길 건너 편의점에서 캔커피를 사서 파라솔 테이블에 앉아 현장을 지켜보았다. 공사는 차질 없이 진행되고 있는 듯했다. 안전모를 쓴 현장 직원이 먼지가 날리는 걸 막으려고 길바닥에 물을 뿌렸다. 직원이 물러서자 대기하던 대형 트럭이 공사장 안으로 들어갔다.

직원을 붙들고 땅속에서 사람 뼈를 몇 조각이나 골라냈느냐고 묻는 건 당연히 바보짓이다. 나는 커피를 홀짝이며 기다렸다.

점심시간이 되자 직원들이 공사장에서 몰려나와 '백반'이라고 쓴 종이를 유리문에 붙여놓은 식당으로 한꺼번에 들어갔다. 30분 정도 지나자 직원들이 이를 쑤시며 밖으로 나왔다. 나는 조금 더 기다리다가 식당으로 들어갔다.

실내에는 뷔페 메뉴로 밥과 국, 나물과 고기반찬, 튀김이 벽면을 따라 놓여 있었다. 결제는 선불이었다. 나는 카운터에 앉아 있던 식당 주인에게 돈을 내고 접시 모양 식판에 음식을 담은 뒤 자리에 앉아 밥을 먹었다. 음식은 백반집이 보통 그렇듯 짜고 달고 매웠다. 젊은 베트남 여자가 빈 테이블을 걸레로 부지런히 훔쳤다. 손님은 텔레비전을 보고 있는 노인과 나뿐이었다. 텔레비전에서는 시사프로그램이 방송되는 중이었다. 사회자와 정치평론가가 스튜디오에 앉아 어제 내려진 판결에 대해 의견을 나누고 있었다. 사회자가 말했다.

"이번 판결이 기존 유사 사건의 판례와 비교해볼 때 다소 가볍지 않나 하는 논란이 있는데요. 이런 판결이 나온 배경에 최근 신당 창당에 참여 의사를 밝힌 야당 중진 의원이 해당 회사의 주식을 보유하고 있다는 사실이 작용하지 않았나 하는 의혹도 있고요. 이 점에 대해서는 어떻게 생각하십니까?"

정치평론가가 대답하는 동안 법정 앞에서 일어난 난동 장면이 방송되었다. 어제 인터넷에서 사진으로 봤던 장면이었다. 항의하는 사람들. 계란. 도주.

식사를 마치고 카운터에서 입가심용 사탕을 집으면서 나는 식당 주인에게 이 동네에 카페를 개업할 생각이 있다고 말했다. 다

행히 주인이 호기심을 보였다. 주인은 얼굴이 불그스레하고 모공이 넓은 중년 남자로, 나와 대화를 하는 동안에도 베트남 여자가 뭐라도 훔쳐가지 않는지 감시라도 하듯 계속해서 여자 쪽을 흘끔거렸다.

"그런데 저기 호텔 공사장에서 얼마 전에 안 좋은 일이 있었다고 들어서요."

내가 말했다.

"무슨 안 좋은 일이요?"

"이상한 것들이 나왔다던데요."

주인이 쓴웃음을 지었다.

"그런 얘긴 어디서 들으셨대?"

"들리더라고요."

나는 손바닥을 귀에 갖다 대며 귀 기울여 듣는 동작을 취했다.

"소문 빠르네. 뭐가 나오긴 나왔지. 별거 아니에요."

"별거 아니긴 뭐가 별게 아냐."

텔레비전을 보던 노인이 몸을 돌려 말했다.

"사람 뼈가 무더기로 나왔는데 그게 별게 아니야?"

"공사는 안 멈췄잖아요. 그랬으면 우리도 장사 접었어요, 아버지."

"난 거기 그런 꼴 날 줄 알았다."

주인의 아버지가 비웃었다.

"말도 안 되는 곳에 호텔 짓는다고 사람들 다 쫓아내니까, 봐라, 그게 오래전 뼈도 아니라고 하잖아? 누가 사람들 죽여서 묻어놓은 게 아니면 뭐냐?"

"경찰이 아니라고 하잖아요, 그런 게."

"사람들을 쫓아내요?"

내가 끼어들었다.

"쫓아낸 게 아니고, 사장님도 장사하신다니까 아시잖아요, 재개발 들어가니 임대계약 해지하겠다, 하니까 거기 세입자들이 좀 버티고 그런 거요."

"난 거기 벌 받을 줄 알아."

노인이 투덜거렸다. 식당 주인이 얼굴을 찌푸렸다. 베트남 여자가 접시를 차곡차곡 쌓은 다음 한 손으로 받쳐들고 주방으로 들어갔다.

"아니, 아버지는 맨날 그걸 천벌이라고 그러시는데, 여기만 사람들 내보내고 그러냐고요. 아버지 말씀대로라면 재개발하는 데마다 사람 뼈가 사방에서 튀어나와야죠. 어째 다른 데는 아무 일 없이 빌딩만 척척 올리고 그래요?"

"그러니까 네가 뭘 모른다는 거다."

주인의 아버지가 말했다.

"벼락이 사람 골라 떨어지는 거 봤냐? 업보는 원래 불공평한 거야. 인과응보는 저지른 놈에게 그대로 돌아온다는 말이 아니란 말이다. 죄지은 놈은 끝까지 잘 살아. 대신에 엉뚱한 사람들이 그 죄를 다 떠안아야 한다고. 저거 봐라."

노인이 텔레비전을 가리켰다. 계란과 도주 장면이 다시 나왔다.

"사고는 저놈들이 쳤지. 가스를 누출시켰어. 그런데 피 토하고 식물인간 된 건 누구냐?"

"사고 낸 사람들도 벌 받았잖아요."

"하!"

주인의 아버지가 코웃음을 쳤다.

"집행유예가 벌이냐? 저 판결 뒤에 국회의원 놈이 있다는 거 세상이 다 아는데, 그게 벌이냐고. 그리고 설사 저 놈들이 징역을 산다고 식물인간이 깨어나나?"

"하지만 아버지, 아버지 말씀이 맞다고 쳐도요, 뼈 나온 게 무슨 벌이에요. 신라시대 유물 같은 게 나와야 천벌이지. 그럼 공사가 중단됐을 거니까. 근데 아니잖아요. 결국 따지고 보면 아무 일도 안 일어난 거죠."

"안 일어나긴 뭐가. 없는 척한다고 있던 게 없던 게 돼? 다 돌아오게 돼 있어."

노인은 아들을 경멸스럽게 흘겨보고는 텔레비전으로 고개를 돌렸다. 식당 주인이 아랫입술을 비죽 내밀었다.

"원래 그 호텔 자리에 상가 건물이 있었거든요. 그 안에 경로당 같은 건 아니고, 아무튼 아버지와 친구분들이 모여서 놀던 가게가 있었어요. 그거 없어지니까 서운해서 저러시죠."

"아."

나는 알겠다는 듯 고개를 끄덕였다.

"아무튼 제가 뭐 사장님 장사에 대해 이래라저래라 할 건 아니고, 어쨌든 별거 아니에요. 혹시 미신 같은 거 믿으시나?"

"아닙니다."

"저는 교회 다니거든요. 아무 신경 쓰실 거 없습니다."

주인이 사람 좋게 웃었다. 노인은 음식을 치우던 베트남 여자에게 동작이 굼뜨다며 신경질을 부렸다.

나는 공사현장으로 돌아갔다. 낮은 벽돌담에 몸을 기대어 하늘을 올려다보았다. 더운 바람이 불었다. 해가 높아졌다. 차단벽 안쪽에 설치된 타워크레인은 태양으로 향하는 길처럼 높이 솟아 있었다. 거리에서는 사람들이 어디론가 걸어가고, 도로에서는 차가 이동하고, 벽 안쪽에서는 기계가 돌아가고, 작업복을 입은 사람들이 땀 흘려 일하고 있었다.

문득 내가 어떤 흐름에서 튕겨져 나와 있다는 기분이 들었다. 분명한 목표를 가지고 출발하여 누구도 피할 수 없는 끝을 향해 거침없이 전진하는 현실이라는 흐름. 나는 강 건너편에 서서 현실의 아지랑이를 바라보고 있는 중이었다. 인생이 이렇게 되리라고는 생각해본 적이 없었다. 뭐가 어떻게 될지는 몰랐지만 궤도에서 이탈할 일은 없으리라 믿었다. 주어진 일에 충실하고, 화분에 물을 주고, 개와 산책하고, 누군가와 함께 늙고 병들어가리라 믿었다. 이제 그런 삶은 수평선을 향해 멀어져가는 여객선처럼 더 이상 내가 탈 수 있는 것이 아닌 듯했다.

어쩌면 아직 기회가 남아 있을지 모른다. 지금이라도 그만두면 된다. 바로 여기서. 이렇게 멍하니 서서 무엇을 찾는지도 알 수 없는 것 따위를 어떻게 찾아야 할지 고민하고 있지 말고, 지금 저 현장으로 찾아가 책임자를 만난 다음 뭐든 좋으니 일자리를 달라고 말하는 것이다. 물론 일이 쉽게 풀리지는 않을 것이다.

하지만 그건 중요하지 않다. 중요한 건 시작이다. 책임자는 여기에는 당신이 할 일이 없으니 다른 곳으로 가보라고 할 것이고, 그럼 나는 그 말을 따라 다른 곳으로 가고, 그러다 언젠가는 일자리를 얻을 것이다. 그렇게 저 흐름에 합류하면 된다. 생각해보면 간단한 일이다. 자세를 바로 하고 걸음을 내디디면 된다. 그리고 그렇게 지금 이 세계를 떠난다면······

"배신자."

나는 소리 나는 쪽을 보았다. 소년, 한별이 어제처럼 나를 올려다보고 있었다.

"아저씨 참 일 못하는 것 같아요."

한별이 말했다.

우리는 가까운 롯데리아 매장으로 갔다. 한별의 제안이었다. 패스트푸드점에 뭘 먹으러 간 게 정말 오래전이라 매장에 설치된 키오스크 자판기를 보고 당황했다. 자판기 인터페이스가 복잡해서 쩔쩔매는데(주문 과정에서 계속 앞으로 갔다가 뒤로 돌아가는 걸 반복해야 했다) 한별이 비켜보라고 하더니 혈도를 짚는 무술의 고수처럼 능숙하게 터치스크린을 조작했다. 한별은 더블 불고기버거 세트를("학교에서 점심 먹었으니까 이거면 될 것 같아요"), 나는 아이스크림을 주문했다.

"안 그래도 전화하려고 했어요."

한별이 햄버거를 우물거리며 말했다.

"나한테?"

"네."

"왜?"

"왜긴요. 엄마 찾아야죠."

"아빠가 어제 말씀하셨을 것 같은데."

"그 정도는 예상 범위 안이었는데요, 뭐."

"예상 범위?"

한별이 고개를 끄덕이면서 감자튀김 세 개를 한꺼번에 집어 케첩에 푹 찍어먹었다. 그런 다음 입에 쏙 털어넣고 나서 티슈로 손을 닦았다.

"당연하죠. 우리 아빠가 고집이 보통 센 게 아니거든요. 제가 어제 말씀을 드릴까 말까 고민을 좀 하긴 했죠. 근데 어차피 제 말은 들은 척도 안 할 것 같아서 직접 당해보시는 편이 낫겠다고 생각을 했어요. 몸으로 겪어야 아는 거니까요."

나는 입을 벌리고 소년을 보았다. 아무래도 이 꼬마를 얕봤던 모양이다. 내가 할 말을 고르는 동안 한별은 햄버거와 감자튀김을 깨끗이 해치우고는 빨대로 콜라를 쪽 빨았다.

"그래서, 우리 아빠 어땠어요?"

"대단한 분이시던데."

"그죠. 힘도 엄청 세요. 저는 아빠처럼은 못 될 거예요."

"그걸 누가 알아?"

"봐요, 이런 거나 먹잖아요. 배고프니까 어쩔 수 없긴 하지만."

한별이 포장지만 남은 플라스틱 식판을 보며 어깨를 으쓱했다. 내가 이 기묘한 자아성찰에 대해 생각하는 동안 소년이 화제를 바꿨다.

"근데 엄마는 어떻게 찾으실 거예요?"

"난 그러겠다고 한 적 없는데."

"그럼 여긴 왜 오신 거예요? 아빠 다시 설득하러 오신 거 아니었어요?"

"그랬다면 내가 걸어 다니고 있지 못하겠지. 다른 일로 왔다."

"그거 참 놀라운 우연의 일치네요."

"그러는 너는 무슨 일로 여기 온 거냐?"

"학교가 여기니까요. 수학 학원 가고 있는데 아저씨가 멍 때리…… 멍하니 서 계시더라고요."

한별이 콜라를 홀짝였다. 교복을 입은 여학생들이 식판을 옆에 치워놓은 채 참고서를 펼쳐놓고 공부 중이었다. 무선 헤드폰을 머리에 쓰고 턱수염을 기른 남자가 태블릿PC를 들여다보며 치킨너겟을 오물거렸다. 소년의 말대로 놀라운 우연의 일치가 연이어 일어나고 있었다. 절벽에서 몸을 던졌는데 마침 그 아래를 날던 행글라이더 날개에 튕겨 올라가 하필이면 그 옆을 지나가던 열기구 속으로 들어가는 수준의 우연이.

그 우연의 저편에서 노아가 손짓을 하고 있는 것 같았다. 뭘 꾸물거리냐는 듯.

"그래서, 어쩌실 거예요?"

소년이 나를 보았다.

"내가 못하겠다고 그러면 어쩔 거냐?"

"안 그러실 것 같은데요."

"왜 그렇게 생각하는데?"

"모르겠어요."

한별이 솔직히 말했다.

"그런데 그럴 것 같아요."

나는 속으로 한숨을 쉬고는 입을 열었다.

"좋아. 일이 어떻게 된 건지 알아보마. 하지만 조건이 있다."

소년이 고개를 끄덕였다. 나는 계속 말했다.

"나는 혼자 일하지 않아. 내가 일을 하는 데 도움을 주는 사람이 있어. 그 사람에게 네 어머니 얘기를 해야 해."

"무슨 조직 같은 거예요?"

"그런 건 아냐. 나 혼자 할 수 없는 일을 도와주는 사람이지. 그러니 네 어머니 얘기를 다른 사람에게 해야 한다는 데 네가 동의를 해야 해. 싫다면 지금 말해라."

"경찰만 아니면 괜찮아요."

"경찰은 아냐."

"좋아요."

"알았다. 그러면 기본적인 인적사항이 필요해. 어머니 성함과 주민등록번호, 사진 같은 거. 사진은 폰에 있으면 지금 주고, 주민등록번호는 모를 테니까 집에 가서 알아보고 문자 보내."

"엄마 이름은 정묘진이에요."

한별이 말했다.

"다른 건 몰라요."

"그러니까 집에 간 다음에……."

"그런 뜻이 아니에요. 엄마는 주민등록번호가 없어요. 적어도 **진짜**는요. 사진도 없고요."

소년이 계속 말했다.

"아빠가 만들어준 가족관계증명서는 있어요. 가끔 필요할 때가 있거든요."

"아빠가 뭘 만들어?"

"왜 경찰에 못 가는지 이제 아시겠죠?"

한별이 조숙하게 한숨을 쉬었다.

"아무튼 그건 집에 있을 거예요. 필요하시면 사진 찍어서 문자로 보낼게요. 근데 사진은 진짜로 없어요. 엄마가 사진을 못 찍게 했거든요. 가족사진이건 셀카건."

"왜?"

"엄마가 예전에 그랬거든요. 자기는 원래 없어야 하는 사람이라고요. 그래서 뭘 남기면 안 된대요. 저한테 한 말은 아니지만 제가 들었어요."

"그래서 사진이 하나도 없다고?"

"네."

한별이 대답했다. 제 나이보다 훨씬 오래되어 보이는 근심이 통통한 볼에 떠올랐다. 문득 소년의 달변이 결핍의 다른 얼굴일지 모른다는 생각이 들었다. 정확히 뭐가 어떻게 결핍되었는지까지는 알 길이 없겠지만.

한별이 내 얼굴을 보며 머뭇거렸다. 그러더니 백팩에서 휴대폰을 꺼내 만지작거린 다음 내게 내밀었다.

"뒷모습이라도 필요하면 하나 있어요."

나는 휴대폰을 받아 살펴보았다. 아파트 아니면 빌라로 보이는 거실에 어떤 여자가 등을 돌리고 앉아 있었다. 단발을 뒤로 묶었고 갈색 카디건과 파란색 치마를 입었다. 카메라 화질이 좋은 편이 아닌데다 역광까지 있어서 그 이상은 잘 보이지 않았다. 주변에 찍힌 가구의 크기를 고려해보건대 몸집은 작았다.

"그것도 겨우 찍었어요. 버튼 누를 때 소리가 나니까."

소년이 변명하듯 덧붙였다.

"보내줘."

나는 소년의 휴대폰을 돌려주며 말했다. 한별이 내게 문자를 보냈다. 나는 사진을 확인했다.

"이게 전부란 말이지."

"네."

한별이 잠시 생각에 잠겼다가 입을 열었다.

"엄마는요, 우리가 마음속에서 서로를 기억하기만 하면 그걸로 충분하댔어요."

"그래?"

"네. 아빠도 저한테 가끔 그랬어요. 엄마가 갑자기 집을 나가도 놀라지 말라고요. 아마 언젠가는 엄마가 나갈 거라고 생각해서 그런 말씀을 한 거겠죠. 아빠가 신경 쓰지 않을 거라고 제가 그랬죠? 그게 그 말이에요. 아빠는 엄마를 싫어했어요. 그러니까 속이 시원한 거죠. 알아서 없어져줬으니까."

"그렇게 생각해?"

"생각이 아니에요. 내 눈으로 본 거예요."

소년이 남은 콜라를 모두 마시고 고개를 들었다. 근심보다 더 오래되어 보이는 억눌린 고통이 연갈색 눈동자에 어른거렸다. 이 아이는 너무 빨리 자랐다. 순간 그런 생각이 들었다.

"그러니까 이 일은 제가 해결해야 해요."

소년이 말했다.

쿠마에의 무녀

한별이 학원에 간 뒤에도("공부는 해야죠") 나는 롯데리아에 앉아 이것이 곰 선생에게 보고를 해야 할 일인지 생각해보았다. 소년에 대해 말하려면 노아 얘기를 먼저 꺼내야 할 텐데, 그러면 문제가 쓸데없이 복잡해질 수 있었다. 내놓고 말은 하지 않았지만 곰 선생은 노아의 잠적에 대해 내가 뭔가 숨기고 있다고 늘 생각하고 있었다. 이제는 진짜로 뭔가 숨기게 되고 말았지만. 무엇보다, 나 또한 지금으로서는 상황이 어떻게 돌아가고 있는 건지 정확히 모르는 처지였다. 그러니 보고는 사태를 좀 더 분명히 파악한 다음 해도 늦지 않을 것이다. 우선은 당면한 일, 소년의 부탁을 먼저 처리하기로 했다.

나는 전화기를 손에 쥐고 잠깐 고민했다. **그 사람**에게 연락하기 전에 늘 그러듯.

신호음이 한참 울리다가 메시지를 녹음해달라는 안내음성으로 넘어갔다. 나는 문자메시지를 남기고 기다렸다. 10여 분 뒤 휴대폰이 진동했다.

"웬일이에요, 경해 씨가 전화를 다 하고?"

정 부인이 말했다.

"잘 지내셨어요?"

"지금 손자 데리고 발레 학원에 왔어요. 이게 잘 지내는 걸까요, 아닐까요?"

"부탁이 있어서 전화했습니다. 혹시 시간이 되십니까?"

"부탁."

'탁'에 희미한 냉소가 섞여 있었다.

"나 같은 할머니한테 뭘 부탁할 게 있을까?"

"제 파트너 일입니다. 노아 선생이요."

"아."

"정확히 그 사람 일이라고 말하기는 애매하지만요."

나는 얼른 덧붙였다. 정 부인이 헛기침을 했다.

"만나서 이야기 들을게요. 수업 끝나고 아이를 집에 데려다줘야 하니까 한 시간쯤 뒤에 봐요. '베르디'라는 카페 아나요?"

"모릅니다."

"주소 보낼게요."

통화가 끝나고 문자메시지가 왔다. 지도 애플리케이션에서 캡처한 화면에 주소가 적혀 있었다.

나는 주차장으로 돌아가 차를 몰고 정 부인이 알려준 장소로 향했다. 주차 타워에 차를 집어넣은 다음 지도를 확인하면서 약속 장소로 갔다. 가로수에 숨어 지저귀는 새들의 울음소리가 도로의 엔진과 경적 소리에 녹아들었다.

사거리에서 안경점을 끼고 돌자 필기체로 멋을 부려 'Verdi'라고 쓴 하얀 간판이 바로 나타났다. 올라가는 계단은 한 사람이 간신히 드나들 너비였다. 계단 끝에는 두꺼운 나무문이 버티고 있었다. 나는 문을 열고 안으로 들어갔다.

업력이 제법 되어 보이는 고풍스러운 카페였다. 카운터 양옆에 설치된 커다란 스피커에서 흘러나오는 나긋나긋한 실내악이 커피 볶는 냄새와 함께 매장 안을 은은히 떠돌았다. 창가 자리에 앉자 에이프런을 입은 여성 직원이 메뉴판을 들고 왔다. 나는 카페라테를 주문했다. 조끼를 입고 둥근 테 안경을 쓴 중년 남자가 카운터 뒤 벽장에 가득 꽂힌 LP 중 한 장을 꺼내 턴테이블에 갈아 끼운 다음 수동 그라인더로 원두를 갈기 시작했다. 실내악이 관현악곡으로 바뀌었다.

열린 창문 밖, 카페 대각선 방향에 위치한 고층 건물 입구 앞에 샌드위치 판넬을 걸치고 서 있는 깡마른 사람이 눈에 들어왔다. 등산용 모자를 푹 눌러쓰고 선글라스를 끼고 있어서 얼굴도 보이지 않았고 성별도 알 수 없었다. 판넬에는 검은 글씨로 무언가 빼곡히 적혀 있었는데, 내가 앉은 자리에서 읽을 수 있는 건 판넬 맨 위에 빨간색으로 크게 적은 '살인'과 '책임'이라는 글자뿐이었다. 시위자 뒤에 검은색 양복 차림의 남자 두 명이 팔짱을 끼고 서 있었다.

통통거리는 엔진 소리가 났다. 나는 고개를 내밀어 아래를 내

려다보았다. 하늘색 스쿠터 한 대가 주차할 자리를 찾아 앞뒤로
움직이다가 멈췄다.

잠시 뒤 분홍색 꽃무늬가 새겨진 롱스커트에 청재킷을 입고
작은 가죽가방을 등에 멘 여자가 카페 문을 열고 들어왔다. 여자
는 곧장 내 쪽으로 다가오더니 헬멧과 가방을 옆자리에 놓고 앉
았다.

"오랜만이네요, 경해 씨?"

정 부인이 웃자 토끼 같은 입매에 장난기가 감돌았다. 그녀는
빗자루처럼 뻗치고 엉클어진 잿빛 단발을 손으로 대충 정리하고
는 손짓으로 직원을 불러 메뉴판은 보지도 않고 비엔나커피를
주문했다.

"이쪽에 이런 데가 있는 줄은 몰랐습니다. 오래 영업한 가게
같은데요."

내가 말했다.

"여기? 아니에요. 길어야 반년? 잘 보면 낡아 보이려고 노력을
엄청 쏟아부은 게 티가 나지 않아요? 내가 저번 주에도 친구들
이랑 여기 왔는데, 자기가 작년에도 여기 온 적 있다고 주장하는
애가 있는 거야. 너 그러는 거 보니 우리 다 슬슬 가고 있나보다,
하면서 빙수나 먹고 속 차리라고 했어요."

나는 웃었다. 정 부인이 속삭이듯 말을 이었다.

"그런데 방송국에서 찍어갔대요. 거기서는 오래된 카페라고
소개가 됐고요."

"거짓말을 했군요."

"정확히 말하자면 오해를 교정하지 않은 거죠."

직원이 카페라테와 비엔나커피를 테이블에 놓고 갔다. 정 부인이 커피를 한 모금 마셨다.

"이걸 마셔봐도 여기가 옛날 집이 아니라는 걸 알 수 있죠. 예전에는 비엔나커피에 아이스크림을 얹었거든요. 하지만 이제는 생크림을 얹어요. 이 커피처럼. 그런데 비엔나커피는 원래 생크림을 얹는 커피예요. 그게 진짜죠. 하지만 옛날에 다들 가난했을 때에는 생크림을 구하기 어려워서 임시방편으로 아이스크림을 얹었던 거고요. 그건 가짜죠. 하지만 여기가 진짜 옛날 카페였다면 가짜 비엔나커피를 냈을 거예요. 그게 전통이니까."

"복잡하네요."

"그렇진 않아요. 진짜가 늘 진짜일 필요는 없다는 거죠. 내 얘기만 막 늘어놓네. 그래서 노아 씨가 뭐가 어쨌다는 거죠? 드디어 논두렁에서 시체로 발견되었나요?"

"그건 아닙니다."

"실망스럽네. 그럼 무슨 일인가요?"

나는 간략하게 사정을 설명했다. 정 부인은 고개를 한쪽으로 약간 기울인 채 내 말을 들었다. 주인이 레코드를 바꿨다. 가늘고 달콤하고 청승맞은 바이올린 선율이 그녀와 나 사이를 종이비행기처럼 매끄럽게 날아 지나가 창밖의 허공으로 사라졌다.

"죽지 않는 사람이라고요."

정 부인이 말했다.

"애 말은 그렇습니다."

"말투에 불신이 있네요."

"아닙니다. 그냥…… 늘 익숙한 듯 낯설어서 그렇습니다. 애가 굳이 거짓말을 할 이유는 없죠. 게다가 아이는 저를 찾아온 게 아니니까요."

정 부인이 고개를 끄덕였다.

"제가 노아 씨와 경해 씨를 알고 지내는 동안 참 여러 가지를 보고 듣기는 했는데…… 뭐랄까, 이번 경우는 이상하네요."

"우리 일이 원래 그렇죠."

"아니, 제 말은 평소보다 **덜** 이상해서 이상하단 얘기예요. 납득 가능한 신비랄까. 불사(不死)는 모두가 상상하고 소망하니까요. 하지만 세상 모든 소망에는 늘 허점이 있죠. 쿠마에의 무녀 이야기를 들어본 적 있나요?"

"아뇨."

"쿠마에는 나폴리 근방의 지역이에요. 그곳의 무녀가 태양신 아폴론의 사랑을 받았죠. 아폴론이 무녀에게 소원을 한 가지 들어주겠다고 하자, 무녀는 손에 모래를 한 움큼 쥐고 내밀면서 이 모래의 개수만큼 살고 싶다고 했답니다. 아폴론은 그 소원을 들어줬어요."

"잘됐네요."

"문제는 무녀가 늙지 않게 해달라는 얘기를 하는 걸 깜박했다는 거예요. 불사를 불로와 혼동한 거죠. 천 년의 세월이 흐르는 동안에 무녀는 늙고 쪼그라져 항아리에 담기게 되었답니다. 그러다가 결국은 몸은 사라지고 목소리만 남게 되었죠."

"이런."

"그래서 경해 씨 이야기를 듣다보니 궁금해졌어요."

"뭐가요?"

"그 아이의 어머니는 무슨 소원을 빌었던 걸까요?"

나는 대답하지 않았다. 정 부인도 딱히 대답을 원한 질문은 아니었던 듯했다. 그녀가 창밖을 건너보며 말했다.

"어떤 사람은 사는 게 고통인데 말이죠."

나는 그녀가 보는 방향을 보며 고개를 끄덕였다.

"저기가 본사예요. 그 가스 누출한 회사. 매일 교대하면서 서 있는 것 같아요. 지난번에 왔을 때는 다른 사람이 있었거든요."

"그렇군요."

"마을 하나가 쑥대밭이 됐으니까요."

우리는 잠시 침묵했다. 빌딩 사이로 바람이 불자 판넬이 덜렁거렸다. 시위자는 잠깐 비틀거렸지만 이내 자세를 바로잡았다.

"노아 씨는 왜 그분을 찾아갔던 거죠? 전혀 들은 게 없나요?"

정 부인이 다시 입을 열었다.

"전혀요. 아이의 어머니를 찾으면 알 수 있겠죠. 문제는 이 사람을 찾을 수 있는 단서가 현재로서는 거의 없다는 겁니다."

내가 말했다.

"이름과 뒷모습 사진이 전부니까요. 솔직히 말하면 정묘진이라는 이름도 진짜인지 잘 모르겠습니다. 신분도 없는 사람이 이름을 바꾸는 건 대수가 아니겠죠. 당연히 남편은 아는 게 더 있겠지만 순순히 말해줄 사람은 아니고요."

"어렵군요."

정 부인이 생각에 잠겼다.

"아무래도 그렇겠죠?"

"아뇨. 이 분을 찾는 게 어려운 게 아니라 이 일을 맡을지 결정하는 게 어렵다고요."

정 부인이 말했다.

"왜냐하면 노아 씨가 제게 **빚**을 졌으니까. 아시겠지만 저는 그런 문제에 무척 민감해요. 거울 때문에 노아 씨가 절 찾아왔어요. 그때 말씀드렸죠?"

"네."

"제가 그 물건이 있을 만한 포인트를 노아 씨에게 몇 군데 짚어줬죠. 그런데 대가도 지불하지 않고 쏙 하니 숨어버렸단 말이에요. 그럼 그게 빚이 되는 거잖아요. 그렇다면 우선 그것부터 정리를 해야 하지 않을까요?"

"비용은 제가 어떻게 해보겠습니다."

"돈 얘기가 아니에요. 빚이란 돈만으로 교환되는 게 아니죠. 바보들이나 그렇게 생각하지. 빚은 관계예요. 사슬 같은 거죠. 제가 노아 씨에게 그 '포인트'를 짚어주기 위해서 다른 곳에 진 빚이 있는데, 노아 씨가 신뢰를 깨고 사라지면서 저도 그 빚을 제때 갚지 못했단 말이죠."

나는 가만히 그녀의 말을 들었다. 정 부인이 계속 말했다.

"그러니 제게 일을 부탁할 생각이라면 경해 씨가 노아 씨의 빚을 대신 갚아줘야 해요."

"제가요?"

"당연하죠. 빚은 관계니까."

"어떻게요?"

"우선 약속부터 하세요. 대신 빚을 갚겠다고."

"어떻게 갚아야 하는지도 모르는데요."

"부담스러우시다면 어쩔 수 없고요."

정 부인이 눈을 지긋이 감고 음악에 귀를 기울였다.

그녀의 이런 태도 때문에 노아도 나도 정 부인에게 연락을 취하기 전에 늘 신중히 고민하곤 했다. '빚'을 어떻게 갚을지는 전적으로 정 부인의 마음에 달려 있었다. 살인이나 강도 같은 범죄를 저지르라고 한 적은 없지만 그녀가 나중에 맡기는 일은 하나같이 까다롭기 그지없었다. 우리가 부탁했던 일보다 훨씬 더. 하지만 정 부인의 말에 따르면 그것이 바로 **빚의 논리**였다. 주는 쪽이 자기가 받은 것보다 더 준다는 느낌이 들어야 받는 입장에서는 받을 만큼 받았다고 생각할 수 있다는 것이었다. 하지만 이쪽 분야에서 정 부인만큼 확실한 사람은 없었다. 정 부인에게 부탁하면 언제나 원하는 결과를 얻을 수 있었다. 그녀는 벽에 가로막혔을 때 우회로를 소개하는 게 아니라 폭탄으로 벽을 무너뜨려주는 사람이었다.

"알겠습니다."

"좋아요."

정 부인이 빙긋 웃었다. 린넨을 살짝 구겼다 편 듯 부드럽게 접힌 주름 사이로 크고 검고 총명한 눈동자가 유리처럼 반짝였다. 젊은 시절에는 많은 사람들의 관심과 애정을 끌었을 것이다. 어쩌면 지금도 그럴지 모른다. 몇 년을 알고 지내왔지만 정 부인의 개인적인 삶에 대해서는 아는 바가 없었다. 사실 손자가 진짜 있는지조차도 궁금할 때가 있었다. 가짜 비엔나커피가 있다면 가짜 손자가 없으리란 법도 없으니까.

"물어볼 게 하나 있는데요."

정 부인이 말했다.

"네."

"발레를 영어로 배우는 게 좋을까요, 한국어로 배우는 게 좋을까요? 오늘이 첫날이라서 원하면 수업 끝나고 선생을 바꿀 수 있거든요."

"지금은 어느 나라 말로 배우고 있는데요?"

"영어요."

나는 잠깐 생각해보고 말했다.

"제 생각엔 한국어가 좋겠는데요. 선생님께 더 많은 걸 자세히 배울 수 있을 테니까요."

"그렇죠? 저도 그렇게 생각하거든요. 애아빠에게 말해야겠어요. 내가 아는 **영어 선생님**한테 물어봤는데 그렇게 얘기하더라고요."

나는 쓴웃음을 지었다. 내 뒷조사를 이미 다 해뒀으리라는 것쯤은 예상했기 때문에 놀라지는 않았다. 정 부인이 커피를 다 마시고 짐을 챙겼다.

"늦어도 내일 오전 중에 연락드릴게요. 그 여자분 사진을 제

휴대폰으로 보내주세요. 남편 인쇄소 상호와 주소도 같이."

나는 바로 그녀가 시키는 대로 했다. 정 부인이 자리에서 일어섰다. 나도 따라 일어섰다.

"아무튼 조심하세요."

정 부인이 말했다.

"뭘 말씀입니까?"

"뭐든지요. 산다는 게 늘 그래야 하지 않나요?"

사무실로 돌아가는 길에 곰 선생에게 전화를 걸었다. 곰 선생은 특별한 걸 알아내지 못했다는 내 말을 듣고 실망했다.

"아무것도 없다고?"

"말씀드린 게 전부입니다."

"제대로 한 거 맞아?"

곰 선생이 짜증스럽게 말했다.

"최선을 다하고 있습니다. 다른 곳은 어떻습니까?"

"다른 데는 신경 쓰지 말고 맡은 곳이나 잘 살펴봐. 내일 오전에 다시 전화해."

나는 사무실 건물 뒤편 유료 주차장에 차를 댔다. 계단을 오르는 동안 수업이 끝난 태권도 학원 원생들이 학원에서 나와 와글와글 떠들면서 나를 지나갔다. 병원 안에서 아기 울음소리가 우렁차게 울려퍼졌다. 생명의 소리. 2층 계단참을 돌아 3층으로 올라가자 주변이 조용해졌다. 나는 주머니에서 열쇠를 꺼내 사무실 문손잡이에 넣고 돌렸다.

열쇠가 헛돌았다.

인기척을 느낀 건 그때였다. 나는 옆을 보았다. 호텔 로비만큼 널찍한 가슴팍이 서 있었다. 고개를 들자 처음 보는 남자가 나를 내려다보고 있었다. 이 건물은 계단도 복도도 좁다. 인기척을 못 느낄 수가 없는데 언제 다가왔는지 알 수가 없었다.

우리는 말없이 서로를 마주보았다. 커다란 남자였다. 아무래도 한별이 자기 아버지만큼 컸다고 말했던 그 남자만큼 크지 않을까 싶었다. 남자는 자주색 반팔 티셔츠와 암회색 체크무늬 면바지, 검정 모카신 차림이었다. 걸치고 있는 것 중 기성복 매장에서 산 건 하나도 없을 게 분명했다. 이 덩치에 맞는 옷이 매장에 있을 리가 없다. 반쯤 덜어낸 양 짧은 목 위에 네모난 머리가 얹혀 있었고, 얼굴은 가면처럼 무표정했다.

커다란 남자가 턱짓을 했다. 나는 고개를 끄덕이고 문손잡이를 돌렸다.

사무실에는 손님이 있었다. 어떤 남자가 다리를 꼰 채 창가에 기대서서 주간지를 한 손에 들고 읽다가 내가 들어가자 고개를 들었다.

"도서, 정리, 협회라면서,"

창가의 남자가 말했다.

"사무실에 책이라곤 달랑 이거 하나뿐이네?"

회초리처럼 여윈 남자였다. 몸에 딱 붙는 쥐색 양복 차림이었는데, 어깨가 도드라지게 넓고 머리가 작아서 마치 패션 디자이너가 대충 그린 아이디어 스케치 같은 인상을 풍겼다. 깔끔하게 가르마를 타 넘긴 머리카락이 날개를 접은 나방처럼 머리에 납작하게 달라붙어 있었다.

"필요 없는 책을 다 **정리**해서 그렇습니다만."

내가 말했다.

"사무실에 읽을거리라고는 이 엉터리 같은 잡지 하나뿐이야."

회초리 남자가 내 재치 있는 대답을 무시하고 계속 말했다.

"도대체 몇 년 전 잡지인지도 모르겠네. 10년? 20년? 내용도 가관이야. 논산 근처에도 안 가 본 것들이 모여서 국방개혁이 어쩌니 병사 인권이 어쩌니 떠들고 있잖아. 이런 것들이 군사 전문가라면 똥물이 쌍화차지."

회초리 남자가 주간지를 책상에 툭 던졌다. 커다란 남자가 내 등 뒤에서 문을 닫았다. 나는 인조가죽 의자에 앉았다.

"무슨 일로 오셨습니까?"

"여기 월세는 얼마지?"

나는 대답하지 않았다. 몰랐으니까. 월세는 노아의 통장에서 자동으로 이체가 되었고, 아직까지 건물주에게서 월세 문제로 연락이 온 적은 없었다. 그렇다고 이런 사정을 처음 보는 사람에게 구구절절 설명할 수는 없는 노릇이다. 남자가 어디부터 철거해야 할지 견적을 내는 듯한 표정으로 사무실을 둘러보고는 다시 내 얼굴을 보았다.

"30? 50? 이런 시궁창에 설마 100?"

"월세가 궁금하면 길 건너 약국 옆에 부동산이 있습니다. 거기 중개사가 이 건물을 전담하니까 거기서 물어보세요. 3층에 빈 사무실이 많아서 좋아할 겁니다."

"아무리 봐도 시궁창이야."

남자는 내 친절한 대답에 이번에도 관심이 없었다.

"너는 시궁쥐고. 시궁창에 사는 시궁쥐."

회초리 남자가 라임이라도 맞추는 양 말하고는 책상에 양손을 얹었다. 나를 겨누는 남자의 턱은 거의 완벽한 V자 모양을 그리고 있었다. 피부는 창백하고 매끈했다. 지나치게 매끈해서 30분마다 면도를 하고 있거나 태어날 때부터 털이 없었거나 둘 중 하나인 듯했다. 석상의 나이를 짐작할 수 없듯 남자의 나이도 가늠하기 어려웠다. 젊다는 느낌만 막연히 들 뿐이었다. 가늘고 뾰족한 눈매 속 두 눈동자가 미동도 없이 나를 향했다. 먹으로 칠한 듯 새까매서 표면에 반사광이 비치지 않았다. 주변의 빛을 모두 흡수해서 가둬버리는 흑체처럼. 물론 실제로 사람 눈동자가 그럴 수는 없다. 인상이 그렇다는 것뿐이었다.

"말해봐, 시궁쥐. 인쇄소 꼰대는 뭐 하러 만난 거야?"

"무슨 인쇄소 말입니까?"

그때 문득 이상한 낌새를 느꼈다. 어느새 머리 위해 희끄무레하게 그늘이 드리워져 있었던 것이다. 고개를 젖혀보니 커다란 남자의 둥그런 콧구멍 두 개가 덤덤하게 나를 굽어보고 있었다. 문 앞에서와 마찬가지로 언제 내 뒤로 온 건지 알 수가 없었다.

이런 일을 하면서 폭력적인 상황에 맞닥뜨리는 경우는 그렇게 많지 않다. 모르는 사람에게 위협을 받는 일도 별로 없다. 거울 사건 같은 일은 드물게 일어난다. 이제 곧 그 드문 일이 일어날 참이었다. 내 앞에 서 있는 남자는 세상을 자기 본위로 파악하는 데 익숙해 보이는 사람이었다. 그런 사람은 대개 폭력적이다. 남의 고통에 둔감하기 때문이다. 그런 자에게는 강하게 보여도, 약하게 보여도 별 효과가 없다. 상대가 어떻게 나오든 폭력을 쓸 구실을 찾으니까. 그러니 하고픈 대로 하는 게 차라리 낫다.

"다시 잘 생각해봐, 시궁쥐."

회초리 남자가 말했다.

"잘 생각해보라고. 거긴 왜 갔는지."

"명함."

"뭐라고?"

"명함을 파러 갔지."

"여기서 거기까지 명함을 파러 가?"

"소비자의 현명한 선택이지."

"그럼 이건 뭔데?"

회초리 남자가 양복 주머니에서 노아의 명함을 꺼내 흔들었다. 경천동지할 일은 아니었다. 나라도 당연히 사무실을 뒤져봤을 것이다.

"남의 물건에 함부로 손을 대면 안 되지."

내가 팔을 뻗어 명함을 잡은 순간, 회초리 남자가 손목을 탁 꺾으며 명함을 내 손에서 빼앗듯이 빼내 도로 주머니에 넣었다. 그게 신호라도 된 듯 등 뒤에서 커다란 남자가 한 발짝 다가왔다. 보지 않아도 느낄 수 있었다. 회초리 남자가 손을 들어 커다란 남자를 제지했다.

"됐어, 앨리스."

커다란 남자, 앨리스가 다시 뒤로 물러섰다. 회초리 남자가 다시 말했다.

"인쇄소 아들놈과도 명함 파려고 만났나?"

"우연히 마주쳤지."

"이틀 동안 계속 같은 장소에 가서 애비와 애새끼를 만났는데 우연이다?"

"믿기 싫으면 좋을 대로 해. 난 거짓말은 안 하니까."

나는 계속 말했다.

"그래서 대체 무슨 용무로 온 거지? 상담을 할 생각이면 제대로 의자에 앉아서 얘기하고, 아니면 폼 그만 잡고 돌아가. 물풀처럼 흐느적거리지 말고, 할 말이 있으면 똑바로 하든가."

"계속해봐."

회초리 남자가 말했다.

"갑자기 말문이 트였네, 영어 학원 광고처럼. 계속해보라고."

"계속하고 말고 할 것도 없어. 너희들이 뭘 알고 싶건 간에 난 아는 게 없다는 얘기야. 알아도 말하지 않을 거고. 너희들한테는 말해줄 생각이 없어. 그러니까 입 냄새 그만 풍기고 나가."

사무실이 고장 난 에어컨처럼 조용해졌다.

"무슨 개똥 같은 착각을 하는지 모르겠네."

회초리 남자가 입을 열었다. 숨결에서 역한 박하향이 났다.

"너 따위한테 알고 싶은 건 없어. 알겠냐? 네가 뭐라고? 넌 아무것도 아냐. 너 따위가 뭘 알고 있건 이 몸은 아무 관심도 없어.

도서정리협회인가 하는 데가 뭐 하는 곳인지도 알 바 아니야. 난 너한테 충고를 해주러 오신 거야. 고맙게 생각해. 어설프게 끼어들어서 까불지 말란 말이다. 이건 가족 문제야, 알겠어?"

그다음 일은 순식간에 벌어졌다. 내 어깨에 묵직한 두 손이 얹혔고, 그와 동시에 회초리 남자가 왼뺨을 후려갈겼다. 약하지는 않았지만 세지도 않았다. 딱 나를 경멸하고 있다는 걸 드러낼 만큼의 강도였다. 그런 다음 내 얼굴에 침을 뱉었다. 박하향을 머금은 따끈하고 끈끈한 액체가 뺨을 따라 흘렀다.

"알겠냐고?"

회초리 남자가 말했다. 앨리스의 손이 어깨를 힘주어 눌렀다. 중력이 다른 행성에 도착한 것처럼 몸이 의자에 푹 가라앉았다. 나는 고개를 끄덕였다. 지금 이 순간에도 남극에서는 펭귄들이 종종거리며 돌아다니고 있을 거라 생각하면서.

"계속 지켜볼 거다. 시궁쥐가 시궁쥐답게 사는지. 아니다 싶으면 앨리스가 몰래 찾아와서 네 목을 꽃봉오리처럼 똑 꺾을 거야. 그렇지, 앨리스?"

앨리스가 고개를 끄덕였다. 아마 그랬을 것이다.

그들이 사무실을 나간 뒤 나는 창가로 갔다. 어쩌면 그들이 타고 온 차 번호판을 확인할 수 있을지도 모른다. 한참을 기다렸지만 어떤 자동차도 나오지 않았다. 먼 곳에 주차를 할 줄 아는 신중한 사람들이었다.

나는 책상에 앉았다. 회초리 남자와 앨리스가 남기고 간 불쾌한 기운이 누군가 버리고 간 뱀의 시체처럼 책상 위에 머물러 있었다. 서랍에서 물티슈를 꺼내 얼굴과 책상을 닦았다. 어느 쪽이건 물티슈 몇 번 문지른다고 깨끗해질 리 없다는 것쯤은 알았다. 그저 뭐라도 하고 싶을 뿐이었다.

오른손이 욱신거린다는 사실을 깨달은 건 그때였다. 엄지와 검지 사이에 베인 상처가 나 있었다. 회초리 남자가 명함을 빼앗을 때 생긴 게 분명했다. 말라붙은 피가 상처를 따라 거무스름하게 묻어 있었다.

밤에는 아무도 나를 찾아오지 않았다. 전화도 오지 않았다.

수요일

인쇄소

아침부터 구름이 짙게 끼더니 사무실에 도착할 때쯤에는 하늘이 컴컴해졌다. 나는 창문을 열어 환기를 시키고 녹차를 끓였다. 차를 마시며 노트북으로 뉴스 기사를 읽었다. 국제 뉴스 섹션에 영국의 한 연구 단체에서 최근 10여 년간 UFO나 괴생물체 등의 사진을 찍었다는 주장이 전 세계적으로 눈에 띄게 줄어들었다는 보고서를 발표했다는 기사가 있었다. 해당 단체의 연구자는 이런 현상이 스마트폰 카메라의 발전과 인과관계가 있을 것이라고 추론했다. 누구나 선명한 사진을 찍을 수 있게 되자 사진을 조작하는 일이 어려워졌다는 것이었다. 기사에 따르면 연구자는 이렇게 말했다. '우리는 더 이상 어떤 것도 착각하지 않습니다. 신비와 애매모호함은 멸종을 맞이했어요. 세계는 투명해졌습니다.'

어째서인지 이런 연구는 늘 영국이 한다. 이 세상의 허다한 수수께끼 중 하나다.

포털사이트 검색창에 단어 몇 개를 집어넣었다. 유골, 뼈, 발굴. 그런 다음 검색 결과를 최근 순서로 정렬했다. 지난 열흘간 모두 다섯 건의 뉴스가 나왔다. 해외에서 세상을 떠난 독립운동가의 유골이 내달에 귀국할 예정이었다. 화장장 부지 앞에서 인근 주민들이 시위를 벌이다가 주민센터 직원들과 충돌하여 두 명이 다쳤다. 한 건은 모바일 게임 기사였고('마법사의 유골을 획득하라!'), 다른 한 건은 성경 연구에 획기적인 진전이 이뤄지게 되었다는 소식이었다('선한 사마리아인의 진짜 거주지는?').

마지막 뉴스가 눈길을 끌었다. 지역축제 준비 중에 행사장 부지에서 신원이 불분명한 다량의 유골이 발견되어 경찰이 수사에 나섰다는 내용이었다. 검색 결과에는 뉴스의 일부만 떠 있었기 때문에 링크를 클릭하여 언론사 홈페이지로 들어갔다. 그러자 기사 대신 홈페이지 대문으로 연결이 되었다. 포털뉴스란과 연결된 인터넷 주소를 복사하여 주소창에 붙여넣자 다음과 같은 안내문이 뜨는 빈 페이지가 나왔다. '이 기사는 언론사의 요청으로 삭제되었습니다.' 언론의 협조가 아직 잘 이뤄지는 모양이었다.

창밖에서 비가 내리기 시작했다. 뚝뚝 듣는 빗방울이 플라스틱 처마를 때리는 소리가 희미하게 들렸다. 알루미늄 섀시에 부딪힌 물방울이 잘게 흩어지면서 사무실 안으로 들어왔지만 창문을 닫아야 할 정도는 아니었다.

곰 선생의 지시대로 오늘도 현장에 나가야 했다. 비가 내리면 공사가 중지될 테니 운이 좋으면 안으로 들어가서 살펴볼 수 있을지도 모른다. 다른 여덟 명의 '선생'들이 발견한 게 있는지 궁금해졌다.

오른손이 또 욱신거렸다. 나는 손에 난 상처를 살펴보았다. 깊은 상처는 아니었다. 피는 금방 멎었고 딱지도 가볍게 앉아서 아침에 샤워를 할 때 떨어져 나갔다. 겉으로 봐서는 불그스름한 줄 하나만 희미하게 나 있을 뿐이었다. 하지만 딱히 꼬집어 말할 수 없는 불쾌한 통증이 가시질 않았다. 마치 피부에 따개비 같은 것이 붙어 있다가 내킬 때마다 깨무는 것 같은 통증이었다.

상처의 위치는 노아의 손에 났던 상처와 같았다. 소년이 찾아온 뒤부터 내게 벌어지는 일들이 내가 모르는 어떤 방식으로 연결되어 있다는 점은 분명해 보였다. 그 자체는 신기한 게 아니었다. 내가 지금껏 여기서 해왔던 일들이 바로 그런 것들이었으니까. 처음에는 새벽안개 속 산등성이처럼 막연한 윤곽으로만 눈앞에 나타났던 것이 차츰차츰 형태를 이루어가면서 나중에는 부인할 수 없는 존재가 되어 출현하는 것. 문제는 늘 그 과정이 얼마나 빨리 진행되느냐였지, 그런 일이 실제로 일어날 수 있는지 아닌지 따지는 것은 아니었다. 존재는 모든 것에 앞선다. 아무리 말도 안 되는 것이라 해도, 아무리 기이한 것이라 해도 그것이 실제로 존재한다면 그것은 그 자체로 인정받아야 한다. 적어도 노아와 함께한 몇 년간 내가 봐온 바에 따르면 그랬다. 그리고 그런 견지에서라면 소년이 나를 찾아온 것도, 그 이전에 노아가 소년의 가족을 찾아갔던 것도, 죽지 않는 여인이 사라진 것도, 정체를 알 수 없는 뼈가 사방에서 나오기 시작한 것도, 회초리 남자와 앨리스가 나를 찾아와 어설픈 협박을 하고 돌아간 것도 모두 어떤 흐름의 일부였다. 다만 아직 그 흐름의 정체와 방향을 알 수 없을 뿐이었다. 노아는 사태가 모호할 때 어디로 가야 할지 잘 알았다. 마치 단테를 이끄는 베르길리우스처럼. 그게 그가 가진 노련함이었다. 나는 늘 그의 뒤를 따라갈 뿐이었다.

빗줄기가 점차 굵어졌다. 먹물빛 하늘에서 떨어지는 비가 작은북 위로 한꺼번에 쏟아지는 콩처럼 요란한 소리를 내며 거리를 두드렸다. 나는 빗소리에 귀를 기울였다. 아무렇게나 흩어져 있던 작고 단단한 소음이 차츰 한데 뭉치면서 일정한 리듬을 타기 시작하는 것이 느껴졌다. 음악처럼 인공적인 규칙을 따르지는 않았지만 그렇다고 아무렇게나 떨어지지도 않았다. 질서와 무질서 사이, 인식할 수 있는 것과 감지할 수 없는 것 사이 어딘가에서 빗소리가 출렁였다. 출렁이는 소리가 공기에 눌리면서 마치 허공에 치는 파도처럼 철썩이는 소리로 바뀌었다.

나는 의자에 앉은 채로 깜박 잠이 들었다.

눈을 떠보니 의자에서 거의 미끄러질 것 같은 자세로 앉아 있었다. 얼마나 오래 이러고 있었는지는 알 수 없었지만 바깥은 여전히 어둑했다.

잠에서 깬 건 노크 때문이었다. 누군가 사무실 문을 두드리고 있었다. 초침 소리처럼 작고 규칙적인 노크였지만 잠을 깨우기에는 충분했다. 나는 신음소리를 내며 자세를 바로 한 뒤 손가락으로 콧등을 주무르면서 문에 대고 말했다.

"들어오세요."

노크 소리는 멈추지 않았다. 나는 조금 더 크게 말했다.

"들어오세요. 안에 있습니다."

노크가 멈췄다. 나는 기다렸다. 복도에 서 있는 사람이 머뭇거리고 있다는 것이 느껴졌다. 이윽고 문이 열렸다. 나는 의뢰인을 맞이하기 위해 자리에서 일어났다.

호리호리한 몸매에 옅은 베이지색 반팔 블라우스와 무릎 바로 위까지 올라오는 갈색 스커트 차림의 여성이 사무실 안으로 들어왔다. 은색 에나멜 구두를 신고, 오른손에는 검은색 악어가죽 백을 들었다. 왼손 약지에 긴 반지가 형광등 불빛을 받아 반짝였다. 반지에는 녹색 감람석으로 만든 보석이 박혀 있었다.

얼굴은 보이지 않았다. 없었기 때문이었다.

정확히 말하자면 얼굴이 **없다**고 할 수는 없었다. 그보다는 뭉개졌다고 표현하는 쪽이 더 적절해 보였다. 까다로운 화가가 초상화를 그리고 나서 작품에 만족하지 못해 물감이 채 마르기 전에 손가락으로 그림 속 얼굴을 사정없이 문지른 것 같았다. 원래대로라면 눈동자와, 코와, 입술과, 눈썹을 구성했을 색깔과 형태들이 붉은색, 검은색, 갈색, 백색, 살구색의 점과 선과 면으로 얽히고설켜서 뭉뚱그려진 채 인중이 있어야 했을 자리에 뚫린 작고 검은 구멍을 향해 빙그르르 돌면서 빨려 들어가고 있었다.

꿈.

그제야 나는 지금 내가 꿈을 꾸는 중이라는 사실을 깨달았다. 그렇지 않다면 이렇게 태연히 있을 수가 없었다. 하지만 꿈속이라 해도 할 일은 해야 한다.

"앉으세요."

꿈속의 내가 손님용 의자를 펼치며 말했다. 여자가 의자에 앉아 옷매무새를 가다듬었다. 차라도 마시겠느냐고 물어보려다가 이 **의뢰인**이 차를 마실 수는 있을까 하는 생각이 들었다. 하지만 차를 마실 수 있느냐고 묻는 것도 실례인 것 같아서 잠시 망설이다가 그대로 자리에 앉았다.

우리는 어색하게 앉아 서로를 마주보았다. 꿈속에서 어색함을 느끼다니, 기분이 이상했다. 여자는 반듯한 자세로 나를 바라보았다. 아마도 그런 것 같았다. 얼굴은 계속 빙글빙글 돌고 있었다. 전동 반죽기에서 회전하고 있는 묽은 반죽 같았다.

"무슨 일로 오셨습니까?"

내가 입을 열었다.

여자가 손가방에서 무언가를 꺼내 탁자에 올려놓았다. 아무것도 적혀 있지 않은 하얀색 종이봉투로, 안에 무엇이 들어 있는지는 몰라도 꽤 두툼했다. 여자가 고개를 들어 나를 정면으로 바라보았다. 말을 하지는 않았지만(사실 할 방법도 없었겠지만) 나는 여자가 무슨 생각을 하고 있는지 알 수 있었다.

"지금 탐정님은 자리에 안 계십니다. 다시 약속을 잡고 오시죠."

소용돌이가 중심을 향해 느릿하게 돌았다. 그 회전으로 의사소통을 대신할 수 있다는 듯. 그리고 실제로 그랬다. 지금은 내 꿈속, 다시 말해 내 의식 속이었으니까. 냉장고의 냉기가 공기를 통해 전달되듯 여자의 생각이 그대로 내게 전해졌다.

"아니요, 저는 이 일을 맡을 수 없습니다."

내가 다시 말했다. 꿈속이라 정확한 발음으로 말하기 힘들었다. 입술과 혀가 기둥에 단단히 묶여 있는 것 같았다. 한마디 한마디 내뱉을 때마다 꽤 힘을 들여야 했다.

"무서운 사람들이 제 목을 자르겠다고 협박을 했거든요."

여자가 고개를 저었다. 그와 동시에 얼굴의 소용돌이가 조금 전보다 빠르게 돌기 시작했다. 화가 난 것처럼 보이지는 않았지만 거부 의사는 명백히 표하고 있었다.

나는 난감해졌다. 어떻게 해야 하나? 여자는 단단히 마음을 먹고 온 모양이었다. 하지만 나도 쉽게 물러설 수는 없었다.

"저는 예전에 서투르게 행동한 적이 있습니다."

나는 조심스럽게 말을 꺼냈다.

"같은 실수를 두 번 하고 싶지는 않습니다. 제 잘못 때문에 누군가가 고통받고 상처 입는 걸 보고 싶지 않아요. 그럴 바에는 그냥 가만히 앉아서 지켜보고만 싶습니다."

소용돌이가 느려졌다. 마치 내 말이 무슨 뜻인지 이해한다는 듯. 그러다가 순간 멈추더니 반대 방향으로 회전하기 시작했다. 그렇다 하더라도 자신의 부탁을 거절해서는 안 된다는 듯. 나는 계속 말했다.

"그렇게 말씀하셔도 어쩔 수 없습니다. 한번 저지른 잘못은 돌이킬 수 없어요. 저는 그 일로 많은 걸 잃었습니다. 설사 제가 이번에는 실수를 저지르지 않는다고 해도 처음의 잘못을 만회할 수는 없어요. 그 잘못은 사라지지 않습니다. 그러니 저는 이대로 계속 가만히 있고 싶습니다. 아무것도 하고 싶지 않고 누구와도 만나고 싶지 않아요."

소용돌이의 모양이 복잡해졌다. 여자가 손가락에서 반지를 빼 책상에 놓았다. 감람석 내부에서 녹색의 광채가 어른거렸다. 마치 창밖에서 엿보는 벽난로의 불빛처럼.

"아뇨, 안 됩니다. 저는 할 수 없습니다."

소용돌이의 속도가 빨라졌다. 하지만 내 의지 역시 확고했다. 다시 한번 거절의 뜻을 표하려고 하는데 또 다른 노크 소리가 들렸다. 여자가 했던 조심스러운 노크와는 달랐다. 지금 문밖에 있는 누군가, 혹은 **무언가**는 성문을 부수고 들어오려는 군대처럼 둔중하고 묵직하게 노크를 하고 있었다. 그건 문을 열어달라는 요청이 아니었다. 문을 박살내고 이 안으로 쳐들어오겠다는 악의로 가득 찬 두드림이었다.

나는 여자를 보았다. 얼굴의 소용돌이가 두려움에 가득 차 격렬하게 회전하고 있었다.

노크 소리가 점점 커지면서 급기야 건물 전체가 흔들리기 시작했다.

눈을 떴다. 이번에는 현실이었다. 아마도.

나는 허리를 폈다. 의자에 비스듬히 기댄 채로 잠이 들었던 탓에 어깨가 결리고 왼쪽 다리가 저렸다. 입안은 바싹 말라 있었고, 식은땀이 증발하면서 선뜩한 기운이 목을 타고 올라왔다.

책상 위에서 휴대폰이 계속 진동하고 있었다. 꿈속의 마지막 노크는 아무래도 이 진동이었던 듯했다. 나는 헛기침을 하고 전화를 받았다.

"점심 먹을까요?"

정 부인이 말했다.

"좋습니다."

"1시에 봐요. 이번에는 베르디 말고……"

"푸치니에서 볼까요?"

침묵이 흘렀다.

"어떻게 알았어요?"

"그냥 해본 소립니다. 정말로 거기서 만나나요?"

"그런 데가 있는지 없는지도 몰라요. 경해 씨 유머 감각이 후진 건 내가 익히 알았지만 이번엔 정말 깜짝 놀랐네요. 주소 보낼게요."

나는 전화를 끊고 마른세수를 했다. 비는 여전히 줄기차게 내리고 있었다.

내 기억이 정확하다면, **아내**가 꿈에 나온 건 거의 3년 만이었다.

정 부인이 만나자고 한 곳은 '클라우디아'라는 이름의 이탈리안 레스토랑이었다. 골목 외진 곳에 있어서 찾는 데 시간이 좀 걸렸다. 정문 초인종을 누르고 잠깐 기다리고 있자니 철컹 소리가 나며 문이 열렸다. 우산을 털며 안으로 들어가자 테라스 테이블에 앉아 있던 정 부인이 나를 발견하고 손을 흔들었다. 검정색 실크 원피스에 가죽 허리띠를 두른, 단순하지만 세련된 옷차림이었다.

"여기 괜찮죠?"

내가 맞은편 자리에 앉자 정 부인이 말했다.

"좋은 곳이네요."

나는 진심으로 대답했다. 2층집을 개조하여 만든 식당으로, 작은 정원도 있었다. 비에 젖은 잔디가 깊은 생각에 잠긴 듯 짙은 녹색을 띠고 있었다.

"무슨 일 있어요? 표정이 심란해 보이는데."

정 부인이 말했다.

"아닙니다."

정 부인이 나를 유심히 쳐다보았다. 그때 하얀 셔츠를 입은 잘생긴 남자 종업원이 메뉴판을 가져왔다.

"여기는 파스타 잘해요."

나는 고개를 끄덕인 뒤 치킨 샐러드를 주문했다. 정 부인은 마늘 파스타를 주문했다. 그녀는 메뉴판을 들고 물러가는 종업원의 엉덩이를 물끄러미 바라보았다.

"여기가 좋은 게 파스타 말고 또 있답니다."

"웨이터가 멋지네요."

"CCTV도 없죠."

나는 주위를 둘러보았다. 그녀의 말대로 카메라처럼 보이는 건 없었다. 어딘가에 숨긴 게 아니라면. 정 부인이 계속 말했다.

"예약제예요. 단골 리스트에 올라 있는 사람들만 손님으로 받는답니다. 편하게 얘기하기에는 이만한 데가 별로 없어요. 물론 여기 사람들도 그 점을 가장 중요하게 여기죠."

"저도 리스트에 있는 줄은 몰랐는데요."

"제가 보증했죠. 실은 입구에 신원확인용 CCTV가 한 대 있긴 해요."

"영광입니다."

"결론부터 말할게요."

정 부인이 말했다.

"정묘진 씨가 지금 어디 있는지는 몰라요. 하지만 그 사람이 어디 있는지 말해줄 수 있을지도 모를 사람은 알아요."

"복잡하군요."

"그 사람이 이야기를 해줄지 말지는 경해 씨 하기에 달렸겠죠. 아무튼 참 뭐랄까, 어제 오늘 옛 추억이 밀어닥쳐서 정신을 못 차렸네요. 이제 와서 인쇄소를 다시 보게 될 줄은 몰랐거든요."

"남편이 하는 인쇄소 말씀입니까? 그게 왜요?"

"아뇨. 다른 **인쇄소**요."

정 부인이 물을 한 모금 마셨다. 빗줄기가 조금 전보다 가늘어졌다. 테라스 쪽으로 바람이 불었다. 비에 씻긴 서늘하고 맑은 공기가 살결에 닿았다.

"그 사람들이 언제부터 활동을 시작했는지는 몰라요. 예전에 듣기로는 휴전 이후부터라던데. 하지만 그런 걸 안다는 게 이제 와서 큰 의미는 없겠죠. 지나간 일이고, 지금은 존재하지 않으니까."

정 부인이 말을 이었다.

"'인쇄소'라는 이름이 붙은 건 그 사람들이 당연히 온갖 걸 인쇄했기 때문이에요. 위조 신분증, 위조 여권, 위조 증명서, 위조 성적표, 위조 학위증, 위조 공문서, 위조 상장, 위조 허가증, 위조 토지대장, 위조 계약서, 위조 유언장, 위조 지도. 심지어는 위조 신문에 위조 시집과 위조 소설책까지 만들었어요. 간단히 말해 우리가 생각할 수 있는 문서들이라면 죄다 위조하고 다녔던 사람들이었던 거죠. 한창 활동하던 당시에는 조직원이 몇 명인지도, 본부가 어디에 있는지도 몰랐어요. 늘 중간 연락책을 통해서 의뢰를 받았고, 결과물을 전달할 때는 또 다른 중간 연락책을 통했거든요. 대충 일이 어떻게 돌아가는지 알겠죠. 일종의 점조직이에요. 중심이 없이 이리저리 흩어져 있는. 아마도 각 분야의 전문가들이 있었겠지만 서로의 존재를 몰랐을 테고 딱히 알고 싶어 하지도 않았을 거예요. 하지만 아무리 그렇다 해도 전체를 총괄하는 핵심 인력은 있게 마련이에요. 메두사에게도 머리는 있으니까. 그러니까 인쇄소라고 하면 일반적으로 그 인력들을 가리키는 거예요."

종업원이 파스타와 샐러드를 가지고 왔다. 그런 다음 와인잔을 테이블에 놓고 레드와인을 따랐다.

"이건 주문한 적이 없는데요."

정 부인이 말했다.

"사장님께서 내시는 겁니다."

"어머나. 감사하고, 잘 마시겠다고 전해주세요."

종업원이 예의 바르게 인사하고 물러갔다. 우리는 잠시 묵묵히 식사를 했다. 비는 내리다 그치기를 반복했다. 비를 웬만큼 쏟은 구름이 엷어지자 흐린 하늘 저편에서 빛이 구름 틈새로 조금씩 스며들기 시작했다.

정 부인이 포크로 피클을 찍으면서 나를 보았다.

"인쇄소가 유명했던 건 이 사람들이 진짜보다 더 진짜 같은 문서를 제작할 줄 알았기 때문이에요. 선산을 둘러싸고 재산 분쟁이 벌어졌는데 인쇄소에서 제작한 공문서를 제출한 쪽이 원본 문서를 가지고 있던 쪽을 이겼다는 이야기가 있을 정도였으니까. 그런 소문에 살이 붙고 퍼지면서 인쇄소는 언젠가부터 굉장한 어둠의 명성을 얻게 되었답니다. 1970년대 중반쯤에는 거의 살아 있는 전설 대접을 받았죠. 저도 그 시절에는 인쇄소가 정말 엄청난 조직인 줄 알았답니다.

하지만 지금 와서 생각해보면, 소문은 소문일 뿐이고 늘 실제보다 큰 법이에요. 저녁의 그림자가 긴 것은 곧 밤이 온다는 뜻이죠. 어둠이 뒤에 있으면 소문은 부풀려지게 마련이고요. 아무리 대단하네 어쩌네 해도 인쇄소란 결국 소규모 사기 조직에 불과했어요. 위조란 법과 시스템의 허점을 노리는 행위인데, 법과 시스템이 촘촘해지면 위조는 점점 어려워지죠. 사회를 실어 나르는 흐름이라는 게 있어요. 그 흐름 위에서 제도가 정비되고 체계가 잡히고 감시의 수준이 높아지면 숨기도, 달아나기도, 속이기도, 점점 어려워지죠. 오로지 그런 법과 시스템을 제 마음대로 할 수 있는 사람들만이 어떤 제도하에서도 자유롭게 행동할 수 있을 거예요. 그런데 그거 알죠? 그런 사람들은 애초에 무언가를 위조하고 말고 할 필요가 없다는 걸. 앞뒤가 안 맞아도 대충 이리저리 말을 꾸며낸 다음 마음대로 체포하고, 괴롭히고, 언론매체를 이용해 그 말이 사실이라는 듯 소문을 퍼뜨리는 방식으로 원하는 걸 얻어내면 되니까. 그렇게 보자면 그들 입장에서는 법과 시스템 자체가 자기네가 만든 위조문서인 셈이에요. 인쇄소 사람들이 제아무리 위조를 잘해도 그런 걸 당해낼 수는 없어요. 제 딴에야 전설적인 존재니 뭐니 해도, 그렇게 보자면 인쇄소 역시 시스템 주변을 돌아다니면서 떡고물을 주워먹는 하이에나에 불과했던 거예요. 그러니 **그 일**이 일어나지 않았더라도, 인쇄소는 아마 자연스럽게 쇠퇴하고 사라졌을 거예요."

정 부인이 말을 멈추고 와인을 한 모금 마셨다. 나는 가만히 그녀의 말에 귀를 기울였다. 이 이야기가 어디로 흘러가고 있는 건지 아직은 알 수 없었다.

정 부인이 다시 입을 열었다.

"198*년 *월 *일, 경기도 한 야산에서 칠십대 남성이 추락사했어요. 근처를 지나가던 등산객이 시체를 발견했죠. 등산로 울타리가 부서진 걸 발견하고 아래를 보니 사람이 바위 위에 쓰러져 있었고, 등산객은 바로 경찰에 신고했어요. 시체는 목과 팔이 부러져 있었어요. 즉사였죠. 사망자의 신원은 바로 밝혀졌어요. 모 사립 대학교 이사장으로, 군 장교 출신에 군수도 지낸 사람이었지요. 등산복 차림이 아니었던 걸로 보아 등산 중이었던 건 아닌 듯했어요. 사고일 가능성이 높았죠. 산책 중에 발을 헛디뎌 변을 당한 거예요. 다들 그렇게 생각했죠. 옆구리에서 칼에 찔린 상처가 발견되기 전까지는."

"칼에 찔렸다고요."

"그게 사망 원인은 아니었어요. 상처가 얕았거든요. 하지만 이런 의문을 품기에는 충분했죠. 혹시 누군가 칼로 이사장을 공격했고, 그 공격을 피하다가 아래로 떨어진 건 아닐까? 이상한 점은 또 있었어요. 사건 현장인 야산이 이사장의 집에서 상당히 멀었거든요. 굳이 거기까지 등산이나 산책을 하러 갈 이유가 없었던 거죠. 경찰이 수사에 착수했고, 탐문 끝에 숨진 이사장이 야산 근방의 아파트 단지에서 젊은 여자와 같이 살고 있었다는 사실을 알아냈어요. 물론 그 여자는 이사장의 부인이 아니었고요."

정 부인이 계속 말했다.

"일이 어찌된 건지 대략 짐작이 가요? 전역 군인이자 군수 출신의 존경스러운 이사장님께서 첩질을 하고 계셨던 거죠. 놀랄 일은 아니죠, 당연히. 경찰은 신중히 움직였어요. 피해자가 피해자다 보니 윗선에서 요란 떨지 말고 처리하라는 지시가 내려왔거든요. 아무튼 수사 끝에 사건이 일어난 날 아침에 이사장이 그 젊은 여자와 같이 산으로 올라가는 모습을 봤다는 목격자가 나왔어요. 아파트 단지 주민들을 대상으로 탐문수사를 한 결과 그 단지에 젊은 여자가 혼자 살고 있었고, 이사장이 정기적으로 왔다 가곤 했다는 진술도 확보했고요. 다만 경찰에 진술한 사람들 중에 여자의 외모를 정확히 기억하는 사람은 없었어요. 젊은 여자라는 건 분명했지만 그 나머지는 다들 하는 소리가 제각각이었던 거죠. 뚱뚱하다, 날씬하다, 코가 높다, 낮다, 눈이 크다, 작다, 키가 크다, 작다…… 일치하는 증언이 없었답니다. 하지만 다

행히 해당 아파트의 명의를 확인해보니 이사장이 드나들던 아파트를 임대한 사람이 그 젊은 여자였던 걸로 확인이 됐어요. 이제 그 여자의 신병을 확보하면 될 일이었죠."

"그런데 그 여자가 **없는 사람**이었군요."

내가 말했다. 이제야 이야기가 어디로 가는지 감이 잡히기 시작했다. 정 부인이 고개를 끄덕였다. 그때 테이블에 올려놓았던 휴대폰이 진동했다. 곰 선생이었다. 나는 전화기를 주머니에 집어넣었다.

"그 계약에 쓰인 위조 서류를 추적하다가 수사의 손길이 인쇄소까지 뻗친 거죠. 아마 경찰 내부에도 인쇄소의 신세를 진 사람들이 꽤 있었을 거예요. 하지만 그냥 넘어갈 수는 없는 문제였죠. 사람이 죽었으니까. 그것도 사립대학 이사장이. 첩이 휘두른 칼 때문에."

정 부인이 냉소적인 미소를 지었다.

"요즘은 포털사이트에서 옛날 신문을 찾아볼 수 있죠. 새삼 느끼는 건데 세상 참 좋아졌어요. 예전에는 그런 자료를 찾으려면 도서관에 갔어야 했는데. 아무튼 당시 보도된 신문기사를 보면 공문서 위조 혐의로 네 명이 체포되었다는 기사가 실려 있어요. 출생신고서와 주민등록증을 위조했다는 혐의죠. 이름과 나이도 기사에 공개되어 있답니다. 그 시절에는 용의자의 이름과 나이와 사진을 그대로 실었죠."

정 부인이 휴대폰을 들어 액정을 만졌다. 나는 주머니에서 전화기를 꺼내 정 부인이 보낸 메시지에 첨부된 캡처 사진을 확대해서 살펴보았다. 남자 네 명의 얼굴이 타원 안에 들어 있고, 각각의 얼굴 아래 이름과 나이가 명기되어 있었다.

거인의 얼굴은 오른쪽 하단에 있었다. 윤인태. 28세. 사진은 흐릿했지만 처진 입매만은 선명했다. 그는 젊은 시절에도 늘 그런 얼굴로 살았던 것이다. 정 부인이 말을 이었다.

"흥미로운 건 기사에 그 이상의 이야기는 없다는 사실이에요. 읽어 보세요. 출생신고서와 주민등록증을 위조했는데 무슨 목적으로 어디에 사용했는지는 나와 있지 않아요. 이건 그 기사만 읽고서는 이해가 잘 가지 않아요. 크로스체크를 해야 하는 거죠. 즉 사립대학 이사장의 죽음에 관한 뉴스가 부고 기사 말고는 아무것도 없다는 사실까지 파악을 해야 거칠게나마 그림이 그려진답니다. 아까 말했죠. 어떤 사람들에게는 법과 시스템이라는 것 자체가 위조문서라고. 아마도 이사장의 유족들이 가문의 명예를 위해 노력을 많이 했을 거예요. 그 일은 그렇게 끝난 거죠. 적어도 표면적으로는.

그런데 그즈음에 묘한 소문이 돌았답니다. 인쇄소 멤버가 실은 넷이 아니라 다섯이고, 그 다섯 번째 멤버는 여자라는 소문이요. 임대계약에 쓴 서류를 위조한 사람은 그 여자인데, 그 여자를 보호하기 위해 인쇄소 멤버들이 죄를 뒤집어썼다, 대략 그런 내용이었어요. 사람들 상상력을 자극하기 딱 좋은 이야깃거리였죠. 말 안 해도 그게 어떤 상상인지는 아시겠지요. 하지만 그런 일이 뭐가 그렇게 중요하겠어요? 술자리에서 몇 번 오가고 마는 얘기일 뿐이죠. 아무튼 인쇄소 멤버들은 본인들이 지은 죄보다는 가벼운 벌을 받았어요. 더 캐낼 수도 없었겠죠. 그러면 여러 가지로 곤란해지는 사람들이 있을 테니까.

멤버들은 출소한 뒤 뿔뿔이 흩어졌어요. 적어도 제가 아는 한은 그랬죠. 한 명은 필리핀으로 갔고, 다른 한 명은 교통사고로 사망했어요. 그러니 두 명, 혹은 세 명이 남은 건데, 그중 한 명의 근황은 들어서 알고 있었지만 나머지 한 명, 혹은 두 명은 몰랐거든요. 그런데 어제 경해 씨가 그 나머지 중 한 사람, 혹은 두 사람의 근황을 들고 나를 찾아온 거란 말이에요. 저는 두 사람이라고 생각하지만요."

"잠깐만요."

내가 말했다.

"그렇다면."

"그렇지 않을까요. 그 아이 어머니, 정묘진 씨가 아마도 인쇄소 멤버였을 거예요."

정 부인이 결론을 내리듯 짧게 미소를 짓고는 와인을 마셨다.

테라스는 한적했다. 곧 잦아들 것 같던 빗줄기는 이슬비로 변해 계속 내리고 있었다. 나는 천천히 입을 열었다.

"아닐 수도 있습니다."

"물론 그렇죠. 그런데 정말 그렇게 생각하세요?"

나는 대꾸하지 않았다. 대답을 바라고 하는 질문이 아니었으니까. 머릿속에서 순간적으로 어떤 장면이 떠올랐다. 파란 하늘 아래 교도소의 회색 벽을 배경으로 서 있는 지친 표정의 커다란 남자. 그 앞에 서 있는 소용돌이 얼굴의 여자.

전화기가 진동했다. 곰 선생의 전화였다. 나는 전화기를 다시 주머니에 넣었다. 끈질기게 울리던 전화기가 멈추더니 가볍게 한 번 떨렸다.

"아까부터 계속이네. 누구예요?"

"저희 매니저입니다."

"아, 그분."

정 부인이 미소를 지었다.

"자기 자리를 무척 사랑하는 분이시죠."

나는 대답 대신 쓴웃음을 지었다. 정 부인이 계속 말했다.

"우리 스파이 놀이 한번 해볼까요?"

"스파이 놀이요?"

정 부인이 냅킨 홀더에서 냅킨을 한 장 뽑았다. 그런 다음 토트백에서 펜을 꺼내 냅킨에 뭔가를 적어 건넸다.

"제가 근황을 아는 인쇄소 멤버의 이름과 주소예요. 묘진 씨가 몸을 피할 일이 있다면 그 사람을 찾아갔을 가능성이 높아요. 아닐 수도 있겠지만. 아무튼 물어봐서 나쁠 건 없겠죠."

"알겠습니다."

"이제 거기 적힌 주소를 외운 다음 돌려주세요."

나는 시키는 대로 한 뒤 냅킨을 돌려주었다. 정 부인이 물컵에 냅킨을 넣었다. 종이가 녹으면서 푸르스름한 잉크가 물에 번졌다.

"왜 이러시는지 물어봐도 될까요?"

"말했잖아요, 스파이 놀이라고. 가끔씩 무의미한 장난을 치고 싶을 때가 있지 않나요?"

"장난을 쳐본 지 오래돼서요. 아무튼 감사합니다."

"감사는 뭘. 조만간 경해 씨가 갚아야 하는 건데. 그나저나 샐러드 거의 입도 안 댔네? 제가 뭐랬어요. 여기는 파스타가 괜찮다니까."

레스토랑을 나와 전화를 걸자 첫 번째 신호음이 채 다 울리기도 전에 곰 선생이 싸움이라도 걸 듯 날카롭게 말했다.

"어떻게 됐어?"

"뭐 말씀입니까?"

"뭐긴. 오전에 다시 연락하라고 했잖아."

"특별한 건 없었습니다. 다시 가보려고요."

수화기 저편이 조용해졌다. 분명 있는 짜증 없는 짜증 모두 끌어모을 준비를 하고 있는 것이리라. 하지만 뜻밖에도 곰 선생은 차분한 목소리로 말을 꺼냈다.

"가서 잘 살펴봐. 상황이 안 좋아."

"상황이 안 좋다니요?"

"다른 선생들도 잘 모르겠다는 말만 하고 있어. 아무리 검토해봐도 짚이는 게 없대."

곰 선생이 끙, 하는 소리를 내고는 말을 이었다.

"어젯밤하고 오늘 아침에 또 유골들이 발견됐어. 한두 군데가 아니야. 이제는 범죄가 아니라는 게 확실해졌어. 그럼 문제는 이게 뭐냐는 거지. 우리가 알아내야 하는 문제인 거야. 다시 한번 가봐. 가서 잘 살펴보라고."

알겠다고 대답한 다음 전화를 끊으려다가 불현듯 어떤 생각이 떠올랐다.

"다른 선생들도 아무것도 못 찾았다고 하셨죠?"

"그래. 상당히 촉이 좋은 선생들도 이번에는 전혀 감이 안 잡힌대."

"그렇다면 그분들이 그 사실을 발견한 거 아닐까요?"

"무슨 소리야, 그게?"

"감도 안 잡힌다는 사실을요."

다시 침묵. 이번에는 생각하는 침묵이었다.

"거기에 아무것도 없다고?"

"이미 나온 것 말고는요."

"그래서? 아무것도 없다는 것의 의미가 뭐지?"

"그건 모르겠습니다."

"아무튼 더 알아보고 보고해."

나는 전화를 끊었다. 막연히 떠올랐던 생각에 자신감 비슷한 것이 붙었다. 사건 현장에는 아무것도 없다. 그곳은 뼈와 물건들을 토해냄으로써 제 역할을 다 했다. 마치 수확을 끝낸 토지처럼. 그러니 검토를 한들 아무것도 발견할 수 없는 것이 당연하다. 그렇다면 어디에서 무엇을 찾아야 하는 걸까?

버섯의 신비

　10층 건물의 푸르스름한 통유리 외벽 한 면 전체에 길쭉한 현수막 두 장이 세로로 나란히 붙어 있었다. 현수막에서는 단정한 옷차림을 한 여자가 다소곳한 자세로 은은한 미소를 띠면서 갈색 유리병을 할머니의 유골함이라도 되는 양 받쳐들고 있었다. 내 기억이 정확하다면 케이블 방송 미니시리즈에서 의사로 출연하는 배우였다. 옆 현수막에는 양복을 입은 백발의 남자가 여자와 똑같은 자세와 미소를 취하고 있었다. 두 현수막 모두 상단에 '버섯의 신비'라는 글자가 커다랗게 박혀 있었다.

　정 부인이 가르쳐준 주소지에 도착했을 때쯤에는 비가 그치고 해가 났다. 나는 건물 입구에 서서 외벽 통유리에 묻은 빗방울이 반짝이는 것을 바라보았다. 사원증을 목에 건 남녀 몇이 정문에서 나와 내 옆을 지나갔다.

　로비 바닥은 대리석이었다. 젖은 신발이 슬쩍 미끄러졌다. 나는 안내데스크로 가서 대표님이 지금 회사에 계신지 물어보았다. 검정색 정장을 입고 눈썹을 깔끔하게 다듬은 젊은 여성 직원이 온라인 쇼핑몰에서 베개 가격을 비교할 때 지을 법한 표정으로 나를 보고는 사전에 약속이 되어 있는지 물었다.

"아니요. 인쇄소에서 왔다고 전해주시겠습니까?"

"어디요?"

"인쇄소요. 그렇게 말하면 아실 겁니다."

직원이 나를 빤히 보다가 내선으로 전화를 했다. 대답을 기다리는 동안 나는 건물 로비를 배회했다. 천장은 높았고 조명은 은은했다. 회사에서 판매하는 제품들이 유리 진열장에 전시되어 있었다. 버섯 영양제, 버섯 미백크림, 버섯 스낵, 버섯 농축액, 버섯 조미료. 진열장 위에 설치된 대형 모니터에서는 현수막 속 여배우가 출연하는 광고를 계속 내보냈다. 커다란 버섯과 산과 들을 찍은 풍경이 번갈아 지나갔다. 맞은편 벽에는 강과 구름, 강태공, 정자를 그린 대형 수묵화 액자가 걸려 있었다. 바늘 없는 낚싯대를 강에 드리운 액자 속 강태공이 새로운 안빈낙도를 찾은 듯 멍한 얼굴로 광고를 물끄러미 바라보는 중이었다. 그림 바로 아래 설치된 또 다른 대형 텔레비전의 채널은 뉴스 프로그램에 맞춰져 있었다. 지난 며칠간 계속 본 법원 앞 장면이 또 나왔다. 항의, 계란, 도주.

안내데스크 직원이 전화를 끊고 나를 보았다. 나는 데스크로 돌아갔다.

"저쪽 맨 끝 엘리베이터를 이용해서 올라가세요."

직원이 쌀쌀맞게 말하며 내빈용 출입증으로 스피드게이트를 열어주었다. 나는 고맙다고 인사하며 안으로 들어갔다. 엘리베이터는 모두 네 대였는데, 문에 금박을 입힌 건 하나뿐이라서 뭘타야 할지 금방 알 수 있었다. 엘리베이터에 탔을 때 무슨 버튼을 눌러야 할지도 금방 알 수 있었다. 'R'이라고 적힌 버튼 하나만 달려 있었으니까. 짐작컨대 'Royal'이나 뭐 그런 단어의 약자인 듯했다.

엘리베이터 문이 열리자 바로 비서실이 나왔다. 뿔테 안경을 쓴 중년 여성이 책상에 앉아 있다가 나를 올려다보며 말했다.

"대표님께서 곧 도착하신다고 말씀하셨습니다. 저기서 잠시만 기다려주세요."

나는 비서가 가리킨 소파에 앉았다. 베이지색 소가죽 재질로, 엉덩이를 갖다 대자 늪에 빠지듯 몸이 푹 잠겼다. 손님용 테이블에 일간신문 몇 종이 놓여 있었다. 손에 잡히는 대로 한 부를 집어 펼쳤다. 이리저리 신문을 넘기던 중 「무덤 앞에서 삶을 생각하자」라는 명사 칼럼이 눈에 띄었다. 필자는 정치학과 교수로, 셰익스피어의 《햄릿》에 나오는 광대 요릭의 두개골을 언급하면서 삶과 죽음의 경계란 것이 얼마나 허무하고 애매하며 하잘것없는 것인지 한참 늘어놓다가 뜬금없이 국회에서 싸우는 정치인들이 진짜 문제라면서 글을 마무리했다. 종이신문을 구독해서 읽은 지가 한참 되었는데, 어쩌다 그렇게 되었는지 칼럼을 읽는 동안 기억이 났다. 이런 글은 돈을 받고 읽어야 했다.

십여분 뒤 엘리베이터 문이 열리면서 빨간색 체크무늬 골프셔츠와 눈처럼 새하얀 골프바지를 입은 남자가 성큼성큼 걸어 들어왔다. 그는 날 제대로 보지도 않고는 그대로 비서실 옆에 난 오크나무무늬 문으로 들어갔다. 비서가 말했다.

"대표님께서 들어오라고 하십니다."

나는 소파에서 일어나 대표실로 들어갔다. 러닝셔츠 차림으로 와이셔츠를 들고 서 있던 대표가 다시 나를 흘끗 보고 말했다.

"저기 앉아요."

나는 또 다른 베이지색 소가죽 늪에 가라앉아 대표가 와이셔츠를 갈아입는 모습을 지켜보았다. 대표는 와이셔츠 단추를 채운 뒤 골프바지를 벗어 구석에 휙 집어 던지고는 스탠드 옷걸이에 걸려 있던 검정색 정장바지를 입고 하얀색 골프화를 하얀색 가죽구두로 갈아 신었다. 그런 다음 연갈색 오크나무 책상 앞에 놓인 암갈색 소가죽 회전의자에 털썩 소리를 내며 비스듬히 앉아 나를 곁눈질했다.

"20분 뒤에 미팅이 있어."

대표, 회사 외벽 현수막에 걸린 사진 속 백발의 남자가 말했다. 사진 속에서처럼 다정한 미소를 짓고 있지는 않았다. 사진보다 머리숱도 적었다. 목소리는 종을 삼킨 것처럼 쩌렁쩌렁 울렸다. 그 목소리를 듣자 어렴풋이 떠오르는 게 있었다. 라디오 광고에서 요즘 한창 나오는 목소리였다. '버섯의 신비!'

그 목소리가 계속 말했다.

"그러니까 딱 3분 준다. 그 안에 할 말 있으면 하고 나가. 그래야 나중에 공갈과 명예훼손과 허위사실 유포로 감방 들어가도 덜 억울하겠지."

"공갈이요?"

"2분 남았어. 한 적도 없고 기억도 안 나는 몇십 년 전 일을 책임지라면서 피 냄새를 맡은 상어 떼처럼 몰려오는 것들을 내가 한두 번 본 게 아니거든? 처음에는 그냥 두드려 패서 쫓아버렸는데 변호사 말이 녹음을 해두면 감옥에 처넣을 수 있다고 하네? 지금 다 녹음되고 있으니까 하고 싶은 말 있으면 얼른 하고 가. 조만간 법정에서 보자고. 나 말고 내 변호사. 이제 1분 남았다."

"정묘진 씨 일 때문에 왔습니다."

침묵. 대표가 책상에 설치된 인터폰 버튼을 눌렀다.

"녹음기 꺼."

대표가 자세를 바로했다.

"당신 누구야?"

"정묘진 씨를 찾고 있습니다."

"왜? 무슨 일로?"

"실종되었습니다."

"실종? 걔가 왜…… 아니, 그것보다, 윤인태는? 걔는 뭐 하는데? 왜 인태가 아니고 당신이 묘진이를 찾아? 윤인태하고 무슨 관계야?"

"아무 관계도 아닙니다. 남편은 부인 문제에 관심이 없습니다. 아니면 없는 척하거나. 묘진 씨 아드님이 제게 와서 엄마를 찾아달라는 부탁을 했어요."

"아들? 묘진이가 애를 낳았다고?"

142

대표의 눈이 휘둥그레졌다. 나는 고개를 끄덕였다. 그가 다시 인터폰 버튼을 눌렀다.

"미팅 30분 연기해."

"30분이요? 지금 도착해서 기다리고 계신데요."

"내가 언제나 자기만 믿는 거 알지?"

대표가 버튼에서 손을 떼고는 손바닥으로 얼굴을 비볐다.

"묘진이가 아들을 낳았다고. 그게 말이 될 게 아닌데…… 아, 나, 이것 참."

대표는 정말로 당황스러워하는 듯 보였다. 대를 이어 전해지던 가보가 실은 가짜였다는 걸 알게 된 사람 같았다. 나는 소파 가죽을 이리저리 쓸면서 기다렸다. 감촉이 마음에 들었다.

마침내 그가 입을 열었다. 말투가 바뀌어 있었다.

"어디까지 알고 온 거요?"

"필요한 만큼은 압니다. 이사장 사건도 알고, 묘진 씨의 특별한 점에 대해서도 압니다. 하지만 저는 옛날 일에는 관심이 없습니다. 지금 묘진 씨가 어디 있는지만 알면 됩니다."

"그걸 내가 어떻게 알아?"

"지난주에 여기 찾아오지 않았습니까? 5월 21일 전후로요."

"지난주에 난 타이완에 있었어. 기술협력 문제 때문에. 따로 찾아온 사람도 없고. 있었다면 비서가 얘길 했겠지. 기다려봐요."

대표가 버튼을 눌렀다.

"지난주에 나 출장가고 없을 때 혹시 젊은 여자가 찾아온 적 없어?"

"젊은 여자요?"

"응. 어떻게 생겼냐면…… 그…… 음……"

대표가 손가락을 빙글빙글 돌리며 생각을 더듬다가 포기했다.

"아무튼 젊은 여자야. 나한테 볼일 있다고 온 사람 없냐고."

"돌아오셨을 때 말씀드린 손님이 전부입니다. 혹시 데스크에서 자체적으로 돌려보내고 제게 말 안 했을지도 모르는데 한번 문의해볼까요?"

"알아봐."

잠시 뒤 인터폰이 울렸다. 비서는 데스크에 문의해봤지만 젊은 여자가 찾아온 적은 없다고 말했다.

"묘진 씨가 찾아갈 만한 다른 곳은 없을까요?"

내가 물었다.

"글쎄. 우리 얼굴 안 본 지가 거의 20년이 넘어요. 알고 왔다니 말이지만 출소하고 나서는 각자 인생을 살았으니까. 내가 마지막으로 얘기 들은 게 인태하고 묘진이가 살림을 차렸다는 거고. 나도 나대로 바쁘게 살았고. 보다시피 버섯의 신비를 발견했거든. 그거 알아요? 언젠가 인류가 멸망해도 버섯은 바퀴벌레와 더불어 끝까지 살아남을 거야. 생명력이 굉장하거든. 그런데 그 생명력을 제대로 이해하는 사람이 없어. 그저 고기에 구워먹고 찌개에 끓여먹는 줄이나 알지. 사람들 삼겹살 구울 때 양송이버섯 뒤집은 다음에 거기 물 고이면 보약이라고 먹지? 그거 그냥 물이에요, 물. 색깔만 누리끼리한 물. 진짜 중요한 에너지는 균사체에 있는 거지. 그 균사체의 에너지가 피부에 흡수돼서 미백 작용을 하는 거고. 논문에 다 나와 있어요. 1급 학술지 논문에."

"기억해두겠습니다."

"기억해둬요. 아무튼 묘진이 일은 잘 몰라. 솔직히 말하면 그 여자가 왜 여길 찾아올 거라고 당신이 생각했는지도 모르겠어. 우리가 신세 조진 게 그 애 때문인데. 뭐 난 잘 풀렸지만, 그거야 이제 와서 생각해보면 그런 거지. 광철이랑 전수는 완전히 인생이 아작 났단 말이에요. 까놓고 말하면 인태 한 놈만 덮어쓰고 들어갔으면 될 일이었다고. 걔한테 홀딱 빠져서 신분증이다 뭐다 다 해다 준 게 그놈이었으니까. 그런데 재수 없게 우리까지 엮인 거지. 탁 털어놓고 말하는 건데, 우린 다 그 여자 꺼림칙했어요. 언젠가는 그 여자 때문에 된통 당할 거다, 그렇게 생각했어."

"꺼림칙했다."

나는 대표의 말을 따라 했다.

"무슨 말인지 알잖아. 그럼 **그게** 사람이냐고. 도깨비, 귀신, 그런 거지. 다시 생각해봐도 인태 놈이나 사부님이나 제정신이 아니었어, 진짜."

"사부님?"

"사부님. 우리한테 기술 전수하신 분이 있어요. 우리가 사부님 밑에 들어갈 때부터 그건 사부님 옆에 사람 홀리는 귀신처럼 딱 붙어 있었다고. 사부님만 안 계셨어도 우리가 당장 내쫓았을 거요. 그때도 묘진이는 젊었지. 그 뒤로도 계속 젊었고. 아마 지금도 젊을 거고. 생각해봐요, 무섭지. 안 그래요?"

나는 대꾸하지 않았다. 대표가 계속 말했다.

"흠. 뭐 별생각이 없나보네. 당신이 그걸 직접 못 봐서 그래. 나는 영화나 드라마 같은 데서 불로불사 그런 거 나오면 웃어요. 작가들이 뭣도 모르니까 막 써대는 거야. **그게** 옆에 있고, 그거랑 이야기도 해야 하는 기분이 어떤지 지들이 어떻게 알겠어. 묘진이가 우리 사이에서 연락책을 맡았어요. 일 들어오면 가서 받아오고, 물건 나오면 가서 건네주고. 다른 사람은 안 썼어. 쓸 필요도 없었지. 아무도 그 애 얼굴을 기억 못했으니까. 그때도 그건 참 희한했어. 왜 돌아서면 잊어버릴까. 젊은 여자라는 거 말고는 왜 아무것도 생각나지 않을까. 지금도 우리 멤버들하고 사부님 얼굴은 생생한데 그거 얼굴은 아무리 애를 써도 기억이 안 나. 눈앞에 꼭 안개라도 낀 것 같다니까. 인태 놈만 묘진이한테 정신을 못 차렸지. 한번은 우리가 그랬어요. 돌아서면 콧구멍 하나 생각도 안 나는 게 뭐가 좋냐고. 심지어 사람도 아니잖느냐고. 그러니까 걔가 뭐랬는지 알아요? 그럼 돌아서지 말고 계속 바라보면 된대요. 얼굴은 뚱한 놈이 그런 소릴 하니 어이가 없었지."

"사부님이 지금 어디 계신지 아십니까?"

"세상 하직하셨어요. 술에 취해서 다리를 건너다가 강으로 떨어졌지."

"유족은요?"

"거기까지 내가 어떻게 알겠어? 우리가 지금 몇 년 전 얘기를 하고 있는 건지는 알고 있는 건가? 나도 지금 당신과 얘기하면서 막 기억을 살려내고 있는 거예요."

대표가 벽에 걸린 시계를 흘끗 보았다.

"그러다가 묘진 씨가 그 일을 저질렀고요."

"그 얘기는 길게 하지 맙시다. 말해봤자 좋은 기억도 아니고. 나야 그 일이 결과적으로는 손 썻고 새 출발 할 수 있는 기회가 되긴 했지만 다른 녀석들은 운이 나빴거든."

"이사장을 공격한 게 묘진 씨가 맞습니까?"

"공격이라. 표현 참."

대표가 쓴웃음을 지었다.

"뭐, 공격이라면 공격이겠지. 아무튼 그것이 한 짓이 맞아요. 안 그러면 우리만 억울하게."

"왜 그랬는지 아십니까? 동기가 있을 텐데요."

"동기?"

"네."

"동기라……."

대표가 턱을 쓰다듬었다.

"살고 싶어서 그랬다는데."

"살고 싶어서요?"

"그 이상은 몰라요. 말했지만 우린 그거랑 말을 섞는 것도 부담스러웠거든. 그런 짓을 하고 돌아다니는 줄도 몰랐지. 이 얘기도 그거한테 들은 게 아니라 나중에 인태한테 들은 거예요. 우리한테 미안하다면서, 본인 말로는 살고 싶어서 그 노인네를 '공격'했대. 난 무슨 소린지 모르겠어. 솔직히 알고 싶지도 않아."

대표가 다시 시계를 보았다.

"이제 알고 싶은 건 다 알았지? 혹시나 해서 하는 말인데, 나는 당신과 이런 얘기를 했다는 거 다 부정할 거야. 어차피 공소시효도 끝난 거라서 말해주는 거예요."

"다른 데 말할 일은 없을 겁니다."

"좋아. 남자라면 그래야지. 하지만 여기서 나랑 한 얘기, 나중에 다 잊어버려도 버섯은 기억해야 해요. 버섯은 인류가 멸망해도 살아남을 거니까."

"묘진 씨도 그렇겠죠."

대표의 표정이 복잡해졌다. 그러더니 별안간 벌컥 화를 냈다.

"난 솔직히 그 아들이란 애도 이상해. 내가 지금 기분이 얼마나 이상한 줄 알아요? 그런 게 애를 낳는다니. 말이 돼? 자연의 섭리를 거스르는 거 아닌가? 귀신이나 도깨비가 애를 낳을 수는 없어야 하는 거잖아요. 그런데 애까지 낳았단 말이야. 그럼 그 애도 귀신이나 도깨비일 수 있는 거 아니냐고."

대표가 머리를 긁었다. 그러고는 마치 잘못을 들킨 사람처럼 내 시선을 피해 천장을 바라보았다. 나는 자리에서 일어나서 오크나무 책상에 놓인 메모지에 내 전화번호를 적은 뒤 혹시나 묘진 씨가 갈 만한 곳이 생각나거든 나중에라도 연락달라고 부탁했다. 대표는 건성으로 고개를 끄덕였다.

비서실로 나가자 비서가 종이가방을 건넸다. 버섯 제품 샘플이 들어 있는 가방으로, 비서의 말에 따르면 대표실을 방문한 손님 모두에게 기념으로 증정하는 것이라고 했다.

로비로 나왔을 때 텔레비전에서 속보가 나오고 있었다. 화면 아래 자막이 커다랗게 떴다. '구청에서 다량의 유골 발견.'

직원과 방문객 대여섯 명이 텔레비전 앞에 모여 있었다. 나도 텔레비전으로 다가갔다. 볼륨이 높게 설정되지 않아서 앵커가 뭐라고 말하고 있는지 제대로 들으려면 귀를 열심히 기울여야 했다. 앵커의 멘트와 화면 아래에서 계속 바뀌는 자막에 따르면 어제 저녁과 오늘 오전 사이 전국 각지에서 정체를 알 수 없는 유골들이 연속적으로 발견된 모양이었다. 화면에 구청 건물이 비쳤다. 구급차와 경찰차가 건물 앞 잔디밭 근처에 주차되어 있고, 화면 밖에서는 현장 상황을 보도하는 앵커와 기자의 대화가 이어지고 있었다.

"네, 보시다시피 유골이 구청 잔디밭에서 나오고 있는데요, 다시 말씀드리겠습니다. 오늘 오전 10시 경에 이곳에서 시위를 준비하던 장애인 단체가 농성 천막을 설치하던 중에 유골을 발견하고 경찰에 신고했습니다. 현재 경찰이 출동하여 상황을 통제하는 중입니다."

"다른 곳에서도 유골이 나오고 있다고요?"

앵커가 질문했다.

"네, 현재 각지의 보도가 취합되지 않고 있어서 정확히 말씀드리기는 어렵습니다만, 학교 운동장과 건물 옥상 정원에서도 정체불명의 유골이 다량으로 발견되었다는 소식이 들어오고 있습니다. 현재 제가 나와 있는 구청 앞은 어느 정도 현장이 정리가 된 상황입니다. 하지만 저뿐만 아니라 모여 있는 시민들도 예상치 못한 상황에 의견이 분분합니다."

"유류품이 같이 나왔다고 하던데요."

"그렇습니다. 조금 전에는 발견되었다는 소식만 전해드렸는데요, 관계자들과 인터뷰를 한 바에 따르면 유골과 함께 발견된 유류품들이 시기적으로 오래된 것이 아니라고 합니다."

"오래되지 않았다고요? 얼마나 오래되지 않았다는 겁니까?"

"아직 확실한 건 정확히 알 수 없지만 제가 육안으로 확인해 보아도 유골이나 유류품의 상태가 그렇게 오래되지는 않은 듯합니다. 이제 막 현장 보존과 수사가 진행 중이라서 현재 확실한 건 아무것도 없습니다만, 저희 취재진이 현장에서 발견된 유류품 몇 가지를 촬영하는 데 성공했습니다. 혹시 이 방송을 보시는 시청자 중에서 낯이 익은 물건이 있다면 경찰에 신고하여 주시기 바랍니다."

뒤이어 다른 화면이 나왔다. 하얀 플라스틱 테이블 위에 물건 몇 개가 놓여 있었다. 시계, 반지, 안경 등. 카메라가 가까이 다가갔다. 시계, 반지, 안경. 같은 장면이 반복되었다. 시계, 반지, 안경. 시계, 반지, 안경.

나는 어느새 텔레비전 바로 앞까지 다가가 있었다. 액정에서 나오는 열기가 얼굴에 닿았다. 화면이 다시 반지를 비추었다. 가느다란 금반지로, 가운데 녹색 감람석이 끼워져 있었으며, 그 주변에는 덩굴 모양의 받침대가 섬세하게 새겨져 있었다.

방송에서는 보여주지 않았지만 나는 반지 안쪽에 뭐가 새겨져 있는지 알고 있었다. 그 안에 누구의 이름이 적혀 있는지, 어떤 날짜가 적혀 있는지 알고 있었다. 반지는 흙이 묻어 지저분했지만 흠집은 없어 보였다. 물에 잘 씻어 깨끗이 닦으면 새것처럼 다시 반짝일 것이다.

결혼식 날 아내의 왼손 약지에서 그랬듯이.

어쩌면 나는 진작 알고 있었던 건지도 모른다. 아니, 솔직하자, 나는 이미 알고 있었다. 곰 선생이 건넨 보고서 첫 장을 펼치는 순간 알았다. 꿈에서 회전하는 얼굴의 여자가 반지를 책상에 놓았을 때도 알았다. 그저 그 사실을 인정할 수 없었기 때문에 지금 이 순간까지 스스로를 속여왔을 뿐이었다.

나는 유골들이 어디서 왔는지 이미 알았다. 뼈들은 **문 저편**에서 돌아온 것이었다.

감람석

아내가 친정으로 떠난 건 사라지기 2주 전이었다. 먼저 얘기를 꺼낸 쪽은 아내였다. 바다를 보면서 차분히 생각할 시간을 갖고 싶다고 했다. 생각이 정리되면 내게 연락하겠다면서. 그다음 날 아내는 필요한 짐을 싼 다음 내가 집에 오기 전에 자기 차를 타고 떠났다. 돌아왔을 때 나는 집 안이 거의 변하지 않았다는 사실에 놀랐다. 아내는 자기 소유물에 애착이 많았기 때문이다. 아내가 집에서 들고 나간 건 작은 여행가방 하나 정도에 다 들어갈 만한 물건들이 전부였다. 옷가지 몇 벌, 구두, 화장품, 향수, 책 몇 권. 하지만 나는 아내가 집 안의 심장을 뽑아가버린 것 같았다.

처가는 남쪽의 작은 항구도시에서 3대째 내려오는 대형 한식당을 운영했다. 식당 단골 중에는 지역 유지와 정치인 등이 많았고, 계산대 뒤쪽 벽에는 장인과 장모가 대통령을 사이에 놓고 찍은 사진이 고급 액자에 걸려 있었다. 장인과 장모 모두 타인의 가격을 매기는 데 익숙했고, 결혼을 입찰로 여겼으며, 딸을 집에서 멀리 떨어진 대학에 보낸 걸 후회했다. 교육대학이라면 근처에도 있었는데.

결혼 승낙을 받을 가망이 없다는 게 분명해지자 우리는 최후의 방법을 쓰기로 했다. 혼인신고를 먼저 해버린 것이다. 장모는 쓰러져 입원했다. 이런저런 소동(처가 쪽 남자 친척 다섯이 한꺼번에 몰려와 나를 둘러싼 다음 '우리 사랑하는 조카 여동생'에 대해 논의한 일까지 포함하여)을 거쳐 사태가 어느 정도 수습이 된 뒤에도 처가는 끝내 나를 용서하지 않았다. 내가 꼬드기지 않았다면 당신들 딸이 알아서 그런 짓을 했을 리가 없다고 굳게 믿었으니까.

그래서 아내가 떠난 뒤, 나는 어쩌면 남쪽의 항구도시에서 이혼서류가 배달되어 올지도 모른다고 생각했다. 설사 아내가 원치 않는다 하더라도 장인과 장모, 그리고 아내의 그 '세상에서 우리 조카를 가장 아끼고 사랑하는' 친척들이 설득하고 종용할지도 모른다고 생각했다. 하지만 바다에서는 어떤 소식도 들려오지 않았다. 세상은 언제나처럼 돌아갔다. 제대로 움직이지 못하는 것은 나뿐이었다.

결국 나는 아내의 연락을 기다리는 데 지쳐 항구도시로 내려갔다. 기다리지 못하는 사람에 대한 이야기들이 있다. 오르페우스는 명계에서 빠져나오는 마지막 순간에 뒤돌아 에우리디페를 본다. 롯의 아내는 소돔을 빠져나오기 직전에 뒤를 돌아본다. 에우리디페는 도로 어둠으로 끌려간다. 롯의 아내는 소금기둥이 된다.

아내는 내 앞에서 문을 열고 사라졌다.

*

 나는 운전석에 앉아 방금 내가 본 것에 대해 곰곰이 생각했다. 정확히 말하면 생각하려고 노력했다. 심호흡을 하면서 머릿속으로 역기를 들어올리는 상상을 했다. 하나, 둘, 셋. 하나, 둘, 셋. 조금 전까지 정신없이 뛰던 심장이 속도를 늦추기 시작했다. 아래로 쭉 빠졌던 피도 천천히 머리 위로 올라왔다. 문득 버섯 제품이 든 종이가방을 회사 로비에 놓고 왔다는 사실이 떠올랐다. 생각을 하려고 노력하면서 거둔 첫 번째 성과였다. 그렇다고 돌아가서 가방을 가져오는 건 바보짓이라는 결론을 내렸다. 생각을 시작하고 판단력을 회복하면서 거둔 두 번째 성과였다.

 이제 당면한 문제에 머리를 사용할 차례였다. 그 생각을 하자마자 또 사고가 멈췄다. 나는 머리를 흔들고 다시 역기를 들었다.

 하나, 둘…… 놓쳤다.

 계단에서 끝없이 굴러떨어지고 있는 것처럼 정신을 차릴 수가 없었다. 나는 유튜브 사이트에 들어가 언론사 채널을 검색해서 방금 전 본 뉴스 속보를 재생했다. 반지가 나오자 재생을 중지하고 한참을 들여다보았다. 하나, 둘, 셋. 하나, 둘, 셋. 착각의 여지는 없었다. 나는 뉴스를 방송한 언론사의 대표번호를 찾아 전화를 걸었다. 신호가 울리자마자 어떤 여자가 전화를 받았다.

 "안녕하세요. 뉴스 전문 채널……"

 나는 전화를 끊었다. 통화를 한 다음에는? 아마도 사건을 담당하는 경찰서를 알아내서 찾아갈 것이다. 거기서 감람석 반지를 실제로 확인하게 될 것이다. 어쩌면 그 자리에서 바로 확인할 수는 없을지도 모른다. 수사 절차나 증거 보전이나 뭐 그런 절차가 있으니 기다리라는 말을 들을 가능성이 크다. 나는 끈기 있게 기다릴 것이다. 그리고 결국 확인하게 될 것이다. 내가 본 게 아내의 반지라는 사실을.

그리고 그다음에는?

휴대폰이 진동했다. 곰 선생도 뉴스를 봤을 것이다. 나는 반쯤 무의식적으로 통화버튼을 눌렀다.

"말씀하십시오."

"도서정리협회입니까?"

묵직하고 낮은 남자 음성이 말했다. 나는 귀에서 휴대폰을 떼고 전화번호를 확인했다. 처음 보는 번호였지만 누구 목소리인지 모를 수가 없었다.

"듣고 있습니다, 윤인태 씨."

전화기 저편은 묵묵부답이었다. 나는 기다렸다. 거인, 한별의 아버지가 차분히 말했다.

"요즘은 그 이름 안 씁니다."

"그렇습니까?"

"도움이 필요하면 연락하라고 했죠."

"귀찮게 말라고 하셨던 것 같은데요."

"오늘 중에 만나야 합니다. 빠를수록 좋겠는데."

"너무 제멋대로군."

"뭐라고요?"

"제멋대로라고 했어요. 내가 물어볼 게 있어서 갔을 때는 인상이나 잔뜩 쓰더니 지금은 맡겨놓은 보따리라도 찾는 것처럼 나오고 있잖아요. 물론 연락달라는 얘기는 내가 했죠. 하지만 그쪽도 뭘 부탁하고 싶다면 예의를 좀 갖춰야 하는 거 아닙니까? 한별이는 사무실 들어올 때 인사도 잘하던데."

거인은 대구하지 않았지만 전화를 끊지도 않았다. 그때 다른 신호음이 잡혔다. 이번에는 곰 선생의 전화였다. 나는 신호음을 무시하고 거인에게 집중했다. 마침내 거인이 말했다.

"어제 일은 미안했습니다."

"한 시간 뒤에 제 사무실에서 뵙죠. 주소는 문자로 보내겠습니다."

차를 몰고 사무실로 향하면서 라디오를 들었다. 유골 발견 뉴스가 속보로 계속 나오고 있었다. 지금은 초등학교에서 발견된 유골 관련 소식이 나오는 중이었다. 체육수업 준비차 운동장에 튀어나온 돌을 빼내던 교사가 돌 치고는 하얗고 반들반들한 게 있어 땅을 더 파기 시작했다. 그다지 깊이 들추지도 않았는데 뼈들이 마구 쏟아져 나오자 모두들 혼비백산했던 모양이었다. 학교는 폐쇄되었고 방과 후 수업도 중지되었다.

거치대에 올려둔 휴대폰이 다시 울렸다. 곰 선생이었다. 나는 통화모드를 스피커폰으로 바꾸었다.

"뉴스 봤어? 왜 이렇게 전화를 안 받아?"

"보험 상담사가 끈질겨서요. 뉴스는 라디오로 듣고 있습니다."

"대실종이야."

곰 선생이 말했다.

"그 뼈들. 대실종 때 사라졌던 사람들이라고. 텔레비전에 나온 유류품을 알아봤다는 사람들이 방송국에 전화를 하고 있어."

나는 대답하지 않았다. 곰 선생이 계속 말했다.

"대체 왜 이 일을 그거랑 연결 못 시켰는지 모르겠네. 아무리 10년 전 사건이라도 그것 말고는 답이 없었는데. 경해 선생도 몰랐나?"

"대실종이 뭔지 잘 모릅니다."

"경해 선생은 그럴 수도 있겠네. 그 사건 이후에 우리하고 일을 했으니까. 회의 때 자세히 설명해줄 테니 내일 12시까지 본사 회의실로 와. 점심 먹으면서 얘기하자고."

"알겠습니다."

"이번 일을 맡은 선생들이 모두 모일 거야. 상황을 공유하고 대책을 논의해야 하니까. 늦지 말고 와."

나는 전화를 끊었다. 다리를 건널 때 가벼운 교통체증이 있었다. 강 저편에서 다시 거무튀튀한 구름이 밀려오고 있었다.

혼인신고를 했던 날에는 온화한 산들바람이 불었다. 신고서를 접수한 담당 공무원은 사십대 초반으로 보이는 무표정한 여성으로, 서류를 꼼꼼히 살펴본 다음 이 정도면 됐다는 듯 고개를 끄덕이고 처리까지는 닷새 정도 걸릴 거라고 말했다. 그 말을 듣자 조금 맥이 풀렸다. 안심이 돼서만은 아니었다. 이 자리에 오기까지 거친 그 난리법석이 저 책상 너머에서는 서류 한 장으로 끝난다는 사실 때문이기도 했다. 다른 한편으로는 마음이 무거웠다.

우리에게 혼인신고는 절차의 끝이 아니라 시작이었으니까. 열쇠가 있으니 이제 자동차만 있으면 된다는 농담처럼.

접수 절차가 끝나고 나서도 아내는 자리에 앉아 있었다. 서류를 서랍에 넣던 공무원이 아내를 흘끗 보았다. 내가 아내에게 이제 가자고 말하려는데 아내가 입을 열었다.

"저기, 괜찮으시다면 뭔가 한 말씀 해주실 수 없을까요? 저희 결혼에 대해서요."

공무원이 눈을 깜빡였다. 아내가 계속 말했다.

"무슨 말이든요. 주례라고 생각하고 한 말씀만 해주세요."

"주례요?"

공무원의 목소리가 '요'에서 과속방지턱에 걸린 듯 튀어오르며 갈라졌다.

"네. 저희는 이 결혼을 축하받고 싶거든요."

민원여권실은 분주했다. 프린터에서 서류를 뽑는 소리. 전화벨 소리. 낮게 속삭이는 소리. 아내는 고집스럽게 앉아 있었다. 담당 공무원이 아내가 낀 감람석 반지를 물끄러미 바라보았다. 마치 거기서 이 난관을 돌파할 방법을 얻을 수 있기라도 하는 양. 마침내 공무원이 헛기침을 하고는 반쯤 속삭이듯 말했다.

"결혼 축하해요. 오래오래 사랑하고 이해하며 살기를 바랄게요."

아내는 고맙다고 인사하고 그제야 자리에서 일어섰다.

우리는 그날 저녁 미리 좌석을 예약해둔 레스토랑에서 조촐한 축하연을 가졌다. 주머니 사정이 허락하는 한 최대한 사치를 부려서 주문을 했다. 식사는 훌륭했고, 우리는 호기롭게 레드와인 한 병을 통째로 땄다.

후식으로 나온 아이스크림을 먹으며 나는 공무원에게 왜 그런 부탁을 했는지 물었다.

"축하받고 싶으니까. 제삼자가 축하하고 인정해주는 의식이 되면 좋겠다고 생각을 해서. 다른 뜻은 없어."

아내가 말했다. 와인이 그대로 혈관으로 흐른 듯 뺨이 발그레했다.

"그분 엄청 당황하던데."

"알아. 내가 떼 좀 썼지. 하지만 가끔은 우리만 행복하면 그만일 때도 있어야 돼. 우리도 비축할 에너지가 필요하잖아. 이제부터 우리가 상처 줄 사람들이 있는데, 그럴 때 상대방 기분을 일일이 헤아리다가는 우리가 견딜 수 없게 돼. 우리도 버틸 에너지가 있어야지."

아내가 손에 낀 반지를 만지작거렸다. 감람석은 아내의 생각이었다. 반지에 쓸 만큼 괜찮은 품질의 감람석을 구하기는 쉽지 않았고, 보석상에서는 이 보석은 경도가 약하기 때문에 다른 보석과 섞이지 않게 잘 보관해야 한다고 주의를 줬다. 8월에 태어난 것도 아닌데 왜 감람석을 원하느냐고 농담처럼 물었을 때, 아내는 이 보석은 사악한 것으로부터, 어둠으로부터 주인을 지켜준다고, 지금 우리에게 필요한 건 이런 거라고 대답했다.

"감람석은 밤에 더 빛나."

아내의 말대로 우리는 많은 사람들에게 상처를 주고 나서야 결혼을 인정받을 수 있었다. 그동안 아내는 냉혹하다 싶을 정도로 흔들리지 않았다. 울고 슬퍼할망정 물러서지도 양보하지도 않았다. 비축한 에너지를 남김없이 사용하면서.

하지만 서로에게 상처를 줬을 때, 우리는 그 에너지를 대체 어디에서 받아 비축했던 걸까?

거인은 내가 사무실에 도착하고 나서 5분쯤 뒤에 문을 두드렸다. 문틀에 부딪히지 않으려고 구부정하게 고개를 숙이며 사무실로 들어온 다음 손님용 의자를 직접 펴서 자리에 앉았다.

그가 들어오자 사무실이 좁아 보였다. 어딜 가나 주변을 작아지게 할 사람이었다. 버스 기사는 운전석 거울을 흘끗거렸을 테고, 세상만사 모든 것에 본인만의 견해가 있는 박람강기 택시기사도 그가 뒷좌석에 앉아 있으면 입을 꾹 다물고 운전에 집중했을 것이다. 나는 전기주전자 스위치를 올리며 말했다.

"차 드시겠습니까?"

"녹차가 있으면."

나는 녹차 두 잔을 사이에 놓고 한별의 아버지와 마주 앉았다. 거인, 한별의 아버지가 차를 한 모금 마시고 입을 열었다.

"한별이를 잠깐만 맡아줬으면 좋겠소. 생각을 좀 해봤는데, 이런 부탁을 할 만한 사람이 지금으로서는 선생뿐이오."

"자리를 오래 비우십니까?"

"아내를 만나러 가봐야 해서."

"어디 있는지 알고 있을 거라고 생각은 했습니다."

"아니, 몰라요. 어디로 가겠다는 말은 없었으니까. 해결해야 할 문제가 있어서 가봐야 할 것 같다고만 했어요. 나는 알겠다고 했고. 그게 전부요."

"그 문제라는 게 지금 뉴스에 나오고 있는 그 일입니까?"

거인이 고개를 끄덕였다.

"그때는 몰랐지. 이제는 그렇다는 생각이 드는 거고."

"그 유골들과 아내분이 무슨 관계입니까?"

"말했잖아요. 몰라."

"지금 뉴스에 보도되고 있는 유골은 10년 전에 실종됐던 사람들의 뼈입니다. 당시에 '대실종'이라는 이름으로 인터넷과 잡지에 나왔던 적이 있어요. 혹시 아내분이 언젠가 그 일에 대한 이야기를 한 적은 없습니까?"

"방금 선생한테 들은 게 전부요."

"아내분에 대해 아는 게 별로 없는 것 같네요."

거인이 고개를 저었다.

"부부라고 모든 걸 다 알 필요는 없지. 알아야 할 것만 알면 충분해. 두 사람이 같이 지낼 때 알아야 할 게 서로가 곁에 있다는 사실 말고는 그리 많지 않지."

"사립대학 이사장에 대해서는 많이 알아야겠죠. 자주 가는 술집이라든가, 여자 취향이라든가, 아무튼 접근할 수 있는 방법들 말입니다."

거인의 이마에 주름이 잡혔다. 아마 나는 조금 더 극적인 반응을 예상하고 있었던 것 같았다. 자리를 박차고 일어난다거나, 내

먹살을 잡는다거나. 하지만 그는 그저 눈썹을 찌푸린 채 나를 가만히 바라볼 뿐이었다.

"어디서 무슨 말을 들었는지는 모르겠지만 그 사건은 범인이 잡히지 않았어. 게다가 사망의 직접적인 원인은 추락이지. 목뼈가 부러졌거든."

거인이 입을 열었다.

"압니다. 게다가 존재하지 않는 신분에, 기억할 수 없는 얼굴을 가진 여자를 체포하기가 쉽지도 않고 말이죠."

"공소시효도 지났지."

"그렇겠죠. 세어보지는 않았지만."

"조사를 좀 하셨군."

"좋은 정보원이 있었을 뿐입니다. 저는 경찰도 검사도 판사도 아닙니다, 윤인태 씨. 그러니 그냥 제게는 솔직히 말을 했으면 좋겠습니다."

"난 숨기는 게 없어."

"오늘 발견된 유골 중에 제 아내가 있습니다."

거인이 나를 바라보았다.

"이 며칠간 제 주변에서 계속 신경 쓰이는 일들이 일어났습니다. 처음에는 대체 어떤 상황인지 이해가 가지 않았어요. 지금도 마찬가지고요. 다만 분명한 건 이제 이 일이 윤인태 씨의 가족뿐 아니라 제 문제도 되었다는 겁니다."

나는 잠깐 말을 멈추고 헛기침을 했다.

"제 문제요. 그건…… 그러니까……"

그다음에 벌어진 일에 대해 나는 지금도 가끔 생각하곤 한다. 별안간 기도가 벌에 쏘여 부풀어오르기라도 한 것처럼 목이 턱 막히더니 말이 혀끝에서 멈췄다. 그러더니 눈에서 눈물이 흐르기 시작했다.

소년의 아버지가 눈썹을 치켜올렸다. 설사 속으로 놀랐다 해도 나만큼 놀라지는 않았을 것이다. 나는 상황을 수습하려고 말을 계속 이어가려 했지만 목에서 나오는 건 단어와 문법이 아니라 꾹꾹 뭉친 눈덩이처럼 억눌린 흐느낌뿐이었다.

어색한 공기가 흘렀다. 사무실의 모든 물건들이 숨을 죽인 듯했다. 그렇지 않고서야 내 울음소리가 이렇게 크게 들릴 리가 없었다. 거인이 내게 팔을 뻗으려다 거두었다. 잘한 일이었다. 만약 그때 그가 내 어깨에 손이라도 얹었다면 나는 그 자리에서 정신없이 통곡했을 것이다. 거인은 묵묵히 앉아 내가 진정할 때까지 기다렸다.

마침내 울음이 잦아들었다. 나는 손바닥으로 눈물을 닦았다. 서랍에서 티슈를 꺼내 책상에 떨어져 있는 눈물도 닦고 코도 한 번 풀었다.

"괜찮습니다."

나는 아무도 묻지 않은 질문에 답했다.

"죄송합니다."

아무도 요구하지 않은 사과도 했다. 거인이 고개를 저었다.

"선생 아내분 일은 유감이오. 뭐라 드릴 말이 없군."

"그러니 솔직하게 말해주십시오."

거인이 찻잔을 물끄러미 바라보았다. 마치 바닥에 고여 있는 과거의 어느 한 지점을 응시하고 있기라도 하듯. 그러다 그가 고개를 들고 입을 열었다.

"하지만 유골에 대해 모른다는 얘기는 사실이오. 내가 지금 이 일에 대해 아는 건 방금 말한 게 전부요. 실종 문제도 마찬가지고. 사실 아내에 대해 아는 것도 별로 없지. 같이 보낸 시간은 길어요. 인쇄소 시절부터 치면 벌써 30년이 넘었으니까. 출소하고 만났을 때부터 세면 거의 20년이 다 되어가고. 그 사람이 말해준 사실들은 알아. 어떤 삶을 살았고, 어디서 뭘 했는지, 그런 것들. 하지만 그 나머지에 대해서는 몰라요. 알려고 하지도 않았어. 그게 낫다는 걸 알았거든. 만약 내가 그 사람이 말해준 것 이상을 스스로 알아내게 되면 그 사람을 영원히 잃게 될 거라는 생각이 들었던 거요. 사람들이 보통 말하지. 사랑한다면 모든 걸 공유해야 하지 않느냐고. 하지만 내 경험상 가끔은 모르는 게 나을 때도 있는 거요. 어떤 건 묻지 말아야 하는 거고. 누구도 상대방의 모든 걸 다 알 수는 없으니까. 게다가 아내는, 선생도 알겠지만, 무척 **특별한** 사람이고."

"그래서 무슨 일인지 묻지도 않고 아내가 떠나도록 놔두셨습니까?"

"언젠가는 돌아올 거라고 확신했으니까. 선생은 모르겠지만 우리 사이는 그랬어요. 내가 기다리고만 있으면 결국에는 내게 돌아왔지. 난 그걸로 만족했고."

"죄송합니다만, 저는 그런 관계가 잘 이해가 가지 않습니다."

"그런 건 이해하고 말고 할 문제가 아니지. 각자의 삶의 방식이니까. 어쨌거나 선생은 내 아내를 만난 적도 없잖소?"

거인이 한쪽 눈썹을 치켜올렸다.

"한별이는요?"

"그게 늘 우리의 고민거리였지. 아이가 이걸 어떻게 납득할 수 있을지 걱정이 될 수밖에 없었어. 우리는 늘 이별을 염두에 두고 살았으니까. 하지만 아이는 그럴 수가 없지. 여섯 살 땐가 한별이가 나한테 와서 그래요. 엄마가 언제 떠나느냐고. 엄마가 말하길 자기가 언제까지 여기 있을 수는 없다고, 언젠가는 떠나야 한다고 그랬다는 거요. 지금 생각해보면 내가 그때 엄마는 떠나지 않는다고 말했어야 했겠지. 하지만 나는 그렇다 해도 우리끼리 잘 지내야 한다고 말했지. 그건 어쩔 수 없는 일이라고."

"한별이도 그런 식으로 말했습니다."

"말은 그렇게 하지. 속마음은 달라요. 난 알지. 제 엄마를 정말 사랑해. 마치 시한부 판정을 받은 환자를 사랑하는 것처럼. 언제 자기 곁을 떠날지 모르니까."

"그게 아이에게 좋은 일일까요?"

"그럼 내게 다른 방법이 뭐가 있을까? 이건 가족 문제요. 여기서 토론할 건 아니지."

"그 말을 이번 주에 두 번째로 듣는군요."

"두 번째?"

"사장님을 찾아갔던 친구들이 저도 찾아왔습니다. 커다란 덩치와 침 뱉는 홀쭉이 말이죠. 제게 이건 가족 문제니까 끼어들지 말라고 했습니다."

"그놈들이 왜 선생을?"

"모르겠습니다. 그 사람들이 정말 묘진 씨 가족입니까?"

"아내에게 가족은 없어요. 모두 옛날에 죽었지. 그놈들은 나한 테는 가족이니 어쩌니 하는 얘긴 하지도 않았어. 뻔뻔스럽게 들 이닥쳐서는 아내의 행방을 캐물으니까 쫓아버린 게 다야. 솔직 히 말하면 걱정이 좀 되기 시작한 것도 그때부터긴 했지. 어제까 지 선생 파트너라는 사람 말고 아내의 존재를 알고 찾아온 사람 은 한 명도 없었거든. 그다음에는 선생이 와서 말도 안 되는 사 기를 쳤고 말이야."

"나중에 정말로 명함 한 상자 주문할 생각입니다."

"싸게 해드리지. 그리고 어제 저녁에도 손님이 왔어."

"누가요?"

"이상한 사람이었어. 개량한복에 수염을 여기까지 기르고 계 집애 같은 목소리로 아내를 찾아왔다고 하는 거요."

거인이 명치 부근까지 수염을 쓸어내리는 시늉을 했다.

"말하는 내내 이미 모든 걸 다 알고 온 것 같다는 분위기를 계 속 풍겼지. 선생 파트너라던 그 사람처럼. 다른 점이라면 선생 파 트너는 신사적이었는데 그 수염 양반은 사람을 굉장히 기분 나 쁘게 만들었다는 거고."

"기분 나쁘게요?"

"재앙의 근원을 제거하지 않으면 내게도 안 좋은 일이 생길 거 라고 말했지. 언제까지 인간과 유령 사이에서 줄타기를 할 거냐면서."

"어휘 선택이 굉장하군요."

거인이 고개를 끄덕였다.

"그 사람이 문제였소. 같은 일이 연달아 일어나면 당연히 신경이 쓰이게 되지. 갑자기 별의별 인간들이 아내를 찾고 있으니까. 특히나 그런 찜찜한 말을 들으면 더. 그러다가 오후에 그 뉴스를 본 거요. 그걸 뭐라고 해야 할지는 모르겠지만, 그렇다고 평범한 일은 아니지. 아무튼 내가 뭔가 해야 한다는 생각이 들었소. 하지만 아이를 혼자 놔둘 수는 없으니까. 그래서 선생한테 연락을 한 거요."

"왜 접니까?"

"말했다시피 다른 사람은 없으니까. 꼭 그것만은 아니지만."

하지만 거인은 꼭 그것만은 아닌 다른 이유에 대해서는 이야기하지 않았다. 그가 다 식은 녹차를 한 번에 들이켰다.

"이제 날 도와주겠소?"

우리는 잠시 말없이 마주보았다. 세상의 한구석에서 오랫동안 인쇄소를 운영해온 지친 표정의 거인이 아들과 꼭 닮은 밝은 연갈색 눈동자로 나를 빤히 바라보았다. 나는 문득 내가 그를 마음에 들어 한다는 사실을 깨달았다. 그가 저질렀을 수많은 범죄에도 불구하고.

"어디로 갈 생각입니까?"

"짚이는 데가 몇 군데 있어요. 어쩌면 고향에 갔을지도 모르고. 아내를 만나는 대로 연락 주지요. 오래 걸리진 않을 거요. 이

건 일단 선금조로 놔두고 가지. 나머지 비용은 돌아와서 차분히 계산합시다."

그가 뒷주머니에서 하얀 종이봉투를 꺼내 책상에 놓았다. 나는 굳이 사양하지 않았다. 이번에는 받지 않을 이유가 없었다.

"가시기 전에 하나만 묻겠습니다. 제 파트너가 사장님께 뭐라고 했습니까?"

"몰라요. 거짓말이 아니라 정말 몰라. 그 친구는 아내하고만 따로 얘기했거든. 아내는 무슨 얘기를 했는지 말해주지 않았고."

나는 알겠다고 했다. 이제 와서 거인이 내게 뭘 숨길 것 같지는 않았다.

거인이 자리에서 일어섰다.

"애한테는 얘기해뒀습니다. 지금 학원에 있는데 수업이 4시 반에 끝나니까, 그때 학원 앞에서 만나면 될 거요."

"이 상황에서도 공부라니 대단하군요."

"할 일은 해야지."

사무실 문으로 걸어가던 거인이 걸음을 멈췄다. 그러더니 그 자세로 한참 서 있다가 몸을 돌렸다. 뭔가 할 이야기가 있는데 머릿속으로 말을 고르는 듯 보였다. 설마 고맙다는 인사 같은 걸 하려고 하나 생각하는데 그가 입을 열었다.

"그 작자는 죽어도 싼 인간이었어."

거인이 계속 말했다.

"다시 말하지만, 나는 지금 그 일을 인정하는 것도 부인하는 것도 아니오. 나는 공문서 위조로 처벌을 받았지만, 그 정도로 첫

값을 치렀다고 생각하진 않아. 하지만 그 작자는 죽어 마땅한 사람이었어. 아내를 위해서 그 말은 해야겠어."

"그게 살고 싶어서 그 사람을 죽이려 했다는 뜻입니까?"

"그 얘긴 어디서 들은 거요?"

"그건 중요하지 않습니다."

거인이 머뭇거리다가 덤덤하게 말을 이었다.

"아내는 자기가 이미 오래전에 죽었다고 늘 생각했지. 자기는 죽음을 살고 있다고 그랬어요. 그래서 우린 같이 사진을 찍은 적이 없어. 나와도 한별이와도 찍은 사진이 없지."

거인이 목례를 하고 사무실을 나갔다. 문이 닫히자 사무실이 커지면서 원래의 상태로 돌아왔다.

나는 책상에 걸터앉아 주먹으로 눈을 꾹꾹 눌렀다. 눈두덩이 조금 부었고, 생각보다 부끄럽지 않았다. 세면대에서 세수를 한 다음 수건으로 얼굴을 닦으면서 개량한복 차림에 수염을 명치까지 기르고 여성스러운 목소리로 거드름을 피우는 사람에 대해 생각했다. 내가 아는 한 그런 사람은 이 세상에 딱 한 명이었다. 송 선생. 몇 년 전 같이 일을 한 적이 있었다. 수염에 대한 자부심이 커서 음식이라도 묻으면 엄청나게 짜증을 냈다. 입담도 좋아서 공업용 커터처럼 날카로운 혀로 사람들을 서걱서걱 베고 다녔다.

도서정리협회에서 묘진에 대해 아는 사람이 또 있었다.

안개

사무실 건물 입구에 의자를 놓고 앉아 있던 중국 식료품점 할머니가 나를 보자 걱정스러운 표정으로 말을 걸었다.

"아인슈타인이 안 오네요."

"오늘도 방황 중인가봐요?"

"그냥 방황만 하면 좋겠는데. 아인슈타인이 자꾸 이상한 걸 물어와요."

"이상한 거라니요?"

"비둘기 말이에요."

할머니가 말했다.

"어제부터 쥐도 아니고 비둘기를 물어서 가져와요. 고양이가 비둘기도 물어 죽여요?"

"글쎄요."

"이걸 어떻게 할 수가 없네. 새를 쓰레기봉투에 넣어서 버려도 되나? 혹시 그런 건 어떻게 처리하는지 알아요?"

나는 주민센터에 문의해봐야 할 것 같다고 대답했다. 할머니는 무척 상심해 있었다. 할아버지의 혼백이 살생을 저지르고 다닌다는 사실을 받아들이기 힘든 듯했다.

할인마트 앞 현수막은 특별한 이상 없이 잘 걸려 있었다. 사진 속 소녀가 실종된 날짜는 10년 전 초가을이었다. 대실종의 시기. 어쩌면 소녀의 아버지도 텔레비전에서 딸의 유류품을 알아보았는지 모른다. 안경, 시계, 반지, 티셔츠, 양말, 운동화.

나는 공영주차장에 차를 세운 다음 학원까지 걸어갔다. 한별이 다니는 학원은 관광호텔 공사장에서 도보로 5분 거리의 사거리에 위치한 7층 건물이었다. 노란색 승합차들이 갓길을 따라 줄줄이 늘어서 있었다. 나는 한별에게 문자메시지를 보내고 사거리에 설치된 현수막 게시대의 광고를 읽으며 소년을 기다렸다. 지하철역 3분 거리 오피스텔. 초단기 내신 향상 강의. 운동 없이 살 빼는 다이어트. 광고는 거짓말을 하지 않는다. 중요한 걸 숨길 뿐이다. 오피스텔에 3분 내로 가고 싶으면 전력을 다해 뛰어야 하고, 내신 성적을 올리고 싶으면 예습과 복습을 해야 하며, 운동 없이 살을 빼고 싶으면 당뇨나 심혈관 질환을 일으킬 수도 있는 다이어트 약을 복용해야 한다.

4시 반이 되자 들어가는 아이들과 나오는 아이들로 학원 앞이 북적였다. 인파에 섞여 있던 한별이 주위를 두리번거리다 나를 발견하고 다가왔다.

"안녕하세요."

"아버지께 얘기 들었지?"

"네. 이제 우리 뭐 하는 거예요, 그럼?"

"글쎄, 학원 끝나고는 보통 뭘 했지?"

"PC방 갔죠."

"오늘은 어렵겠는데."

"게임 하시는 거 없어요?"

"집에 가서 예습과 복습을 하는 게 좋겠다."

"우웩."

우리는 공영주차장까지 걸어갔다. 어린이공원 옆을 지나갈 때 한별이 말했다.

"저게 뭐지?"

공원 산책로에 비둘기들이 모여 있었다. 그저께도 본 광경이었다. 다른 점이 있다면 비둘기 수가 늘었다는 것이었다. 아주 많이.

수십 마리는 되어 보이는 비둘기들이 산책로를 점령하고 있었다. 새들은 가끔 날개를 털면서 앞뒤 좌우로 조금씩 걷다가 땅을 콕콕 쪼거나 고개를 쳐들고 작은 눈으로 어딘가를 바라보았다. 그럴 때마다 뾰족한 꼬리나 둥그런 머리가 잿빛과 청회색과 하얀색 깃털이 꿈틀거리는 물결 위로 솟아올랐다. 우리가 지켜보고 있는 동안에도 비둘기 두세 마리가 내려앉아 무리에 합류했다. 그러고는 템플스테이 참가자들처럼 나직하게 구구거렸다.

"저거 다 비둘기예요?"

"그런 것 같네."

한별이 내가 말릴 틈도 없이 비둘기들을 향해 걸어갔다. 사람이 다가가는데도 새들은 종종걸음으로 피하기만 할 뿐 날아가지 않았다. 한별이 팔을 휘두르고 발로 걷어차는 시늉을 해봐도 마찬가지였다.

"쟤들 왜 저래요?"

돌아온 소년이 물었다.

"글쎄다."

"포장마차에서 파는 닭꼬치 있잖아요, 진짜로 비둘기 고기로 만들어요?"

"비둘기가 얼마나 지저분한 새인지 모르는구나."

"얼마나 지저분한데요?"

"세상 사람들은 비둘기를 날개 달린 쥐라고도 하지."

"파는 사람들이 자기 먹을 것도 아닌데 그런 거 따지겠어요?"

일리가 없지는 않아서 나는 입을 다물었다.

우리는 차를 타고 한별의 집으로 갔다. 길 양옆에 차들이 주차된 좁은 골목을 지나 오르막과 내리막을 서너 번 거치자 단독주택과 다세대주택, 빌라 단지가 모인 주택가가 나타났다. 한별이 사는 빌라 단지는 기와로 지붕을 얹은 5층짜리 건물 세 채가 디근자 모양으로 마주 선 형태였다. 찢다 만 포스터가 덕지덕지 붙어 있는 담벼락이 건물들을 둘러싸고 있었다. 건물 외벽 벽돌은 이가 군데군데 빠져 있었다.

"1동 301호예요."

한별이 말했다.

1동 정문을 열자 스테인레스 섀시가 바닥에 긁히는 소리가 났다. 빌라 안에서는 오래된 콘크리트에서 나오는 눅눅한 냉기가 감돌았다. 301호 문 위에는 십자가가, 아래에는 배달음식 광고 전단이 붙어 있었다. 마주보고 있는 302호에서 텔레비전을 크게 틀어놓고 있어서 이런 가격 또 없다고, 정말 마지막 기회라는 홈 쇼핑 호스트의 설득력 있는 부르짖음이 밖에서도 다 들렸다. 한 별이 전단을 떼서 챙기고 열쇠로 문을 열었다.

집 안은 어수선했다. 합판으로 만든 장식장에 평면 텔레비전이 놓여 있었고, 그 맞은편에는 회색 천을 씌운 소파 하나가 집 안의 무게중심을 잡고 있는 양 멀거니 놓여 있었다. 싱크대에는 편의점 도시락과 컵라면 용기가 널려 있었고, 포장도 풀지 않고 쌓여 있는 골판지 상자가 전자레인지 받침대를 대신하고 있었다.

나는 화장실에서 손을 씻고 나와 소파에 앉았다. 한별이 추리닝으로 갈아입고 와서 내 옆에 앉아 텔레비전을 켰다. 소년은 리모컨 버튼을 누르며 채널을 조정하다가 뉴스 프로그램이 나오자 손가락을 멈췄다.

뉴스에서는 유골 발견 소식이 여전히 속보로 다뤄지고 있었다. 단독. 다섯 번째 유골 매장지 발견. 화면에 낮은 울타리로 둘러싸인 상추밭이 나왔다. 지자체에서 도시 농업 프로젝트의 일환으로 부지를 확보해 조성한 텃밭으로, 절반은 현장학습, 절반은 가족 동반 체험으로 활용되는 장소였던 듯했다. 현장학습 체험을 나왔던 유치원생들이 흙으로 장난을 치다가 뼈를 발견해서 담임교사에게 가져갔고, 기절한 담임교사를 대신하여 보조교사가 경찰에 신고했다.

"다른 거 봐도 된다."

"아뇨. 학원에서도 애들이 저 얘기만 했어요."

집 안을 둘러보던 중 장식장 위에 놓인 책 제목이 시선을 끌었다. 나는 자리에서 일어나 책을 가져왔다.

"소년탐정백과?"

나는 책을 뒤적이며 말했다. 책 표지에는 사냥모를 쓰고 확대경을 든 소년 탐정이 어딘가로 달려가는 그림이 그려져 있었다. 그 뒤를 조수로 짐작되는 여자아이와 강아지 한 마리가 웃는 얼굴로 따라가고 있었다.

"탐정에 원래 관심이 있었어?"

"아뇨. 별로 관심 없어요."

"그런데 왜?"

"엄마가 언젠가 집을 나가면 제가 직접 찾으려고 했거든요. 지금은 안 그래요. 여덟 살 때 그렇게 생각했다는 소리예요."

"아하."

"그래서 아빠가 엄마를 찾으러 간다니까 솔직히 안심이 돼요."

"그래?"

"네. 아저씨는 탐정 조수지만 어쨌든 남이잖아요. 엄마에 대해 잘 알지는 못하니까. 하지만 아빠는 엄마를 잘 아니까 어디 가면 만날 수 있을지도 더 잘 알겠죠."

"부부라고 서로를 다 아는 건 아냐."

"결혼하셨어요?"

"했지."

"아."

소년이 잠깐 생각하다 말했다.

"4주 뒤에 다시 보자는 그거 하신 거죠?"

"아직도 그 유행어를 애들이 쓰냐?"

"그럼요."

나는 대꾸하지 않았다. 방송국 스튜디오에 전직 경찰서장이 출연하여 이런 종류의 사건에서 수사방향을 어떻게 잡아야 하는지 설명하고 있었다. 현장에서 발견된 유류품을 알아볼 경우 취재진 혹은 경찰에게 연락 바란다는 자막이 화면 밑으로 지나갔다.

"그건 아니야."

내가 입을 열었다.

"뭐가요?"

"4주 후에 보자는 그건 아니었어. 그냥 그 사람이 멀리 떠나서 소식이 끊겼어."

"아."

한별이 눈치 빠르게 맞장구를 치고는 바로 다음 화제로 넘어 갔다.

"아저씨는 어쩌다 탐정 조수 일을 시작하신 거예요? 인터넷에서 광고 같은 거 보고 지원하신 거예요?"

"다른 일을 하다가 우연히 만났지."

"무슨 일 하셨는데요?"

"영어를 가르쳤어."

"우와. 영어 잘하겠다. 근데 영어 선생님이 탐정을 왜 만나요?"

나는 잠시 말을 골랐다.

"내가 찾던 사람이 있었어. 그러다가 우연찮게 그런 일을 전문으로 하는 사람을 알게 됐는데, 그 사람이 네가 만난 그 탐정님이야. 그 사람이 자기를 도와주면 자기도 나를 도와주겠다고 해서 같이 일을 하게 된 거지. 처음에는 잠깐만 하면 될 줄 알았는데 그게 생각보다 길게 이어졌고. 그러다 보니 나도 어느새 이 일이 더 익숙해졌고. 그렇게 된 거지."

소년이 고개를 끄덕였다.

"그래서 그분은 찾으셨어요?"

"그런 것 같아."

"그런 대답이 어디 있어요. 찾으면 찾은 거고 아니면 아닌 거지."

"그래, 찾았다."

"잘됐네요."

"그리고 다시 말하지만, 나는 조수가 아냐, 파트너지."

우리는 저녁으로 뭘 먹을지 고민하기 시작했다. 전단지를 바닥에 늘어놓고 메뉴를 고른 끝에 바지락 칼국수로 합의를 봤다. 30분 뒤 헬멧을 쓴 배달원이 철가방에서 칼국수 두 그릇을 꺼내 현관에 놓았다. 음식값을 계산할 때 약간 실랑이가 있었다. 한별은 내가 손님이니까 자기가 내겠다고 했고, 나는 어디 한번 그렇게 계속 건방진 소리 해보라고 대꾸했다. 잠깐 옥신각신하다가 내가 돈을 냈다.

우리는 부엌 식탁에서 칼국수를 먹었다. 면도 국물도 겉절이 김치도 괜찮았지만 바지락이 문제였다. 배달원이 오다가 먹어버렸는지 내 그릇에만 바지락이 없었다.

"제 거 좀 드실래요?"

한별이 자기 그릇에서 젓가락으로 바지락을 집어 내 그릇에 놓았다.

"고맙다."

"뭘요."

"갑자기 궁금해졌는데."

"뭐가요?"

"사무실에 왔을 때 의뢰비 내겠다고 했지."

"네."

"얼마인지는 알고 꺼낸 소리냐?"

"아뇨. 그래도 대충 필멸의 집행검 정도면 되지 않을까 싶었어요."

"필멸의 집행검?"

"게임 아이템요. 그게 팔면 돈 좀 돼요."

"미성년자가 아이템 거래가 돼? 어떻게?"

"그렇게 말씀하시면 못 가르쳐드리죠. 아저씨 미성년자에 되게 집착하는 거 아시죠?"

"넌 돈에 집착하고."

"세상이 원래 그래요."

텔레비전에서는 탈모제 광고가 끝나고 저녁 뉴스 2부가 시작되었다. 앵커가 유골 발견 소식은 들어오는 대로 전하겠다며 새로 들어온 소식을 전하겠다고 했다.

"오늘 오전 9시 30분 경 42세 박 모 씨가 아파트 화단에 쓰러져 있는 것을 경비원이 발견하여 경찰에 신고했습니다. 경찰 조사 결과 박 모 씨는 가스 누출 사고 피해자 연대 회원으로, 지난 월요일에 2심 판결이 나온 이후 재판 결과에 충격을 받고 극단적인 선택을 한 것으로 추정되고 있습니다. 한편 가스 누출 피해자 연대는 이날 오후 법원 앞에서 집회를 갖고, 사건의 주요 책임자들에게 벌금형과 집행유예를 선고한 법원의 판단을 받아들일 수 없다고 밝혔습니다."

화면에 다시 법원 앞 장면이 나왔다. 항의, 계란, 도주.

"우리 반에 저 동네에서 이사 온 애 있어요."

"응?"

"저거요. 공장에서 가스가 새어나와서 마을 사람 절반이 입원했잖아요. 두 명 죽고 한 명 식물인간 되고. 걔도 입원했거든요. 걔네 집은 회사에서 보상금 받고 이쪽으로 이사 왔대요. 근데 딱 봐도 몸이 별로 안 좋아 보여요. 체육 시간에 뛰지도 못해요."

"흠."

"제가 그 얘길 하니까 엄마가 세상은 원래 점점 나빠지는 거라고 그랬어요."

"그래?"

"네. 이 나라는 벌 받을 사람들이 제대로 벌을 받은 적이 한 번도 없다면서요. 여기서 계속 살려면 그걸 당연한 걸로 알고 살아야 한대요."

"비관적인 생각을 갖고 계신 분이구나."

"비관적이라는 게 무슨 뜻이에요?"

"무슨 뜻인 것 같니?"

"아저씨 표정을 보니 알 것 같아요."

"네 생각은 어때?"

"엄마 얘기요?"

"응."

"모르겠어요. 비관적이라는 말의 반대말은 뭐예요?"

"낙관적."

"낙관적이면 좋을 것 같긴 해요."

식사를 마치고 나서 나는 칼국수 그릇을 설거지했다. 내친김에 도시락과 컵라면 용기도 정리했다. 씻은 그릇을 문 밖에 놓아둔 다음 커피를 끓여 식탁에 앉아 마셨다. 식탁에 티슈상자와 달력이 놓여 있었다. 나는 별 뜻 없이 달력을 살펴보았다. 인쇄 업무와 관련된 듯한 몇몇 일정이 적혀 있었다. 다음 장을 넘겼다. 6월. 동그라미가 쳐진 한 날짜를 빼고는 아무 표시도 되어 있지 않았다.

"6월 10일이 네 생일이냐?"

"네."

소파에 앉아 휴대폰을 들여다보던 한별이 말했다.

"왜요?"

"미리 축하하마."

"됐어요. 이 시국에 무슨 생일이에요."

한별이 말했다. 이상한 대목에서 어휘력이 뛰어났다.

*

한별이 잠이 든 뒤에도 나는 거실에서 뉴스를 보았다. 밤이 깊어지면서 뉴스는 통계의 영역으로 옮겨갔다. 경찰에서는 아직 정확한 숫자를 공개하지 않고 있었지만 비공식적인 제보를 통해 들어온 바에 따르면 현재까지 수습이 완전히 이루어진 유골의 수는 181구로, 정리 작업이 끝나지 않은 유골까지 포함하면 최소 300명에서 많게는 400명까지도 늘어날 가능성이 있었다. 다른 한편, 방송에 공개된 유류품을 본 사람들이 경찰과 방송국에 연락을 하기 시작했다. 앵커는 방송국에 현재까지 52건의 제보가 들어왔으며 이 역시 앞으로 계속 늘어날 수 있다고 밝혔다. 다만 유골의 DNA를 대조하여 최종적으로 신원을 파악하기 전까지는 아무것도 장담할 수 없었다.

기차를 타고 아내를 만나러 간 건 충동적인 결정이었다. 나는 역에 내리자마자 전화를 걸었다. 아내는 당황하는 것 같더니 늘 보던 곳에서 보자고 말하고는 전화를 끊었다. 그녀가 말하는 곳은 바닷가에 위치한 작은 카페였다. 특별한 카페는 아니었다. 스타벅스 같은 체인도, 맛있는 커피로 이름난 곳도 아닌, 그저 평범한 커피와 종잇장처럼 얇은 샌드위치를 파는 가게였다. 그러나 그 카페의 딱한 자리, 제라늄 화분 옆에 있는 자리에 앉으면 바다가 그림처럼 눈에 들어왔다. 우리는 바다에 갈 때는 늘 그 카페의 그 자리에 앉으려 했다. 매번 성공하지는 않았지만 운이 좋을 때가 더 많았다.

그날도 나는 그 자리에서 아내를 기다렸다. 하늘은 맑았다. 창밖으로 보이는 바다는 쪽빛이었다. 잔잔하게 일어나는 포말이 싱싱한 생선의 배처럼 새하얬다. 커피를 마시고 나서 해변을 산책해도 좋을 것 같았다. 자주 그랬던 것처럼.

아내가 카페로 들어왔다. 옅은 베이지색 반팔 블라우스와 무릎 바로 위까지 올라오는 갈색 스커트. 은색 에나멜 구두를 신고 오른손에 검은색 악어가죽 백을 든 차림이었다. 아내가 내 앞에 앉았을 때 나는 그녀의 왼손을 보았다. 반지는 없었다. 사악함에서 우리 둘을 보호해주던 반지.

그 자리에서 내가 무슨 말을 했는지 정확히 생각나지는 않는다. 아마도 그다음 일어난 일에 충격을 받아 그 전의 기억이 희미해졌기 때문일 것이다. 하지만 분명 잘못했다는 말을 가장 많이 했을 것이다. 너를 제대로 이해하지 못한 내가 잘못이라고, 네 마음을 헤아리지 못한 내가 잘못했다고 거듭 말했을 것이다. 이제 충분히 생각하지 않았느냐고, 마음이 정리되었으면 오늘이라도 같이 돌아가자고 설득했을 것이다. 말하는 동안 아무 장신구도 없는 아내의 긴 손가락을 계속 바라보았다. 그건 기억이 난다. 실은 반지를 끼고 왔는데 내가 못 보고 있기라도 한 것인 양. 오래 바라보면 반지가 저절로 나타나기라도 하는 것인 양.

어리석었다.

그 순간에조차도 나는 아내의 말을 들으려 하지 않았다. 그저 내 말만 하려고 했을 뿐이었다. 아내에게 사과한다고 말하려고 했을 뿐이고, 아내에게 잘못했다고 말하려고만 했을 뿐이었다. 아내의 말을 듣고 싶다는 마음은 없었다. 아니, 더 정확히 말해,

나는 애초에 아내의 말을 들으려 하지도 않았다. 먼저 연락할 때까지 기다리라는 말을 듣지 않은 것은 나였으니까.

아내는 내 얘기가 끝난 다음에도 한참을 말없이 앉아 있었다. 내가 슬슬 불편해지기 시작할 때쯤 아내는 화장실에 다녀오겠다고 했다. 그녀가 카운터를 돌아 화장실이 있는 좁은 복도로 나갔다.

얼마나 기다렸는지 모르겠다. 시간이 얼마가 지났건 내게는 길게 느껴졌다. 바다의 색깔이 쪽빛에서 짙은 청색으로 바뀌었다. 몇 점 없던 구름은 사라졌다. 멜빵 치마를 입은 여자아이가 신발을 벗은 채 모래 위에 서서 해변까지 밀려온 약한 파도에 몸을 맡기고 있었다. 다가온 파도가 아이의 발목 높이까지 무심하게 차올랐다가 도로 물러갔다. 마치 자신의 깊이를 다 보여줄 생각은 없다는 양. 한 인간의 깊이 역시 마찬가지다. 우리는 타인이라는 바다의 해변에 서 있을 뿐이다. 가끔씩 밀려와 발목을 적시는 파도에 마음이 가벼이 흔들리도록 자신을 내맡기면서, 언젠가는 저 바다 끝까지 갈 수 있을지도 모른다는, 스스로도 믿지 않는 헛된 희망에 매달리고 있을 뿐이다. 평생 그 해변에 머물다 갈 생각이면서.

아내는 돌아오지 않았다. 나는 기다리다 지쳐 자리에서 일어나 화장실로 갔다. 아내는 복도에 서 있었다. 내가 볼 수 있는 건 그녀의 뒷모습뿐이었지만, 나는 직감적으로 뭔가 문제가 생겼다는 걸 알았다. 인기척을 분명 느꼈을 텐데도, 아내는 돌아보지 않은 채 뭔가에 홀린 듯 벽을 바라보고 있었다. 그녀가 보고 있던 건 카페에 설치된 장식품이었다. 합판으로 만든 문으로, 그럴싸

한 분위기를 살릴 요량으로 놋쇠 손잡이까지 달려 있었다. 그러나 가짜 문이었다. 그저 붙어 있기만 할 뿐인 가짜 문. 나는 아내의 이름을 부르려고 입을 벌렸다.

그때 아내가 앞으로 걸어가 문손잡이를 잡고 돌렸다.

딸깍, 소리를 내며 문이 열렸다.

분명히 들었다. 딸깍, 하는 소리를.

문이 열리면서 안이 보였다. 문 뒤는 어둑했다. 잿빛 안개가 두텁게 끼어 있는 것 같았다. 저 멀리 희미한 주황색 불빛이 달무리처럼 흐릿한 둥근 윤곽을 그리며 반짝거렸다. 깊은 새벽의 외로운 골목에서 불을 밝히는 가로등처럼.

다음 순간, 뭐라 설명할 수 없는 눅눅하고 선뜩한 기운이 느껴졌다. 문 밖으로 그 잿빛 안개가 흘러나오기 시작했던 것이다. 나는 꼼짝도 못한 채 굳어 있었다. 머리카락 몇 가닥이 이마에 닿아 가려웠지만 팔을 올릴 엄두를 내지도 못했다. 아주 작고 축축한 물방울 같은 것들이 공기 중을 날아 내 살갗에 닿아서……

꾸물꾸물 움직였다.

안개가 내 몸에 달라붙더니 움직이기 시작했다. 셔츠 안으로 파고들고, 바지 안쪽으로 스며들고, 손등을 쓰다듬고, 눈을 덮었다. 나는 얼어붙었다. 무한에 가까운 공포가 밀려왔다. 저 바깥에 아직도 해가 떠 있고, 멀리서 음악이 들리고, 아이들이 웃는 소리도 들리는데, 잿빛 안개는 그런 것 따위는 아랑곳하지 않고 냉기를 뿜어내면서 내 몸 구석구석을 건드렸다. 마치 관심 없는 먹이를 살피는 동물이 장난을 치듯. 좁은 복도에는 아내와 나, 안개 말고는 아무도, 아무것도 없었다.

아내는 문을 열고 나서도 한동안 그 자리에 서 있었다. 그녀는 그때 무슨 생각을 했을까? 이제라도 도로 문을 닫는 편이 나을지 망설였을까? 안으로 들어가는 것이 두려웠을까? 지금 저쪽으로 가면 다시는 여기로 돌아올 수 없다는 걸 본능적으로 깨달았을까?

혹시 내 생각을 했을까?

아내가 문 안쪽으로 걸음을 옮겼다. 나는 소리를 지르려 했지만 입이 떨어지지 않았다. 아내가 문지방을 넘다가 멈칫했다. 그러고는 미련을 떨치지 못한 듯 뒤를 돌아보다가 나와 눈이 마주쳤다. 나는 필사적으로 말하려 했다. 그 안으로 들어가지 말라고. 그러나 내 입은 단단히 봉인되어 있었다. 안개가 내 입을 막고 있어서만은 아니었다. 그냥 아무 말도 할 수 없었다. 우리 둘의 눈이 각자만 알아들을 수 있는 무언의 대화를 나누었다.

아내는 고개를 돌리고 뛰어들다시피 안으로 들어갔다.

문이 조용히 닫혔다. 안개도 걷혔다. 나는 얼떨떨한 채 서 있다가 문으로 달려가 문손잡이를 정신없이 돌렸다.

가짜 문의 손잡이는 끄떡도 하지 않았다.

새벽 2시 뉴스에서는 수습이 끝난 유골의 수가 늘어났다는 보도가 나왔다. 총 217구. 아직도 100여 구의 미수습 유골이 남아 있었다. 나는 눈을 깜박였다. 충혈이 되었는지 눈물이 나고 따끔거렸다. 하지만 화면에서 눈을 뗄 수가 없었다. 새벽 뉴스 앵커는 걱정하는 표정이 얼굴에 밴 듯한 여자였다. 숫자를 읽는 얼굴에 근심이 가득했다.

새벽 뉴스가 끝나자 탐사 프로그램이 재방송되었다. 담당 PD가 가스 누출 피해자 연대의 대표와 만나 인터뷰를 진행했다. 대표는 작은 체구의 중년 여성이었다. 그녀는 인터뷰를 하는 내내 시선을 편안히 두지 못했다. 자신의 위치가 버거운 듯했다. 그렇지만 말은 막힘이 없었고, 말투는 덤덤하면서도 단호했다. 저희는 이해가 안 가는 거죠. 어째서 아무것도 모르는 우리가, 이제는 심지어 기업의 정당한 활동을 방해하는 가해자라는 오명을 써야 하느냐는 거예요. 왜 그들은 받아야 할 벌을 받지 않느냐는 거예요. 한 마을이 파괴되고 수많은 사람들이 평생 안고 가야 할 질병을 얻었습니다. 우리는요, 매일매일이 투쟁입니다. 여기로 가면 저기서 따지라고, 저기로 가면 이곳에서 말할 게 아니라고 합니다. 그런데 어떤 사람들은 심지어, 우리가 보상금을 노리고 특정 세력과 결탁해서 의도적으로 일을 키웠다는 식으로 우리를 음해하고 있단 말이에요. 어째서 우리가…….

〈특집: 루머의 루머〉

돌아오는 사람들 (201*. 10. 28. 통권 647호)

(편집자 주: 지금으로부터 정확히 10년 전, 본 잡지의 코너였던 '루머의 루머'는 국내 매체 중에서 최초로 '대실종'을 다루었다. 「'이유 없이' 사라진 사람들」(통권 104호)이 그 기사다. 이제 '대실종'이 실제로 일어난 일이었음이 입증된 이상 후속 기사가 필요하다는 판단하에, 대실종에 대한 본격적인 특집 기사를 내보내기에 앞서 임시로 이 코너를 되살렸다. 다음 주에는 한 호 전체를 대실종 관련 특집에 할애할 예정이다. 독자 제위의 많은 관심을 부탁드린다.)

사라질 때도, 돌아올 때도 이유가 없다. '대실종' 이야기다. 10년 전 대실종 당시 사라진 것으로 파악된 752명의 사람들 중 신원 확인이 분명히 이루어진 267명이 가족의 품으로 돌아왔다. 유골이 되어서. 지난 5월과 6월 사이, 전국 각지에서 홀연히 유골들이 나타났고, 사건의 여파는 아직도 가라앉지 않고 있다. 경찰은 당시 실종 사건 수사에 부적절한 행위가 있었는지 확인하기 위해 대규모 감찰에 착수했다. 정부에서는 실종자 신고 시 의무적으로 가족 혹은 친지의 DNA를 경찰청 데이터베이스에 등록하는 특별법 제정을 추진하고 있다. 야당은 이 사태를 수습하는 과정에서 정부가 무능의 극치를 보였다면서 국정조사를 요구하고 있다. 그러나 이 모든 조치들이 근본적이지 않아 보이는 까닭은 무엇일까? 당연히 이 말도 안 되는 일이 어떻게 일어날 수 있었는지 누구도 설명하지 못하고 있기 때문이다. 또는 설명할 생각이 없거나.

그와 관련하여 사건의 진상을 밝히라는 목소리가 급격히 힘을 얻고 있다. 대실종 관련 실종자 단체인 '실종자의 진실 연합'(이하 실진연)이 그 중심에 있다. 이 단체에는 아직까지 돌아오지 않은 실종자와 유골로 돌아온 실종자의 가족들이 가입되어 있다. 결성 과정에서 이견을 보인 다른 가족들은 '대답을 요구하는 사람들'(이하 대요사)을 따로 조직했다. 하지만 활동은 따로 해도 가족들의 요구는 같다. 사건의 진상을 밝히라는 것.

"정부에서는 도무지 말을 안 해줘요. 그게 제일 답답해 죽겠어요." 실진연 대표 임정희(37. 사진)씨가 말했다. "그저 조사 중이고, 다시는 이런 일이 일어나지 않을 거라는 말만 해요. 그런데 봐요, 앞뒤가 안 맞잖아요. 조사 중이라면 결론이 나지 않았다는 뜻 아니에요? 그런데 다시는 이런 일이 일어나지 않을 거라니요. 그건 이미 결론을 냈다는 뜻이잖아요. 게다가 정부 말대로라면, 아직 돌아오지 않은 485명은 어떻게 되느냐는 거죠. 무려 485명이에요. 상상이 가요?"

현재 실진연은 경찰청과 정부 청사 앞에서 매주 화요일마다 진상 규명을 촉구하는 집회를 열고 있다. 청와대 앞에서 집회를 여는 방안도 논의 중이다. 진상 규명에서 가장 큰 문제는 대실종 자체가 너무 오래전에 일어났다는 사실이다. 실종자를 파악하는 것만도 벅찬 일이다. 회원들은 각자 생업이 있고, 가입은 했지만 여러 사정으로 활동이 어려운 사람들도 있다. 사망했거나 연락이 두절된 가족들도 많다. 극단적인 선택을 한 가족도 있다. "어떤 가족은 딸이 대실종 때 사라졌어요. 어머니는 얼마 안 가 병으로 쓰러져 세상을 떠났고, 아버지 혼자 애타게 딸을 찾았지요. 얼마 전 딸의 유골과 유류품을 아버지가 확인했어요. 아버지는 딸의 유골을 화장한 다음 스스로 목숨을 끊었어요."

그렇다면 가족을 유골로나마 거둬온, 여전히 살아가고 있는 사람들의 심정은 어떨까? 기자는 처음 대실종 기사를 썼을 때 접촉한 취재원들에게 다시 접촉을 시도했다. 대실종 최초의 실종자로 알려진 휴대폰 대리점 점장 B(실종 당시 45세)씨의 가족을 우선 찾아보았다. B씨의 아내는 7년 전에 위암으로 세상을 떠났고, 딸은 해외에 취업을 한 뒤 소식이 끊겼다. 수소문 끝에 B씨의 아들을 어렵사리 만날 수 있었다. 그는 현재 인테리어 사업체를 운영 중이다. 텔레비전에서 아버지의 체육복을 알아보았을 때 그는 마침내 올 것이 왔다는 생각이 들었다고 말했다. "언젠가는 다시 만날 거라고 확신했으니까요." 그러면서 그는 아버지가 사라졌을 때 처음에는 원망도 했지만 이제는 이해한다고 털어놓았다. "당시 본사에서 받는 압박이 상당했어요. 신제품 휴대폰이 나왔는데 본사에서 보조금의 절반을 대리점이 부담해야 한다고 했거든요. 주변 대리점 사람들과 함께 본사에 항의할 계획을 세웠는데, 본사에서 그 사실을 알고 아버지를 업무 방해와 배임 혐의로 고발하겠다고 했죠. 우리는 그때 그 사실을 몰랐어요. 아버지가 말씀해주시지 않았거든요. 하지만 이제 아니까 말할 수 있습니다. 아버지는 당신이 원해서 스스로 사라지신 거예요. 세상에서 말하는 이상한 이유 같은 건 없어요. 저는 그렇게 생각합니다."

화장품 회사에서 사라진 A(실종 당시 27세)씨의 약혼자도 B씨의 아들과 비슷한 이야기를 했다. "행복해하지 않았어요." 약혼자가 말했다. "그때는 몰랐는데, 나중에 알고 보니 같은 사무실 상사가 그 사람을 스토킹하고 있었어요. 계속 전화를 걸고, 집에 찾아오고, 직장에는 성희롱을 하고…… 저한테는 말을 못했던 거죠. 지금 생각하면 정말 미안해요." 비슷한 시기에 실종된 중소기업 직원 G씨(실종 당시 39세)의 어머니는 아들이 게이라는 사실을 아들의 실종 후 아들 방에 있던 일기장을 읽고 알았다. "저는 교회 다녀요. 지금도 다니죠. 제게는 죽어도 말을 못했을 거예요. 모르겠어요. 그 애가 고백을 했다면 제가 그걸 받아들였을까요? 아니었을 거예요. 용서하지 않았을 거예요. 하느님의 뜻을 저버렸으니까요. 하지만 지금도 아이를 위해 매일 기도합니다." G씨의 어머니가 덤덤하게 말했다.

"실종자 가족 중에 비슷한 사연들이 많아요." 임정희 대표의

190

말에 따르면, 실종자들은 대부분 말 못할 고민을 안고 있던 사람들이었다. 임 대표의 남동생 역시 군 장교로 복무하면서 상관에게 지속적으로 괴롭힘을 당했다. 임 대표의 남동생은 상급 기관에 신고를 했으나 군 장성이었던 상관의 부친이 손을 썼고, 상관은 가벼운 징계를 받은 뒤 원래 근무하던 부대로 복귀했다. 남동생은 전출 신청을 했지만 이마저 반려되었다. 반려 결정이 내려진 그주 토요일, 병사들과 함께 외출했던 남동생은 병사들이 노래방에서 노래를 부르는 동안 홀연히 사라졌다. 텔레비전에서 유류품을 보여줄 때, 임 대표는 동생이 걸고 다니던 장신구를 바로 알아보았다. 임 대표가 선물한, 애니메이션 캐릭터가 그려진 펜던트였다. 임 대표의 말에 따르면 동생은 "엄청 짜증을 내면서도 순순히 걸고 다녔어요."

취재를 할수록 실종자들이 품고 있던 사연이 하나둘 드러났다 (다음 호의 특집 기사에서 확인할 수 있다). 가족 문제, 돈 문제, 학업 문제, 취업 문제, 성 정체성 문제, 등등. 하지만 그게 과연 별안간 사라질 만한 이유가 될까? 누구나 살면서 한두 가지의 고민은 가지고 있다. 물론 그중에는 심각한 것도 있다. 그렇다고 고민을 가진 사람들이 모두 그런 식으로 사라져버리지는 않는다. "그냥 단순히 사라진 게 아니에요." 임 대표가 다른 의견을 내놓았다. "그건 일종의 **상징적 죽음**이죠. 자살을 했다는 뜻이 아니에요. 둘은 달라요." 어떻게? "사라졌으니까요. 자살은 눈에 띄는 행위예요. 그건 세상에 대해 나를 보라고 선언하는 거죠. 하지만 사라진다는 건 눈에 띄지 않는다는 거예요. 똑같이 소멸하는 거지만 그건 선언하는 죽음이 아니라 상징적 죽음인 거예요. 그 사람들은 죽고 싶었던 게 아니라 눈에 띄고 싶지 않았던 거예요." 하지만 결과적으로는 유골이 되어 돌아오지 않았나? "기자님은 아직 이해를 못하고 계신 거예요. 죽음과 상징적 죽음의 차이를요."

루머로만 떠돌던 문제에 대해 임 대표에게 물어보았다. 문. 정말로 대실종의 실종자들이 그곳에 존재하지 않는 문을 열고 사라졌는가? 그 질문을 하자 임 대표가 단호하게 대답했다. "헛소문이에요." 목격자들이 있는데? "적어도 우리 단체 사람 중에는 그런 걸 봤다는 사람이 없어요. 우리가 정부에 계속해서 진상을 밝힐 것을 요구하는 것도 그 때문이에요. 확인되지 않은 헛소문이 너무 많아요. 제가 들은 것 중에는 정체불명의 단체가 경찰에 압력을 넣어서 더 이상 수사가 진행되지 못하도록 방해했다는 얘기도 있었어요. 이 나라에 프리메이슨 같은 비밀조직이 있단 소리예요?"

그럼에도 사람들은 계속 존재하지 않는 문에 대해 말하고 있다. 어느 실종자의 아내가 쓴 것으로 추정되는 글이 맘카페를 중심으로 퍼진 적이 있었다. 글쓴이에 따르면 그녀는 남편과 심한 언쟁을 벌였고, 남편은 자기 방으로 들어가버렸다. 한참을 기다려도 나오지 않아 방으로 들어가보니 남편은 없었다. 부부는 아파트 19층에 살았고, 창문에는 방범창이 설치되어 있었다. 벽에는 남편이 이벤트에 당첨되어 받았던 대형 포스터가 붙어 있었다. 마법의 정원으로 통하는 커다란 문이 그려져 있는 영화 포스터였다("방이 눅눅하고 서늘했어요. 방 안에 젖은 건 아무것도 없었는데"). 실종자의 아내는 이 이야기를 실진연의 인터넷 카페에 썼다가 글이 삭제되고 강퇴를 당했다면서, 그곳에서는 문과 관련된 이야기를 쓰는 것이 금지되어 있다고 했다. 글쓴이는 임 대표와 지도부가 그 문제에 대해 무척 민감하다고 주장했다. 그런 비현실적인 이야기가 정부와의 협상에 지장을 초래할까봐 두려워한다는 것이다.

사람들은 돌아왔다. 아니, 돌아오고 있다. 그러나 어쩌면 문제는 이제부터 시작이다. 그 오랜 세월을 고통 속에서 보낸 사람들, 죽었는지 살았는지조차 모르고 가족과 친지를 애타게 찾아 헤매고 그리워하던 사람들은 이제 자신이 오랫동안 짊어져왔던 과거를 어떻게 극복할 것인지 고민하기 시작했다. 이는 그들의 힘만으로는 해결할 수 없다. 실진연에서 실종자들의 피해 회복을 위한 특별법을 제정할 것을 요구하는 것도 이때문이다. "악플이 엄청 달렸어요." 임 대표가 말했다. "자기네 문제에 세금을 쓰겠다고 요구한다는 거죠. 하지만 어떤 문제는 사회와 국가가 나서야 해요. 우리가 말도 안 되는 요구를 하는 게 아니에요. 떼를 쓰는 게 아니라고요. 만약 경찰이 그때 조금이라도 더 관심을 가졌다면, 우리 사회가 서로를 더 많이 이해하고 배려했다면, 그렇게 사라지는 사람은 훨씬 적었을 거예요. 고통받는 사람도 줄었겠죠."

여전히 수많은 의문이 풀리지 않은 채 남아 있다. 실종자들이 거의 한날한시에 유골이 되어 돌아온 이유는 무엇인가? 대실종을 처음으로 폭로한 'great_missing'은 과연 누구인가? 임 대표는 강력하게 부정하지만, 과연 그 루머, 사람들이 존재하지 않는 문을 열고 그 안으로 들어갔다는 루머는 그저 루머에 불과한 것일까? 그리고 마지막으로, 또한 무엇보다, 유골이 마구 쏟아져 나오던 바로 그때 '비둘기 사건'이 벌어졌던 건 그저 우연이었을까? 다음 호의 특집 기사에서 이러한 의문에 대한 답을 찾을 수 있을 것이다.

목요일

비둘기

나는 다음날 아침 한별을 데리고 학교로 갔다. 교문 앞에서 헤어진 뒤 ("이따가 수업 끝나면 요 앞에서 만나요") 차를 몰고 사무실로 돌아왔다. 계단을 올라가는 동안 발걸음 소리가 고요한 건물에 나직하게 퍼졌다.

이번에는 열쇠가 헛돌지 않았다. 나는 사무실로 들어가 창문을 열고 차를 끓였다. 녹차 잔을 들고 책상에 앉아 그저께 회초리 남자가 책상에 팽개쳤던 주간지를 집어 들었다.

내가 찾는 기사는 잡지 뒷부분에 있었다. 흥미 위주의 가십성 소문을 취급하는 '루머의 루머'라는 두 페이지짜리 코너에 실린 기사였다. 이유 없이 사라진 사람들.

세월이 흐르면서 아내를 찾는 동안 모았던 대부분의 자료를 버리거나 분실했지만 이 잡지만큼은 계속 간직했다. 그 기묘한 일이 내게만 일어났던 것이 아니라는 사실을 가르쳐준 첫 번째 증거였으니까.

때 이른 무더위가 기승을 부리던 6월 10일 저녁, 휴대폰 대리점 점장이었던 B(45, 남)씨는 담배를 사러 나갔다가 그대로 소식이 끊겼다.

머릿속에서 어떤 생각이 걸쭉한 스프처럼 천천히 끓어올랐다. 나는 곰 선생에게 전화를 걸었다. 어제와 마찬가지로 곰 선생이 기다렸다는 듯 전화를 받았다.

"웬일이야, 먼저 연락을 다 하고? 뭐 알아낸 거 있어?"

"일이 어떻게 진행되는지 궁금해서요."

"어차피 이따 회의 때 다 말할 건데, 뭐가 그렇게 궁금해?"

"대실종에 대해 조금 알아봤습니다. 정말 큰일이던데요."

"큰 사건이긴 했어. 정말 컸지."

곰 선생이 말했다.

"나도 그때 실종자 가족들을 만나러 돌아다녔어. 당시는 우리가 지금처럼 인원도 많이 없었거든. 대여섯 명만으로 거의 300명 가까운 사람들을 찾아다니면서 조사를 해야 했어. 결국 추정 실종자의 절반도 못 만나고 일을 끝내야 했지."

"그때도 지금처럼 검토하고 가설을 세웠나요?"

"세웠지."

곰 선생이 말했다.

"우리가 세운 가설은 어딘가에 **쐐기**가 있다는 거였어."

"쐐기요?"

"정확히 말하면 내 가설이지. 어딘가에 쐐기가 박힌 거였어. 쐐기가 잘못 박히면 벽이 뒤틀리면서 금이 가잖아. 마찬가지로 이 세계의 어딘가가 어긋나고 뒤틀리면서 틈이 생겨난 거지. 사람들이 그 틈으로 빨려 들어간 거야. 그러니 그 어긋난 지점을 찾아서 바로잡아야 한다. 그게 내 가설이었어."

"알 듯 말 듯 하네요."

"경해 선생은 아직 배울 게 많으니까."

"솔직히 말해 쐐기란 게 뭔지 감이 잘 안 잡힙니다."

"글쎄, 뭐라고 해야 하나…… 이게 감이 있으면 그냥 아는 건데, 모르겠다니 설명을 해줘야겠지."

곰 선생이 말을 이었다.

"우선, 쐐기는 비유야. 세계 자체가 거대한 비유라고 얘기할 때의 그 비유. 왜냐하면 세계는 언어로 이루어져 있는데, 언어는 입 밖에 나오는 순간 필연적으로 무언가에 대한 비유가 되거든. 그런 의미에서 세계는 비유야. 이해가 됐지?"

"알 것 같습니다."

"복잡하게 생각할 거 없어. 봐봐. 세계는 비유이자 동시에 실재야. 말과 문자의 관계를 생각하면 돼. 말은 실체가 없지. 하지만 문자는 말을 고정시켜. 쐐기 역시 그렇게 생각해야 해. 그러니까 그때 내가 세운 가설은, 쐐기가 일종의 실체화된 힘이라는 거였어. 힘도 근본적으로는 말과 마찬가지야. 그 자체로는 형태가 없어. 힘은 그것이 작용하는 사물을 통해 드러나지. 날아가는 야

구공은 보이지만 그걸 날아가게 하는 힘은 안 보이잖아, 그렇지? 힘이란 늘 간접적으로 관찰하는 거야. 하지만 만약 그 힘이 실체로 화해서 이 세계의 어딘가에 틈을 냈다면? 그럼으로써 뭔가 꼬이고 헝클어져버렸다면? 그렇다면 그런 이상한 현상이 일어나는 게 놀랍지 않다는 거야."

"잠깐만요."

내가 끼어들었다.

"힘이라고 하셨는데, 어떤 힘입니까?"

"지금 이 난리를 일으키는 힘이지. 동어반복 같겠지만, 원래 세상에 하나뿐인 건 동어반복일 수밖에 없어. 이런 일이 예전에 또 일어났던 적은 없잖아?"

나는 곰 선생의 설명을 잠시 곱씹었다. 이런 말을 할 때 곰 선생은 놀랄 만큼 노아와 비슷했다. 그건 어쩌면 이 바닥 사람들의 근본적인 특징인지도 모른다.

곰 선생이 계속 말했다.

"어쨌거나 중요한 건 그게 어떤 종류의 힘이냐가 아니야. 잘못된 장소에 있는 잘못된 힘이라는 게 문제지. 그러니 바로잡혀야 하는 거고."

"바로잡힌다는 게……."

"**제거**. 빼내야 한다고. 그럼 모든 게 원상태로 돌아올 테니까. 남은 문제는 그 쐐기가 어디 있느냐는 거였는데, 결국 찾지 못했어. 실종이 한참 일어나다가 마치 언제 그랬냐는 듯 멈춰버렸거든. 그때 내가 분명히 말했어. 이번에 이 쐐기를 못 찾으면 다음에는 더 큰일이 벌어질 거다. 그렇지만 아무도 내 말을 듣지 않았어. 하지만 봐, 결국 이렇게 됐잖아."

"지금 이 일이 그때 쐐기를 제거하지 못해서 벌어지는 거라고 보시는 거군요."

"다른 이유 있으면 말해봐."

"제가 뭘 알겠습니까."

"간만에 맞는 말을 해서 기쁘군. 아무튼 이번에는 다를 거야. 지금 같은 상황이 지속되는 건 막아야지. 뼈들이 이런 식으로 계속 튀어나오면 안 되잖아. 죽은 사람이 살아 돌아오는 것도 아니고, 쓸데없이 설명할 것만 늘어나는데. 안 그래?"

나는 대꾸하지 않았다. 곰 선생이 우쭐해하듯 말했다.

"어제 우리 송 선생이 쐐기를 찾았어."

"찾았다고요?"

"확실하대."

"어디서 찾았는데요?"

"궁금하면 회의에 와. 사실 정말 참석해야 할 사람은 노아 선생인데 말이지."

곰 선생이 아쉬움을 진하게 머금은 목소리로 말했다.

"그때 내 말을 들은 척도 안 했거든. 쐐기 같은 건 없다고 콧방귀를 뀌는데, 나 참. 아무튼 더 할 얘기 없으면 그만 끊자고. 곧 볼 거잖아."

"잠깐만요. 하나만 더 묻고 싶습니다."

"얼른 말해."

"쐐기가 힘이 실체화한 것이라고 하셨죠."

"그렇지."

"그렇다면 사람으로 실체화할 수도 있는 건가요?"

"당연하지."

"그걸 제거한다는 게……."

곰 선생이 피식 웃었다.

"사람의 형태야, 경해 선생. 사람이 아니라고."

전화가 끊어졌다.

나는 차를 홀짝였다. 쐐기. 실체화된 힘. 쐐기를 빼내 제거하면 뒤틀렸던 것이 원상태로 회복되면서 틈새가 사라진다. 논리적인 결론이었다. 송 선생은 회의에서 자기가 알아낸 쐐기의 정체를 밝힐 것이고, 곰 선생은 쐐기를 제거하기 위해 적절한 조치를 취할 것이다. 그것이 사람의 형태이건 아니건 상관없이.

아내는 자기가 이미 오래전에 죽었다고 늘 생각했지.

거인에게 전화를 걸기 전에 잠깐 생각을 해봤다. 노아라면 동료를 속인다는 죄책감 따위는 전혀 없었을 것이다. 설사 있더라도 신경 쓰지 않았을 것이다.

탐정님이 도와주겠다고 약속하셨거든요.

신호음이 계속 울리다가 음성 메시지를 남겨달라는 안내음성으로 넘어갔다. 전화를 끊고 다시 걸었다. 지금은 전화를 받을 수 없다는 안내음성이 나오고, 다시 음성메시지로 넘어갔다. 나는 간단히 사정을 설명하고 아내를 만나게 되면 바로 연락을 달라고 했다.

도서정리협회 본사는 차로 한 시간 반 거리에 있다. 가는 길에 경찰서에 들러서 유골의 신원확인을 문의할 수 있을지도 모른다. 나는 휴대폰을 들어 112를 눌렀다. 마지막으로 통화 버튼을 누르기 전 나는 머뭇거렸다. 하기 싫었지만 해야 했고, 하고 싶었지만 할 수 없는 기분 사이에서 머뭇거리는데, 그늘이 드리운 듯 눈앞이 어두워졌다.

고개를 들자 앨리스가 나를 내려다보고 있었다. 언제 들어와 내 앞에 서 있었는지는 알 수 없었다. 내 통화 내용을 들었는지 아닌지도 알 수 없었다. 정말 놀라운 재주였다.

앨리스가 내게 손을 내밀었다. 나는 그의 손바닥에 내 휴대폰을 올려놓았다. 앨리스가 휴대폰을 주머니에 넣은 다음 손을 안쪽으로 까닥였다. 여전히 입은 벙긋도 하지 않았다. 나는 천천히 자리에서 일어나 책상을 돌아 나왔다. 앨리스가 손을 바깥쪽으로 까닥였다. 나는 문을 열고 나갔다. 앨리스가 내 뒤를 따라왔다. 계단을 내려가는 동안 나는 뒤에서 앨리스의 역설적인 존재감을 느낄 수 있었다. 전혀 존재하지 않는다는 존재감. 마치 공기에 구멍이 뚫린 듯했다.

우리는 사무실 건물에서 100여 미터 정도 떨어진 교회로 갔다. 차창까지 새까맣게 코팅한 대형 검은색 세단이 교회 주차장에서 주차 구역 두 개를 차지하고 있었다. 교회 사람들이 그 점에 불만을 가질 성싶지는 않았다. 평일 오전이라 어차피 주차장은 한산했고, 설사 붐빈다 한들 벤틀리 옆에 불편하게 차를 세우느니 차라리 한 칸 더 주고 마는 편이 나을 거라고 다들 생각할 것이다.

앨리스가 뒷좌석 문을 열고 내게 고갯짓을 했다. 나는 안으로 들어갔다. 문을 닫자 차 안이 대학원생의 미래처럼 캄캄해졌다.

"잘 지냈어, 시궁쥐? 이런 차 처음 타보지?"

뒷좌석에 앉아 있던 회초리 남자가 말했다.

앨리스가 운전석에 앉아 시동을 걸었다. 나는 이런 고급차에서 사람을 죽인다면 분명 비싼 시트가 더럽혀질 것이기 때문에 아무것도 걱정할 필요가 없으리라 확신했다. 잠시 후 세단이 차체를 가볍게 떨고는 매끄럽게 앞으로 나아갔다.

차가 달리는 동안 나는 개어놓은 수건처럼 얌전히 앉아 있었다. 아무도 입을 열지 않았다. 운전석 옆에 설치된 내비게이션만이 욕실 타일만큼이나 반들반들한 목소리로 교통상황과 제한속도 단속구간을 알려줄 뿐이었다.

세단이 사거리에서 신호를 받고 멈췄다. 선팅 처리를 한 창문 밖으로 햇살을 받아 선명하고 진한 녹색을 뽐내는 가로수가 보였다. 횡단보도 앞에서는 사람들이 구에서 설치한 차양 아래 옹기종기 모여 있었다. 도넛 가게 앞 갓길에 경찰차가 서 있었다. 물론 나와는 아무 상관없는 차였다.

보행 신호등이 녹색으로 바뀌었다. 행인들이 길을 건넜다.

나는 회초리 남자를 흘끗 보았다. 그는 세단이 출발하고 나서부터 두 손을 허벅지 사이에 모아 얹은 자세로 두 눈을 감은 채 등받이에 몸을 기대고 있었다. 자는 것처럼 보이지는 않았지만 그렇다고 깊은 생각에 잠긴 듯 보이는 것도 아니었다. 잠길 만한 생각이라는 게 있을지도 의심스러웠다. 그는 일종의 동면 상태에 빠진 것 같았다. 이럴 때 나를 어디로 데려가고 있냐는 질문 같은 걸 하면 기싸움에서 밀리게 마련이다. 의연하게, 해볼 테면 해보라는 듯 태연히 앉아 있어야 한다.

나는 헛기침을 한 다음 입을 열었다.

"지금 어디 가는 거지?"

회초리 남자가 눈을 뜨지 않고 대답했다.

"궁금해, 시궁쥐?"

"점심 약속이 있어서 멀리는 못 가거든."

"굶어."

"용건이 있으면 여기서 그냥 처리하지. 시트는 소가죽인가? 어제도 소가죽에 앉았는데."

"말했잖아, 시궁쥐. 난 너한테 쥐뿔도 관심이 없어. 나한테 넌 부도 수표보다도 가치가 없다고. 널 알기 전에도 그랬고, 지금도 그렇고, 앞으로도 그래. 난 영감이 아니니까. 그러니까 성질 자극하지 말고 조용히 앉아 있어."

"영감은 또 누구지?"

회초리 남자가 낮게 한숨을 쉬었다.

어디선가 짤깍, 하는 소리가 났다. 회초리 남자가 내 앞으로 팔을 뻗었다. 목에 뾰족하고 따끔한 것이 닿았다.

"지금 이 상황에서 앨리스가 엑셀을 밟으면 어떻게 될까? 어떻게 생각해? 앨리스, 조금만 앞으로 가볼래?"

회초리 남자가 입가에 비웃음을 띠면서 칼날을 내 목에 약간 더 찔러넣었다.

"정지선은 지켜야지."

내가 말했다.

"묘진 씨 목도 이걸로 자를 생각이었나?"

"조용해, 시궁쥐."

회초리 남자가 말했다.

"입 다물라고. 안 그러면 경동맥을 끊어버릴 거야. 요기만 톡 그으면 되거든. 영감이야 지랄을 하겠지만 뭐 어쩌겠어, 네가 도 망가려다가 그렇게 된 건데."

나는 대답하지 않았다. 그가 접이식 나이프를 재킷 안주머니 에 집어넣었다.

"이제 닥치고 가자, 시궁쥐."

죽은 파리 같은 적막이 흘렀다. 회초리 남자는 하품을 한 다음 눈을 감았다. 나는 손가락으로 칼이 닿았던 부분을 눌렀다 떼어 보았다. 피는 많이 묻어 있지 않았다.

세단이 우회전하자 도로에 면한 대형 아파트 단지 정문이 멀 찍이 보였다. 백색과 회색 화강암 타일을 붙인 길쭉한 직사각형 정문에 '임페리얼 팰리스'라는 금박 글자가 흐릿하게 빛났다. 기 둥 안쪽에 설치된 경비실과 지하주차장 도로 사이에 누가 버리 고 간 카펫이 떨어져 있었다. 파란색 제복을 입은 경비원이 허리 에 손을 얹은 채 카펫을 내려다보고 있었다.

카펫이 꿈틀거리기 시작했다.

나는 눈을 깜박였다. 카펫처럼 보였던 것이 비둘기 떼라는 사실을 깨달은 건 정문 앞에서 차가 신호에 막혀 멈췄을 때였다. 어림잡아도 백 마리는 넘을 비둘기들이 고개를 까닥거리고 날개를 퍼드덕거리면서 아파트 정문에서 움직이는 중이었고, 경비원은 어쩔 줄 몰라 하고 있었다.

다른 경비원 두 명이 나타났다. 한 명은 대걸레를, 다른 한 명을 빗자루를 들고 있었다. 대걸레를 든 경비원이 비둘기들에게 걸레 자루를 휘둘렀다. 새들이 이리저리 흩어졌다. 자루에 맞은 새들이 비틀거렸다.

그렇지만 새들은 날아가지 않았다. 한 마리도.

썬캡을 쓰고 체육복을 입은 여자가 속보를 하며 단지를 나오다 새떼를 보고 멈췄다. 여자가 입으로 두 손을 가리더니 등을 돌려 왔던 방향으로 뛰어갔다.

정체가 길어지고 있었다. 사방에서 경적이 울리고 차들은 도로에서 꼼짝도 하지 않았다. 앨리스가 차창을 내려 바깥 상황을 확인한 뒤 뒷좌석을 돌아보며 고개를 저었다. 어느새 눈을 뜬 회초리 남자가 말했다.

"교통방송 틀어봐."

앨리스가 라디오를 켰다. 여자 아나운서의 낭랑한 목소리가 차 앞뒤에 설치된 스피커에서 흘러나왔다.

"……라고 3681님께서 제보를 해주셨습니다. 두 시간 전부터 문자메시지와 저희 방송 게시판을 통해 제보가 계속 들어오고 있는데요, 시청광장에 비둘기들이 길을 막고 있어서 그 여파로 일대에 교통 체증이 발생했다고 합니다. 도로와 인도 할 것 없이 새들이 내려앉아 있다는 제보가 지금도 속속 들어오고 있습니다. 조금 전 터널 입구에서 일어난 6중 추돌사고는 아직 사고 수습과 구조 작업이 진행되는 중입니다. 근방을 지나가는 운전자들께서는 참고하시기 바랍니다. 방금 또 들어온 소식입니다……."

단지 정문에서는 경비원들이 여전히 쩔쩔매고 있었다. 새들은 천천히, 빛을 향해 나아가는 단세포 생물처럼 한데 뭉쳐 이동하고 있었다. 정문 옆 상가에서 나오던 택배기사가 새들을 보고 휴대폰으로 사진을 찍었다.

회초리 남자가 눈썹을 찌푸리며 입술을 좌우로 비틀었다.

"다른 길 없어?"

앨리스가 경로 재탐색 버튼을 눌렀다. 로딩 화면이 뜨더니 같은 경로가 나왔다.

"영감이 또 지랄하겠네."

회초리 남자가 투덜거렸다.

정문 기준으로 오른쪽 화단에 조경용으로 심어놓은 소나무들 사이에서 교복을 입은 십대 학생들이 걸어 나왔다. 고등학생인지 중학생인지는 알 수 없었는데, 눈대중으로 예닐곱 명 정도 되어 보였다.

학생들이 비둘기를 보고 걸음을 멈췄다. 여학생 두 명이 같이 비둘기들에게 다가가 새들을 굽어보았다. 둘 중 단발머리를 한 여학생이 슬리퍼 신은 발로 비둘기를 툭툭 찼다. 새들이 흩어졌다가 다시 뭉쳤다. 앞머리에 헤어롤을 끼운 또 다른 여학생이 새를 손으로 가리키며 뒤에 있던 홀쭉한 키의 무표정한 남학생을 보았다. 홀쭉한 남학생이 고개를 저었다. 단발 여학생이 입에 머금고 있던 끈끈한 침을 비둘기의 머리에 떨어뜨렸다. 헤어롤 여학생이 손짓을 했다. 홀쭉한 남학생과 그 옆에 서 있던 다른 남학생이 가방을 흔들며 새들에게 다가왔다. 나머지 학생들은 뒤에 그대로 서 있었다.

헤어롤을 끼운 여학생이 홀쭉한 남학생에게 뭔가 말하며 손가락을 들어 좌우로 까딱였다. 남학생이 어이없다는 표정으로 피식 웃었다. 헤어롤이 아랫입술을 비죽 내밀었다. 둘은 잠시 말없이 서로를 바라보았다. 그러다 홀쭉한 남학생이 새들 사이로 들어갔다. 비둘기들은 이리저리 흩어질 뿐 꾸준히 앞으로 나아가는 중이었다.

홀쭉한 남학생이 무리 속에서 비둘기 한 마리를 잡아 들어올렸다. 비둘기는 도망가려 하지 않았다. 고개를 이리저리 움직이며 발을 휘저을 뿐이었다.

남학생이 비둘기의 다리를 잡았다. 그런 다음 투포환 선수처럼 팔을 크게 휘두르며 새를 바닥에 패대기쳤다.

그럴 리가 없었는데도 나는 비둘기의 머리뼈가 깨지는 소리를 들은 것 같았다. 홀쭉한 남학생이 다른 비둘기를 집어 들고 같은 동작을 반복했다. 바닥에 널브러진 새가 경련을 일으켰다. 하지만 비둘기들은 동족이 눈앞에서 끔찍하게 죽어가는 모습을 보고도 동요하지 않았다. 그저 계속 앞으로, 누구도 알 수 없을 목표를 향해 천천히 움직일 뿐이었다.

단발 여학생이 껑충한 남학생과 같이 온 다른 남학생을 보았다. 뿔테 안경을 쓴 작은 체구의 남학생이었다. 단발 여학생이 뭔가 말하더니 뿔테 남학생을 보고 웃었다. 착각의 여지가 없는, 공문서에 찍힌 인장만큼이나 또렷한 비웃음이었다.

단발 여학생을 노려보던 뿔테 남학생이 다리를 치켜올리더니 눈앞의 비둘기를 힘껏 밟았다. 새가 퍼드덕거렸고, 남학생은 계속해서 비둘기를 밟았다. 홀쭉한 남학생이 뒤에 있던 나머지 일행을 향해 손짓했다. 모두 몰려와 새들을 패대기치고 밟기 시작했다. 여학생들도 비둘기를 공처럼 걷어찼다. 새들은 저항하지 않았고, 학생들의 동작도 점점 격렬해졌다.

내내 그 광경을 멍하니 지켜보던 경비원들이 합세했다. 대걸레 자루를 든 경비원이 비둘기들을 마구 때리기 시작했다. 도구가 없는 사람들은 새들을 밟고 찼다. 고수머리 남학생 하나가 대걸레 자루를 달라는 듯 경비원에게 손짓했다. 경비원이 자루를 건네자 고수머리가 자루를 연석에 놓고는 힘껏 밟았다. 나무가 결을 따라 창처럼 뾰족하게 쪼개졌다. 고수머리는 부러진 반쪽을 경비원에게 건넨 뒤, 뾰족한 자루로 비둘기들을 사정없이 찔러댔다.

목이 기묘한 각도로 꺾인 비둘기와 한쪽 날개가 뽑힌 비둘기가 비틀거리며 걷다가 지하주차장에서 나오던 승용차 바퀴에 깔렸다. 그때쯤에는 새빨간 피가 보도블록 틈을 따라 저세상의 지하철노선처럼 이리저리 꺾이면서 사방으로 뻗어나가고 있었다.

슬리퍼를 신은 단발 여학생의 하얀 양말도 새빨갛게 물들었다. 머리를 노랗게 염색한 남학생이 비둘기들을 차례차례 집어 목을 꺾었다. 눈살은 찌푸리고 있었지만 입가에는 일그러진 미소가 떠올라 있었다. 헤어롤 여학생은 이 상황을 휴대폰으로 촬영하는 중이었다. 고수머리가 대걸레 자루에 꿴 비둘기들을 자랑스럽게 들어올리면서 좌우로 휘둘렀다.

새들은 여전히 저항하지 않았다. 날아가지도 않았다. 도망치지도 않았다.

"뭐 하는 거야?"

회초리 남자가 말했다. 나는 처음에 그게 바깥의 광경을 보고 한 말인 줄 알았다. 하지만 그는 내게 말을 하고 있었다. 내가 차 문을 열려고 애쓰는 중이었으니까. 나가서 말려야 했으니까. 물론 차 문이 열릴 리는 없었다.

"헛짓거리 하지 마."

회초리 남자는 그렇게 말하고는 눈앞에서 벌어지는 학살을 흥미롭게 바라보았다. 이제 학생들과 경비원들은 비둘기들을 닥치는 대로 집어던지고 있었다. 죽었거나, 죽어가는 비둘기들을. 살아남은 새들은 몇 마리 없었다. 새들의 시체가 단지 정문에 수북이 쌓였다. 비둘기들이 도로에 정체된 차들의 차창에 부딪히거나 본네트 위에 떨어졌다.

"저것들 우리 차에도 던지겠는데."

회초리 남자가 중얼거리고는 앨리스에게 말했다.

"유턴해."

앨리스가 수문의 개폐 밸브를 돌리듯 운전대를 꺾었다. 끼어 들기를 당한 반대편 차선의 차가 요란하게 경적을 울렸다. 정문 이 멀어졌다.

요릭

세단에 탔을 때 나는 회초리 남자와 앨리스가 나를 시 외곽으로 데려갈 것이라고 생각했다. 어쩐지 그럴 것 같았다. 국도를 타고 가다 샛길로 빠지면 조용히 이야기를 하다가 사람을 몰래 묻기에 적당한 장소가 많이 나올 테니까. 그러나 세단은 8차선 도로를 타고 시내 중심부로 들어갔다.

앨리스는 미술관 복도를 걷는 도둑처럼 조심스럽게 차를 몰았다. 교통체증 탓만은 아니었다. 새들을 깔아뭉갤 때마다 과속방지턱에 걸린 것처럼 차가 덜컥거렸는데, 회초리 남자가 그때마다 짜증을 냈기 때문이었다.

새들이 어디에나 있었다. 주로 비둘기들이었지만 참새도 많고 까마귀와 까치도 보였다. 딱새와 곤줄박이가 보도블록을 깡충깡충 뛰어다녔다. 크기도 색깔도 종류도 다를지언정 날개와 다리가 각각 두 개이고 부리는 하나라는 것, 그리고 날개를 쓸 생각은 조금도 하지 않는다는 점은 모두 같았다.

날아가는 새는 한 마리도 없었다.

교통방송에서는 시내 전역에 새떼가 출몰하고 있다는 제보가 잇따라 들어오고 있으며, 현재 소방과 경찰 인력이 출동하여 새들을 포획하고 있지만 상황이 정상화되기까지는 상당한 시간이 걸릴 것이라고 했다. 하지만 방송에서 가장 크게 강조하고 있는 것은 새들을 학대하지 말아달라는 당부였다. 동물을 학대하는 행위는 관련법에 따라 처벌을 받을 수 있습니다. 무의미한 살생을 멈추기를 당부드립니다.

차를 타고 가는 동안 교통방송에서 우려했던 광경이 자주 눈에 띄었다. 할머니들이 까치를 향해 돌을 던졌다. 배부른 길고양이들은 멧새를 가지고 노느라 정신이 없었고, 개들은 느긋이 돌아다니다가 이따금씩 할미새의 목을 물어뜯었다. 체육복을 입은 남학생들이 지빠귀를 밟아 터뜨렸다. 쓰레기통 앞에 높이 쌓인 새들이 불타고 있었다. 죽은 새들이 아니었다. 직박구리가 불속에서 날개를 퍼덕거렸다. 기름을 먹은 새까만 연기가 피어올랐다. 정장을 입은 젊은 여자가 장작을 집어넣듯 새들을 더 던졌다. 행인들은 조류의 피와 체액으로 미끌미끌해진 보도블록을 지그재그로 걸어갔다. 하얗게 칠한 쇼핑몰 벽에 새빨간 얼룩이 점점이 묻어 있었다. 머리가 터진 박새가 벽을 따라 미끄러져 내려가다 중간에 멈춘 채 잘못 건 박제처럼 매달려 있었다. 유치원생들이 죽은 오목눈이를 집어 헝겊인형처럼 가지고 놀았다. 교사들이 기겁을 하며 새를 빼앗아 쓰레기통에 집어넣었다.

이걸 모두 내 눈으로 직접 본 건 아니다. 한동안 소셜미디어와 인터넷 동영상 사이트에 그날의 광경이 수없이 올라와 있었다. 내가 본 것 중 가장 인상 깊었던 작품은 자취방 벽에다 네일건으로 새들을 한 마리씩 박아넣으며 즐거워하던 스물일곱 살(본인이 직접 나이를 밝혔다) 공무원시험 준비생과("이래도 안 꿈틀거리네요? 혹시 이거 좀비 새 아냐?"), 펜치로 잘라낸 참새 머리를 목걸이처럼 꿰어 걸고 춤을 추던 인터넷 방송 진행자가 나오는 영상이었다.

지금은 그날의 기록이 많이 남아 있지 않다. 방송통신위원회 소속 모니터 요원들이 죽도록 노력한 덕분이기도 하지만, 스스로 영상이나 게시물을 삭제한 사람들도 많았다. 사람들은 마치 꿈에서 깬 것처럼, 그리고 그 일이 실제로 꿈이었던 것처럼 굴었다. 간혹 누군가 온라인 커뮤니티에 그날의 영상을 올릴 때가 있다. 그러면 사람들은 침묵이 만국 공통의 에티켓이라도 되는 양 아무 반응도 보이지 않는다. 조회수는 계속 올라가지만 댓글은 하나도 달리지 않는다. 하다못해 왜 이런 영상을 올리느냐는 항의조차도 없다. 그러다 몇 시간 뒤 관리자가 게시물을 삭제하고는 운영 원칙을 위반하였기 때문에 삭제하였다는 공지를 올리고, 게시물을 올린 인터넷 이용자의 IP 주소를 차단한다.

그러나 그럼에도 불구하고, 영상은 가끔씩, 하지만 끈질기게 올라온다. 마치 우리가 잊어서는 안 되는 기억이 있다고 주장하는 것처럼.

세단은 대형 백화점이 있는 사거리에서 우회전한 다음 멀티플

렉스 영화관과 대형 한의원 사이에 난 골목으로 진입했다. 길을 따라 5, 6분 정도 가다 보니 다시 대로가 나왔다. 도로 건너편에 아파트 단지가 보였다. 아파트에 대해서는 아는 게 거의 없었지만 그 단지는 금방 알아볼 수 있었다. 10년 가까이 도심 재개발 관련 뉴스에 빠지지 않고 등장하는 바로 그 아파트 단지로, 그렇지 않아도 지나치게 시세가 높은데 재개발을 허용할 경우 주변 주택 가격이 폭등할 가능성이 크다는 이유로 재건축 허가가 떨어지질 않는 곳이었다.

세단이 단지 주차장에 멈췄다. 앨리스가 시동을 끄고 차에서 내렸다. 나는 문을 열고 밖으로 나갔다.

아파트 단지는 멀리서 볼 때도 낡아 보였지만 가까이서 보니 더 낡아 보였다. 벗겨진 칠 아래 외벽에는 이리저리 금이 가 있었다. 도로 쪽에 가까운 동 외벽에 정부와 시청을 비난하는 현수막이 걸려 있었다. 플라타너스 나무가 길을 따라 늘어서 있었다. 멀리 커다란 굴뚝이 보였다. 그리 높지 않은 돌담이 둘러쳐져 있을 뿐이었는데도 단지 안은 다른 세상처럼 평화로웠다. 새도, 새를 죽이는 사람들도 보이지 않았다.

그러나 냄새까지 어쩔 수는 없었다. 냄새가 담을 넘어 들어왔다. 불에 타는 깃털과 생살의 역한 냄새, 거기에 희미하게 섞인 피비린내.

앨리스가 앞장섰다. 회초리가 다시 나를 툭 밀었다.

엘리베이터는 느리게 올라갔다. 문이 열릴 때마다 삐걱거리는 소리가 났다. 우리는 7층에서 내려 복도를 걸었다. 어린아이용자전거, 쓰레기봉투, 택배 상자 따위가 복도에 나와 있었다. 앨리스가 복도 맨 끝 아파트 현관문의 비밀번호를 누른 다음 문을 열고 옆으로 비켰다. 회초리가 또 내 몸을 건드리는 게 싫었기 때문에 나는 얼른 안으로 들어갔다.

아파트는 신발을 벗고 들어갈 필요가 없었다. 바닥이 발자국 투성이였다. 집 안에는 세간이라 할 만한 것이 거의 없었다. 실내는 짐을 뺀 지 오래된 듯한 분위기를 풍겼다. 부엌에서 낡은 냉장고가 웅웅거리는 소리를 냈고, 싱크대에는 찻잔 몇 개가 놓여 있었다.

회초리 남자가 턱짓을 했다. 나는 거실로 통하는 미닫이문을 열었다. 휑하니 넓은 공간 한가운데에 철제 의자가 놓여 있었다. 그 앞에 둥그렇고 조그만 목재 테이블이 있었다. 테이블에 놓인 무언가가 내 시선을 끌었다.

머리뼈였다. 어른 주먹보다 조금 큰 크기에 입은 툭 튀어나왔고 커다란 앞니 옆에 길쭉한 송곳니가 달려 있었다. 색깔은 갱지처럼 옅은 잿빛이었다. 정수리 부분이 거실 창으로 들어오는 햇살을 받으며 은은하게 빛났다.

"앉아."

회초리 남자가 말했다. 나는 의자에 앉았다. 회초리 남자가 내 뒤에 섰다.

몇 분 뒤 현관문이 열리는 소리가 났다. 앨리스가 휠체어를 끌고 안으로 들어왔다. 쟁반을 든 수수한 차림의 중년 여자가 그 뒤를 따랐다. 휠체어에는 무릎에 담요를 덮은 노인이 앉아 있었다. 앨리스가 휠체어를 테이블 옆에 멈춘 다음 내 등 뒤로 와서 섰다. 여자가 쟁반에 있던 것들을 테이블에 올려놓았다. 볶은 콩이 가득 쌓인 접시, 커다란 찻잔. 노인이 고개를 끄덕였다. 여자가 허리 숙여 인사하고 나갔다.

침묵이 흘렀다. 노인이 접시로 손을 뻗어 볶은 콩을 한 움큼 쥐고 입에 넣어 씹었다. 딱딱한 껍질이 부서지는 소리가 빈 거실에 크게 울렸다. 노인은 콩을 씹어 넘기고는 차로 입을 헹궜다. 그런 다음 앨리스를 보고, 내 얼굴을 보고, 내 어깨 너머를 보았다.

"데려왔습니다."

회초리 남자가 말했다. 노인이 피식 웃더니 볶은 콩을 집어 내 머리 위로 던졌다.

"지금이 몇 신 줄은 아냐? 사람을 낳아갖고 길러서 데려왔냐?"

"새들 때문에 막혔다고 문자드렸잖아요, 할아버님."

"퍽이나 읽겠다. 나는 반은 소경이라고, 용건이 있으면 전화를 하라고 했지."

회초리 남자는 대답하지 않았다. 노인이 계속 말했다.

"새가 뭘 어쨌다고 막혀?"

"새들이 몽땅 땅에 처박혀 있단 말이에요."

"처박혔다고?"

"날질 않는다고요. 사람들이 새들을 막 때려잡고 난리였단 말입니다."

"그래?"

노인이 입을 헤 벌린 채 뭔가를 생각하다 씩 웃었다.

"완벽해."

노인이 키득거렸다.

"완벽해. 정말 완벽해. 역사란 참 정말⋯⋯."

그러더니 갑자기 짜증스러운 말투로 내뱉었다.

"그러게 더 일찍 출발하랬지. 아침은 갔다 와서 먹어도 된다고 그랬지. 그걸 끝까지 처먹겠다고⋯⋯ 앨리스도 너보다는 덜 처먹겠다."

앨리스는 아무 반응도 보이지 않았다. 노인이 고개를 돌려 나를 보고 히죽 웃었다.

길쭉하고 여윈 늙은이였다. 파란색 카디건과 하늘색 셔츠를 입었고, 코르덴 재질의 고동색 바지에 쥐색 털신을 신었다. 무릎에 연갈색 울 담요를 덮었는데, 먹다 남은 콩 몇 개가 무릎 사이 움푹 들어간 자리에 떨어져 있었다. 메추리알처럼 동그란 두상 위로 희끗한 백발이 아무도 찾지 않는 무덤에 난 풀처럼 돋아나 있었고, 이마와 눈가의 피부는 물에 젖은 듯 쪼글쪼글했다. 눈동자는 광택 없이 공허하게 새까맸다.

그리고 어딘지 모르게 누군가를 닮았다.

"아침부터 불러서 미안하게 됐소."

노인이 입을 열었다. 오랫동안 알고 지내기라도 한 것처럼 편안한 말투였다. 나는 대답하지 않았다. 머리뼈가 뻥 뚫린 눈구멍으로 나를 바라보았다.

"내 옛날 친구요."

노인이 내 시선을 알아차리고는 말했다.

"예전에 기르던 원숭이지. 그냥 보내기는 섭섭해서 이렇게 옆에 놓고 가끔 말도 걸고 그래. 귀여운 녀석이었지. 재롱도 잘 떨었고."

노인이 머리뼈로 손을 뻗어 한때 재롱둥이였던 것의 정수리를 쓰다듬었다. 그러고는 담요에 떨어진 볶은 콩을 집어 입에 넣고 깨물었다. 말발굽만큼이나 튼튼한 이빨이었다.

노인이 콩을 우물우물 씹으며 말했다.

"이름을 지었어야 했는데, 죽고 나서야 그 생각이 떠오른 거야. 살아있을 땐 원숭아, 원숭아, 이래도 충분했거든. 혹시 뭐 적당한 이름 같은 거 없을까?"

"요릭."

노인이 눈썹을 치켜올렸다.

"요리?"

"요릭.《햄릿》에 나오는 이름입니다."

"흠."

"광대였죠."

노인이 회초리 남자를 보았다.

"너보다 열일곱 배는 똑똑한데?"

"선생이잖아요. 얄팍하게 많이 아는 종족이에요."

회초리 남자가 말했다.

"맞아, 그랬지. 영어 학원 선생이었지. 아니, 강사인가, 그럼? 내 미리 좀 알아봤습니다. 미안해요. 그래도 내가 만날 사람이 누군지는 알아야 하잖아. 나는 사람을 거의 안 만나거든. 아는 사람만 만나는데, 이젠 아는 사람이 거의 없어. 다들 나보다 먼저 죽는 바람에. 그래서 사람 만나는 게 신중해요. 아무튼 요릭, 요릭이라."

노인이 생각에 잠겼다.

"기각. 발음하기 너무 어려워. 옛날 같았으면 사형이야, 선생."

그가 킬킬거렸다.

"흰소리 집어치우고, 피차 바쁜 처지에 용건부터 말해야겠지. 나는 한별이 외삼촌이오."

노인이 그렇게 말하고는 내 반응을 살폈다. 하지만 내가 경악한 표정으로 거실에서 재주넘기를 하지 않자 실망했는지 계속 말을 이었다.

"걔 엄마가 내 누이지. 나보다 두 살 많아. 저기 저 놈은 내 손자고. 그러니까 따지고 보면 한별이가 저 녀석 종숙인 거요. 항렬이 그런 식으로 꼬이는 게 드문 일은 아니지. 이 경우는 좀 많이 꼬인 거지만."

노인, 본인의 말에 따르면 한별의 외삼촌이 킬킬 웃었다.

"선생한테 부탁하고 싶은 건 간단한 일이야. 나는 우리 조카가 필요해. 그러니 선생이 걔를 여기로 데려와. 둘이 친한 사이지, 그렇지? 앨리스 말에 따르면 같이 햄버거도 먹고 그랬다던데? 그러니 선생 말은 듣겠지. 아무튼 애를 데리고 여기로 온 다음 집으로 돌아가면 돼. 나머지는 우리가 알아서 할 거야."

"직접 연락하시면 되지 않습니까."

"뭐라고?"

"외삼촌이라면서요. 직접 연락하시죠."

"이해를 못하는군."

노인이 말했다.

"그래도 됐을 일이면 내가 왜 선생을 여기까지 불렀을까?"

"유괴에 낄 생각은 없습니다."

"유괴가 아냐. 나는 걔 외삼촌이라고. 삼촌이 조카를 유괴한다는 말 들어봤나?"

"그렇다면 더더욱 직접 연락하시면 되겠네요."

거실에 적막이 감돌았다. 노인이 헛기침을 했다.

"할아버님."

회초리 남자가 뒤에서 말했다.

"일을 이렇게 복잡하게 하실 필요가 뭐가 있어요. 이해가 안 가네. 제가 어제도 그 꼬마는 그냥 데려오면 되는 일이라고 말씀을……."

"네 애비는 그렇게 생각 안 했을 거다."

"한참 전에 세상 떠난 사람 이야기를 또 꺼내시면 안 되죠."

노인이 손자를 노려보고는 콩을 집어 던졌다. 등 뒤에서 딱딱한 소리가 들렸다. 짐작컨대 이마에 명중한 듯했다.

"내가 뭐랬지? 세상에는 절차라는 게 있다고 그랬지. 소란 떨어서 되는 건 하나도 없다고 그랬지. 우리가 이 일에 끼어든 흔적을 남기면 안 된다고 그랬지. 이 콩 쪼가리가 네 두뇌보다 크다고 그랬지. 기억 나냐? 아니면 또 까맣게 잊어버렸냐?"

노인의 언성이 높아졌다.

"그래서 네가 뭘 했냐? 복잡하게 안 한답시고 뭘 했냐고. 나한테 말도 없이 그 애 애비를 찾아가는 바람에 결국 흔적을 남기게 됐냐, 안 됐냐? 네 애비라면 그랬을까? 세상 모두가 너보다는 똑똑하다는 소리를 내가 몇 번을 해야 하나? 네 쓸모없음을 내가 언제까지 견뎌야 하는 거냐? 나는 무슨 죄로 널 떠안고 있는 거냐? 대답을 해봐라. 네 상판에 뚫린 게 똥구멍이 아니라 입이라면 대답을 좀 해보란 말이다."

"그 멍청한 손자 덕에 목숨 건진 게 한두 번이 아니잖습니까."

회초리 남자가 대꾸했다.

"하, 뚫린 게 입이었다 이거지? 좋다. 어디 계산해볼까? 누가 적자고 흑자인지? 네놈이 길바닥에서 뒈질 뻔한 걸 내가 몇 번 구해줬는지? 니가 니 손에 쓸데없이 묻힌 피를 닦아주느라고 내가 지폐를 몇 장이나 걸레로 썼는지? 따져볼까, 응? 이 쥐좆같은 게 어디서 바락바락 대들어."

회초리 남자는 대꾸하지 않았다. 노인이 자기 손자를 물끄러미 바라보다가 다시 볶은 콩을 씹으며 분을 가라앉히고 나를 보았다. 나는 조금 복잡한 심정이 되었다. 눈앞의 저 쭈글쭈글한 얼굴에 분명 한별을 떠올리게 하는 무언가가 느껴진다는 건 분명했다. 하지만 그 무언가가 가짜 생크림처럼 느끼하고 진실하지 않은 기운을 풍기고 있다는 것도 분명했다.

노인이 말했다.

"자, 봐요, 선생. 시간 낭비하지 맙시다. 오는 길에 새들이 난리가 났다며. 난 그게 뭔지 알아. 뉴스도 봤겠지. 뼛조각들이 마구

나오는 거. 난 그것도 무슨 뜻인지 안다고. 지금 이 상황을 그냥 놔두면 점점 더 일이 커질 거요. 뼛조각이나 비둘기 따위 정도는 명함도 못 내밀 일들이 벌어질 거야. 내 그건 장담하지. 당신네들, 도서정리협회가 그걸 막으려고 한다는 것도 알아. 며칠 전까지도 당신네들이 누군지 몰랐지만 이젠 알아. 늦었다 싶을 때가 제일 빠른 때지."

노인이 다시 키득거렸다.

"이 난리를 수습하고 싶겠지. 그러려면 뭘 해야 하는지도 알고 있을 거고. 문제의 근원을 제거하려고 하겠지. 그렇지 않나? 하지만 내가 장담하지. 그게 당신네 생각처럼 쉽지는 않을 거요. 당신들은 당신들이 상대하는 게 뭔지도 제대로 모르잖아. 아마 당신네들이 생각하는 것보다는 훨씬 손을 크게 더럽혀야 할걸. 그런데 실은 그게 바로 우리가 하는 일이거든. 조용히, 차분하게. 원래는 무척 비싸게 받아야 할 일이지만 이건 어디까지나 가족 문제이기 때문에 내가 좀 양보를 할까 해요. 간단히 말해 아무것도 요구하지 않겠다는 거지. 봐요, 난 더 이상 이 세상의 역사에 끼어들고 싶지 않아. 소란 떨지 않고 살다 죽고 싶다고. 이게 내가 할 마지막 일이 될 거요. 알아듣겠소?"

"알아들었습니다."

"다행이군."

"자기 조카를 유괴하는 데 가담하라는 말씀, 잘 알아들었습니다."

회초리 남자가 낄낄 웃었다.

"헛수고하셨네요, 할, 아, 버, 님."

"입 다물어라."

"그냥 저희한테 맡기시죠. 딱 10분만 이 선생을 빌려주시면 1등급 소고기처럼 야들야들하게 만들어드린다니까요."

"다물라고 그랬다."

"공동주택에서 층간소음은 곤란할 텐데."

내가 말했다.

"그건 걱정하지 마, 시궁쥐. 이 아파트 위, 아래, 옆집이 다 우리 거거든."

"우리 거? 여기 네 것이 있다고? 거 참 대단하시네. 그 나이에 자기 아파트도 있고, 응?"

노인이 회초리의 말을 끊고는 내게 씩 웃었다.

"좀 공격적으로 투자를 하긴 했지. 뭐, 괜찮아. 곧 재건축 허가가 떨어질 거야. 내가 들은 게 있거든. 그 전까지는 이렇게 오붓한 대화방으로 쓰면 되는 거고. 손자 놈 말대로 층간소음은 너무 걱정할 거 없어요. 이 집에 들른 사람들이 다들 목청껏 소리도 지르고 발도 굴렀지만 아무도 찾아오지 않았거든. 부자 동네 좋은 게 그거지. 사회간접자본이 하도 튼튼해서 이런 데서는 아무 일도 일어나지 않을 줄 안다고."

나는 고개를 끄덕였다. 달리 반응할 방법이 없었다. 노인이 입 안에서 혀를 이리저리 굴리면서 생각에 잠긴 표정을 지었다.

"내 얘길 하나 해주지."

마침내 노인이 입을 열었다.

"이 이야기를 듣고도 선생이 내 제안을 거절하겠다면 그땐 나도 더 이상 할 말이 없어. 하지만 그 전에 일단 내 얘기를 들어보시오. 그런 다음에 다시 논의를 해보지."

노인이 나를 가만히 바라보았다. 회초리 남자의 눈빛이 어디서 온 건지 분명히 알 수 있었다. 반사광이 없는 새까만 눈. 수없이 많은 뱀들이 바닥에서 꿈틀거리고 있는, 메마른 우물 같은 눈.

"아직 그 정도 시간은 있으니까."

노인이 말했다.

단단한 벽과 깨끗한 들

노인이 헛기침을 하고 차를 마셨다.

"너 아까 새들이 어쩐다고 그랬더라?"

"땅에 처박혀 있다고요."

회초리 남자가 대답했다.

"네 가발처럼 말이지."

"저기……."

"안다. 모발 심었다는 거. 그냥 농담해본 거다."

노인이 키들거렸다. 등 뒤에서는 대답이 들리지 않았다. 노인이 말을 이었다.

"새들이 한꺼번에 내려앉아 있는 광경을 살면서 딱 한 번 본 적 있지. 날개를 펴는 것들이 거의 없었어. 다들 고기 맛에 미쳐 있었거든. 내 고향에서 그 광경을 봤어. 선생이 혹시 그 동네 이름을 들어본 적이 있을까 모르겠네. 지리산 인근의 어디냐 하면…… 아니, 됐어. 어차피 말해봤자 모르겠지. 지금은 남아 있지도 않으니까."

노인이 손을 휘휘 내저었다.

"영어 선생이라도 '골로 간다'는 말은 들어봤겠지. 무슨 뜻인지 아오?"

"사람이 죽는다는 뜻이라고 알고 있습니다."

"그렇지. 똑똑하군. 역시 선생이야. 그런데 어디로 가서 죽느냐? 골짜기로 가서 죽는다는 얘기야. 사람이 골짜기로 가서 죽을 이유가 뭘까? 덫을 놓다가? 약초를 캐다가?"

노인이 심술궂게 미소를 지었다.

"아니면 첩이랑 새벽에 산에서 재미를 보다가?"

나는 대꾸하지 않았다. 답을 바라고 하는 질문이 아니었다. 노인이 직접 결론을 냈다.

"빨갱이라서 그래. 빨갱이니까 골짜기로 가 죽는 거야."

냉장고가 다시 웅웅거렸다. 누가 옷 속에 얼음을 떨어뜨리기라도 한 것처럼 노인이 몸을 슬쩍 떨고는 말을 이었다.

"난 전쟁 때 돈을 벌기 시작했어. 선생도 알지 모르겠지만 돈을 벌려면 돈이 있어야 해. 돈은 사람이 버는 게 아냐. 돈이 벌지. 근데 돈은 고분고분하지 않아. 돈도 돈을 봐가면서 따르지. 난 가난한 산골 출신에 배운 것 하나 없는 무지렁이였고, 돈을 벌 돈 같은 건 없었지. 전쟁이 나지 않았다면 소를 치면서 남의 밭이나 갈다가 죽었을 거야.

전쟁이 일어나면 세상이 바뀌지. 안 바뀌는 것도 많지만, 바뀌는 건 확실히 바뀌는 거야. 총알은 평등하거든. 죽창도 평등해. 누구의 대가리에 박혀도, 아무의 배때지에 꽂혀도 제 할 일을 하지. 돈도 고분고분해져. 창녀처럼 고분고분해지지. 똑똑한 놈들은 그걸 알아. 난 똑똑했어. 국군이 북진할 때 트럭을 몰고 따라갔어. 그때 서울을 처음 갔지. 창경원에서 낙타도 봤어. 인민군이 동물은 건드리지 않았거든. 수복된 평양으로 올라가 물물교환을 했어. 그 사람들에게 지금 당장 필요 없는 걸 받은 다음에 그들에게 바로 지금 필요한 걸 줬지. 절대 공으로 가져온 적은 없어. 양심 없는 인간들은 그렇게 했지. 집 안의 물건을 다 털고 나서 남쪽 돈을 줬다고. 그 사람들한테는 쓸모도 없는 돈을. 통일이되면 쓸 데가 있을 거라면서. 하지만 나는 도리라는 걸 알았거든. 사람은 도리를 알아야 돼. 선생도 그렇게 생각하지 않나?"

"그렇게 생각합니다."

"대답이 시원하군. 마음에 들어. 그러다 중공군이 반격할 때다시 내려왔어. 부대에서 안면을 튼 장교 하나가 나를 마음에 들어 했지. 내게 괜찮은 사람들을 소개시켜주겠다고 했어. 알고 보니 그 장교 나으리가 어디 지줏집 도련님이었는데 사주에 무슨마가 끼었는지 정신이 회까닥 나갔던 거야. 대학을 가서 징집을피하라고 가족들이 그렇게 애원을 했는데 덜컥 자원입대를 해버린 거지. 죽진 않았어. 무릎 아래가 잘려나갔지만 살아서 집에갔고 천수를 누렸지. 뭐, 중요한 얘긴 아니야. 중요한 건 그 도련님이 소개한 사람들이지. 미군부대 물자를 융통성 있게 취급하던 사람들이 있었거든. 같이 모여 앉아서 괜찮은 아이디어들을 짰지. 요즘 식으로 말하자면 유통업과 금융업을 결합하는 것이었어. 조만간 정전협정이 체결될 거라는 소문도 있었고, 어느 쪽과 연줄이 닿느냐에 달린 것이긴 했어도 전망이 밝았어. 설을 쇤 다음 그 사람들과 다시 만나기로 했지. 선물을 싸 들고 고향으로 갔어."

노인이 입을 다물었다. 깊은 생각에 빠진 사람이 그렇듯 두 눈이 딱히 어디랄 것 없는 방향에 고정되어 그 너머를 응시했다.

"견벽청야(堅壁淸野)라는 말은 혹시 들어본 적 있나?"

노인이 다시 말을 시작했다.

"처음 듣습니다."

"성벽을 단단히 하고, 들을 깨끗이 비우라. 그런 뜻이야. 적이 들판에 있는 걸 이용하지 못하게. 장개석이 공산당 놈들한테 써먹었던 전술이지. 그걸 국군이 들여온 거야. 이유가 있어. 국군이 북진하면서 퇴로가 막히는 바람에 후방에 남겨진 빨갱이들이 산으로 들어갔는데, 이것들이 밤에 내려와 경찰서를 습격하고 마을 사람들에게서 식량을 징발해갔거든. 정부에서는 토벌대를 보냈지. 그 토벌대에 하달된 작전이 바로 그거였어. 견벽청야. 작전지역 안에 있는 모든 걸 쓸어버리기로 한 거야. 빨갱이들이 이용할 만한 건 다 없애버리는 거지. 집이건, 소이건, 닭이건, 쌀이건, 사람이건."

노인이 물을 마시고 마지막 말을 반복했다.

"사람이건."

노인이 머리뼈를 쓰다듬었다.

"다 쓸어버리는 거야. 집을 쓸어버려야지. 빨갱이들이 마루 밑에 숨어 있을 수 있으니까. 소를 쓸어버려야지. 배고픈 빨갱이들이 소를 잡아먹을지 모르니까. 쌀을 쓸어버려야지. 굶주린 빨갱이들이 그걸로 밥을 지어 먹으면 안 되니까. 사람을 쓸어버려야지. 산에 있는 사람뿐 아니라 마을에 있는 사람도 다 쓸어버려야지. 당연하지. 그중에 빨갱이가 섞여 있을 테니까. 본색을 숨기고 있을 테니까. 낮에는 태극기를 흔들다가 밤에는 인공기를 내걸 테니까. 젊은이를 쓸어버려야지. 산에 올라가 빨갱이가 되기 전에. 노인도 쓸어버려야지. 제 자식이 산으로 들어가 빨갱이가 됐으니까. 여자도 쓸어버려야지. 빨갱이랑 정을 통하고 있으니까. 어린애도 쓸어버려야지. 젖먹이도 쓸어버려야지. 빨갱이의 씨앗이니까. 빨갱이들이 우리 경찰을 공격했으니까. 빨갱이들이 우리 국군에게 총을 쐈으니까. 당연히 다 쓸어버려야지! 복수해야지! 골짜기에 몰아넣고 기관총을 갈겨야 하는 거지! 혹시나 죽은 척하는 놈들이 있을지 모르니 총검으로 찌르고 숨이라도 쉴라치면 확인사살을 해야지! 대가리에 총알을 박고 심장에 칼을 쑤시는 거지! 후환을 남겨서는 안 되는 거지! 시작을 했으면 끝장을 봐야지!"

노인이 말을 멈췄다. 얼굴이 붉어지면서 금방이라도 쓰러질 것처럼 씨근댔다. 나는 뒤를 흘끗 보았다. 앨리스는 두 손을 앞으로 모은 채 무표정하게 서 있었다. 회초리 남자가 하품을 하려고 입을 벌리다가 나와 눈이 마주쳤다. 그가 나를 내려다보면서 입가에 희미한 비웃음을 띠었다.

나는 자세를 바로 하고 노인을 보았다. 노인의 호흡이 안정을 찾았다. 그의 눈빛이 과거를 비추는 탐조등처럼 순간 밝아졌다가 이내 사그라졌다.

"예순세 명."

노인이 다시 말을 시작했다.

"우리 마을 사람 숫자야. 다 죽었어. 한 사람도 빠져나오지 못했지. 할아버지, 할머니, 아버지, 어머니, 형님, 동생, 매형, 조카, 삼촌, 사촌, 오촌, 당숙, 고모, 고모부…… 며칠만 일찍 도착해도 나도 그중 하나가 되었겠지. 집은 다 타버렸어. 우리 집도, 다른 집도, 몽땅 다 탔어. 건너편 마을에 사람들이 남아 있었지만 누구도 시신을 수습하러 가지 못했지. 마을을 그렇게 만들어놓은 부대의 부대장이 단단히 엄포를 놓고 갔거든. 빨갱이 시신을 거둬들이는 자도 빨갱이로 간주하겠다고. 나도 그냥 지켜볼 수밖에 없었어. 울면서 봤지. 우는 소리도 못 내고 눈물만 흘렸어. 혹시나, 아주 혹시나, 국군이 돌아와서 통곡하는 나를 보면 네놈도 빨갱이구나, 이럴까봐. 시체들 위에 까마귀 떼들이 새카맣게 몰려들어 있었지. 사람 고기 맛에 넋이 나가서 말이야.

나중에 당시 작전을 기록한 보고서를 볼 일이 있었어. 원래 민간인은 열람하면 안 되는 거지만 어디든 노력하면 길은 뚫리는 법이지. 거기 내 고향마을에서 공비를 토벌했다고 적혀 있더군. 그러니까 그게 전과였던 거야. 도발하는 적을 사살하고 적의 무기를 노획했다고 자랑스럽게 적혀 있었어. 호미, 가래, 낫, 그게 노획한 무기였어. 그래, 그걸로 사람을 죽일 수야 있긴 하지. 그렇지 않나?"

노인이 키들거렸다.

"어리석은 작전이었어. 어리석기 그지없었지. 국군이 자기네 국민을 적으로 간주하고 실시한 작전이었단 말이야. 더 웃긴 게 뭔지 아나? 당시 국군은 낮에만 마을에 주둔했다가 밤에는 철수했어. 그러면 밤에는 빨갱이들이 몰려와서 밥을 내놓으라고 성화를 부렸다고. 민간인들이 그걸 무슨 깡으로 거부하나? 그랬다간 다 죽게 생겼는데. 빨갱이들에게 밥을 주는 게 싫었으면 밤에도 마을을 지켰어야지. 성벽은 마을에 쌓았어야지. 자기들이 당연히 해야 할 일을 방기해놓고서는 빨갱이에게 협력했다는 이유로 다 죽여버렸단 말이야."

나는 아무 말도 할 수 없었다. 노인이 계속 말했다.

"어리석고 끔찍해. 근데 말이요, 선생, 그게 **역사야**."

노인이 수면 위를 스치듯 날아가는 새처럼 목소리를 낮췄다.

"그게 역사라고. 역사는 어리석음과 끔찍함으로 가득한 피바다야. 우리는 그 바다에 떠 있는 섬의 주민이고. 매일매일 해풍을 타고 섬으로 피비린내가 몰려와. 섬에 사는 똑똑한 자들은 그게 우리의 적들이 풍기는 냄새라고 주장해. 저 바다 저편에 피 냄새를 풍기는 적들이 있다는 거야. 그리고 우리 안에 그들과 내통하는 적들이 있다고 주장하는 거지. 냄새가 나는 게 그 증거라면서. 그런데 알고 있나? 저 바깥에는 아무것도 없어. 적이고 동지고 없다고. 있는 건 역사라는 피바다뿐이야. 똑똑한 친구들도 그걸 알아. 그런데 왜 그러느냐? 내부의 적을 해치울 구실이 필요한 거야. 그래서 그 피 냄새에 민주주의, 자본주의, 공산주의 같은 이름을 편한 대로 붙인 다음에 역사는 자기편이라고 주장하면서 자기들에게 방해되고 보기 싫은 인간들을 피바다에 처박는 거야. 당하는 입장에서는 이런 불운이 없지.

하지만 더 똑똑한 사람들은 역사 자체가 저주라는 걸 알아. 역사가 운 없는 사람에게 저주를 내리는 게 아니야. 역사가 이미 저주야. 무슨 말인지 알겠나? 그걸 깨닫고 나면 길은 둘 중 하나야. 섬을 탈출하느냐, 거기서 그렇게 살면서 언제 무슨 말도 안 되는 구실로 죽을 날을 기다리느냐. 나는 고향에서 벗어났듯이 역사에서 벗어나야 했어. 어리석고 끔찍한 역사에서. 왜냐하면 나는 그럴 수 있었고, 그래야 했으니까.

서울로 돌아와보니 창경원은 다 파괴되어 있었지. 낙타는 목만 남아 있었어. 굶주렸던 사람들이 동물을 전부 다 잡아먹었거든. 허망한 마음으로 폐허가 된 동물원을 둘러보다가 부상당한 원숭이 한 마리를 발견했어. 그게 이 녀석이야. 그 뒤로 쭉 키웠지."

노인이 머리뼈를 다정히 쓰다듬었다.

"그 이후로 난 조용히 살았어. 조용히, 아주 조용히. 그게 내가 세운 유일한 원칙이었지. 역사의 그늘에서 살아가는 것. 역사라는 피바다를 아무도 모르게, 물보라 하나 일으키지 않고 항해하는 것. 몰살당한 빨갱이 마을의 생존자답게, 토벌당한 공비의 자손답게. 어렵다 하면 어려운 일이지만 쉽다 하면 길이 보이게 마련이야. 당연히 돈도 큰 도움이 되었어. 침묵에는 돈이 들지. 은

신에도 돈이 들고. 돈은 이념보다 힘이 세. 그건 분명해. 하지만 그것만으로는 충분치 않아. 돈을 빼앗고 싶다면 이념만큼 좋은 핑계가 없던 시절이 있었지. 쥐고 있는 게 탐스러울수록 더.

물론 욕심을 부리고 싶은 순간도 있었지. 사람들 앞에 나서서 빛을 보고 싶을 때도 있었고. 이 비루한 몸에게도 그런 기회가 아예 없었던 건 아니었어. 하지만 바로 그때가 함정이야. 즉시 과거가 발목을 잡거든. 내가 저지르지 않은 죄라는 과거가. 이 나라가 그래. 자기가 저지르지 않은 죄로 인해 언제든 피바다에 빠져 죽는 게 이 나라라고. 그렇게 보자면 나 또한 역사의 희생자인 셈 아닌가? 어떻게 생각하나?"

나는 잠시 생각했다.

"그 점은 동의합니다."

"좋아. 우린 이제 통하는 점이 생겼어."

노인이 씩 웃었다.

"그러던 어느 날 어떤 부고 기사를 읽었어. 많은 사람들의 존경을 받던 사립학교 이사장이 지병으로 사망했다는 기사였지. 유족으로는 아내와 아들, 딸 둘이 있었고. 그게 다였어. 그 이상 뭐가 더 필요하겠나? 이미 죽어버린 사람의 인생 같은 게 뭐가 궁금하겠나?

하지만 말이야, 선생, 세상에는 말하지 못하는 게 말할 수 있는 것보다 훨씬 더 많아. 신문 쪼가리가 그런 걸 다 담을 수가 없다고. 이를테면 말이오, 선생, 그런 짧은 부고 기사에는 죽은 이사장께서 젊은 시절 부대장으로 견벽청야 작전을 훌륭히 수행했고, 그가 세운 전공 중에는 내 고향 마을에서 암약하던 공비 전원을 토벌한 것도 포함되어 있다는 사실까지는 쓸 수도, 쓸 필요도 없지. 그렇지? 설사 그 정도까지는 알아낼 만큼 똑똑한 기자가 있다손 치더라도, 그래서 그걸 기사로 끄적거리다가 회사에서 잘리더라도, 그 부대장이 나와 사업을 같이 했으며, 내 사업이 그분 덕에 컸다는 사실까지는 알 수가 없는 거요. 알아서도 안 되는 거고."

노인이 콜록거렸다.

"그래요, 선생, 나는 지금 무척 솔직하게 말하고 있는 거야. 이렇게까지 솔직해야 하나 싶을 정도로 다 털어놓는 거요. 그래야 선생이 나를 믿을 테니까.

내가 역사는 저주라고 했지. 난들 내 가족의 원수와 사업 따위를 하고 싶었을까? 심지어 그 밑에 들어가서 이런저런 지시를 받는 게 기분이 좋았을까? 하지만 어느 순간에는 선택을 해야 해. 그 복잡한 정황을 구구절절 늘어놓기는 싫소. 나로서도 마음 편한 결정은 아니었다는 것만 말하고 싶어.

같이 일하다 보니 알겠더군. 그자는 천성이 잔인한 인간이었어. 그 작자에겐 전쟁이 천국이었지. 아, 그 말은 내가 직접 들은 거요. 사람을 마음 놓고 죽이던 그 시절을 어찌나 그리워하던지. 그자는 복무 당시 일본도를 즐겨 차고 다녔다오. 그 시절엔 그런 장교나 경찰들이 꽤 있었지. 내가 읽은 다른 보고서에 그 일본도 이야기가 나와. 보고서에 따르면 우리의 부대장께서는 빨갱이에게 본보기를 보여주겠다면서 포로 하나를 끌어냈다는군. 그런 다음 무릎을 꿇려 일본도로 목을 쳤지. 그런데 목이 한 번에 뎅겅 떨어지나? 뼈가 있고 근육이 있는데. 부대장께서는 일본도를 거듭거듭 휘둘렀고, 그러고도 목이 몸에 매달려 있으니까 신병에게 칼을 넘기면서 마무리하라고 지시했어. 전쟁터에 나왔으면 사람 죽이는 법을 배워야 한다면서. 그게 그자의 **공적**이었던 거요.

하지만 말이지, 일단 선택을 하면 돌아보지 말아야 해. 알겠나, 선생? 그자는 내가 필요한 걸 줄 수 있는 사람이었고, 그자의 친구들도 그랬지. 나는 그게 필요했고, 내 출신에 대해서는 입을 다 물어야 했다. 그 상황에서 내가 달리 무슨 방법이 있었겠나, 응? 선생이 내 입장이었다고 생각해봐, 무슨 방법이 있었을 것 같나? 그리고 말이오, 그자는 잔인할 뿐만 아니라 교만하고 어리석었어. 내가 손을 쓰지 않더라도 언젠가는 몰락할 자였다고. 난 그치가 여자 문제로 언젠가 크게 한번 당할 거라고 늘 생각했어. 여자를 정말 좋아했거든. 개가 똥을 사랑하듯이 여자를 사랑했어. 좀 심하게 말해 치마만 두르면 달려드는 수준이었지.

내 누이는 그 틈을 노린 거고.

어떻게 그렇게까지 구워삶았는지는 모르겠지만.

나는 사실 지금도 누이가 왜 그런 짓을 했는지 잘 이해가 안 가. 왜냐고? 그런 인간 하나 죽인다고 뭐가 바뀔지 잘 모르겠거든. 자기 울분이야 좀 풀리겠지. 하지만 그다음에는? 남아 있는 사람들이 깜짝 놀라면서 벌벌 떨고 참회라도 하나? 죽은 사람들이 살아나나? 내 언제 한번 물어볼 거야. 도대체 왜 그랬냐고."

"살고 싶어서 그랬습니다."

내가 말했다.

"뭐라고?"

"살고 싶어서요."

"그건 또 무슨 말인지 통 모르겠군. 이미 살고, 살고, 또 살아서 질리게 살고 있는 몸이. 난 이렇게 늙어서 죽어가는데."

노인이 얼굴을 찡그렸다.

"뭐 좋아. 하지만 그 일이 아니었으면 내가 내 누이를 만날 일도 없었겠지. 이사장이 죽고 나서 아드님, 그러니까 도련님이 내게 은밀히 연락을 해왔어요. 도련님은 제 아비와는 다른 분이시지. 반듯하게 잘 자란 분이야. 나라를 위해 큰일을 하실 줄 진작 알았지. 나야 여기 다 쓰러져가는 아파트에서 정부가 주거 환경을 개선해주기나 기다리면서 죽어갈 뿐이지만. 아마 선생도 도련님을 알 거요. 얼마 전에 신당을 창당하셨으니까. 근데 적들이 도련님을 그냥 놔두려들지를 않아. 지금 아주 난리요. 정치란 게 너무 더러워. 전혀 관련도 없는 일에 도련님을 엮으려 한다고. 가스 회사 주식을 갖고 있는 게 죄는 아니잖아? 그런데 판결에 영향을 미쳤느니 말았느니. 더럽지. 정치란 게.

도련님이 은밀히 부르시니 나도 조심스럽게 뵈러 갔지. 도련님께서 피눈물을 흘리시더군. 아버지를 그렇게 만든 자를 절대 용서할 수 없다는 거였어. 경찰에 살인자의 처리를 맡길 수는 없다는 거였지. 뭐, 엄밀히 말하자면 내 누이가 직접 살인을 한 건 아니었지. 제풀에 쫄아서 도망가다가 발을 헛디뎌 추락한 거니까. 하지만 아드님 눈에야 그렇게 보이겠나. 아무튼 그래서, 나보

238

고 좀 알아보라고 하시더군.

그래서 돌아다녔지. 당시에는 내가 그래도 젊어서 힘이 좀 있었거든. 발길 닿는 대로 돌아다니다 보니 이런저런 얘기를 듣게 됐어. 살인범으로 짐작되는 젊은 여자의 뒤에 '인쇄소'라는 친구들이 있다는 얘기도 듣고, 그 친구들이 주로 어디를 싸돌아다니는지도 듣게 된 거야. 그래서 어느 날 그 작자들이 맨날 간다는 술집을 찾아가봤지. 대략 어떤 놈들인지는 알고 있었으니 한번 정찰이나 하자는 의미에서.

그런데 거기서 내 누이를 본 거야. 옛날 모습 그대로인 내 누이를.

봐요, 선생, 나는 귀신 따위 믿지 않아. 괴력난신은 내 인생에 없었지. 그저 하루하루 아등바등 살아가는 게 전부인 인생이었단 말이요. 그러니 내가 얼마나 놀라고 무서웠겠어? 정말로 하마터면 비명을 지르면서 도망갈 뻔했단 말이오.

선생, 나는 말이지, 그때까지 내게 누이가 있다는 사실도 오랫동안 잊고 살았어. 왜냐하면 죽었으니까. 죽은 사람은 잊어야 하니까. 나보다 두 살 많았고, 같은 마을 청년과 결혼해서 아들 하나 딸 하나를 뒀고, 그 겨울에 마을 사람들과 같이 공비로 몰려서 죽었으니까. 그렇게 까마귀밥이 됐으니까. 내가 다 확인했거든. 서류도 보고 그랬다고. 그 마을에서 살아남은 사람은 나 빼고 아무도 없었다는 걸 내가 확인했단 말이야. 그런데 그 누이가 살아 있었다고! 심지어 그때 그 모습 그대로! 살인자가 되어!

핏줄을 만났다는 기쁨은 조금도 없었어. 누이를 처음 봤을 때 내가 느낀 건 공포, 그게 다였소. 무서워 죽을 것 같았지. 왜냐하면 그건 **순리**를 벗어난 존재였으니까. 그럴 수가 없었으니까. 하지만 그럼에도, 내 눈에서 눈물이 흐르는 걸 막을 수가 없었어. 놀랍게도 역사의 그늘에서 살리라 결심한 이 나에게도 눈물이라는 게 남아 있었던 거야. 나는 울었어. 태어나서 두 번째로 울었지. 까마귀들이 불에 타서 새까맣게 변한 가족의 시신을 파먹는 꼴을 보며 울었던 그날 이후 처음으로 말이야. 저도 모르게 터져 나온 눈물이었지.

그래서 내가 어떻게 했을까? 나는 도련님을 찾아가서 말씀드렸어. 죄송합니다. 모르겠습니다. 어떤 놈인지는 몰라도 귀신같은 놈이에요. 흔적도 찾을 수 없었습니다. 도련님께서는 무척 실망하셨지. 나도 마음이 아팠지만 어쩔 수 없었어. 나중에 인쇄소 놈들이 다른 일로 걸려들었다는 소식을 들었지. 하지만 내 누이는 그중에 없었어. 어떻게 했는지는 몰라도 빠져나간 거야. 나는 속으로 다행이라고 생각했지. 물론 도련님께는 내색하지 않았지만.

자, 좋아, 지금까지는 과거야. 이제 현재 얘기를 해야겠지. 과거와 현재는 늘 연결되어 있어. 실은 그게 제일 나쁜 거야. 과거와 현재가 연결되어 있다는 것 말이지."

노인이 차를 마셨다. 잔이 딸각거리는 소리, 노인이 입을 쩝쩝거리는 소리가 조용한 거실에 울렸다.

나는 노인의 말에 가만히 귀를 기울였다. 그는 할 말이 무척 많아 보였다. 어찌 보면 내게 하는 말이라기보다는 자기 자신에게 하는 말 같기도 했다.

지금이 몇 시인지 알 수 없었다. 하지만 아마 회의는 시작되었을 것이다. 곰 선생이 나를 찾고 있을 것이다. 휴대폰은 앨리스가 갖고 있을 텐데, 앨리스는 투명인간이나 다름없는 상태로 내 뒤에 서 있었다.

나는 아파트 베란다 너머 파란 하늘을 흘긋 보았다. 새 한 마리 없는 하늘. 평소에도 하늘에서 새를 볼 일은 별로 없다. 하지만 온 세상의 새들이 땅에 내려앉아 있다는 사실을 알고 있는 지금, 저 하늘에 주인이 없다는 사실이 기이할 정도로 강렬하게 느껴졌다.

노인이 말을 이었다.

"그러니 내가 이따금씩 내 누이의 근황을 살펴봤다는 게 그렇게 놀랄 일은 아니겠지. 쉽지는 않았어. 흙탕물 속에서 미꾸라지를 찾는 기분이랄까. 누이 옆에 인쇄소 출신 남자가 딱 달라붙어 있었거든. 위조의 달인 말이야. 우리나라가 참 뭘 속이기는 쉬운 나라가 아냐. 하지만 그건 반대로 말해 한번 제대로 속이면 끝까지 그걸 끌고 갈 수 있기도 하다는 뜻이기도 해. 뭐랄까, 두 사람도 보일 듯 말 듯, 잡힐 듯 말 듯 살았어. 누이 역시 나와는 다른 방식으로 역사에서 탈출한 삶을 살고 있었던 셈이지. 나는 그걸 뒤에서 말없이 지켜봤고. 그러지 말았어야 하는데 말이야."

노인이 과장되게 두 손을 들었다.

"봐봐, 결국 그래서 이렇게 된 거 아닌가 말이야. 애초에 생겨나지 말아야 할 게 생겨나면서 세상의 순리가 뒤틀리지 않았느냐 이 말이야. 그래서 일어날 수 없는 일이 이렇게 일어나고 있지 않은가 말이야. 왜 사람들이 갑자기 사라졌다가 왜 갑자기 뼈가 돼서 나타나는가 말이야. 왜 새가 갑자기 내려앉아서 꼼짝도하지 않는가 말이야. 물론 그건 잘못된 존재가 있기 때문이야. 세상에 있어서는 안 될 존재가 있어서라고. 그렇다면 혈육인 내가그 문제에 책임을 져야 하지 않겠느냐는 거지."

"그래서 어떻게 하겠다는 겁니까?"

"조용한 곳으로 데려갈 거야. 그다음에 해결책을 모색할 생각이지. 가능한 한 빨리 해결해야겠지만."

"어떤 해결책을요?"

"모색한다니까."

냉장고에서 나던 웅웅거리는 소리가 잦아들었다. 노인이 내반응을 기다렸다. 나는 잠시 생각하다 말했다.

"그 골짜기의 죽음은 그럼 순리였습니까?"

"무슨 말을 하고 싶은지는 알겠어, 선생. 하지만 그러면 어떻게 하겠다는 건가? 그 긴 세월을 거슬러 올라가서, 그때부터 모든 걸 바로잡고 싶다는 건가? 그런 걸 할 수 있을지 없을지는 제쳐놓더라도, 그래야 할 이유가, 의미가 있나? 아냐, 그렇지 않아, 선생, 이 나라는 수많은 사람들의 피와 뼈 위에 세워진 나라야. 그 피와 뼈를 딛고 올라선 사람들이 또 다시 피와 뼈를 뿌리면서 발전시킨 나라지. 그게 우리나라만인가? 아니야, 역사라는 게 그래. 그런데 도대체 누구에게 무슨 잘못을 물을 수 있지? 만들어진 과거는 되돌릴 수 없어. 우리가 할 수 있는 건 지금의 문제를 해결하는 것뿐이야. 중요한 건 늘 현재라고. 그렇지 않아?"

"제가 거절한다면요?"

"아, 실은 그건 선택 사항에 없어, 선생. 선생이 여기 들어온 순간부터 선생이 그 일을 하기로 이미 결정은 된 거요. 나는 지금 그저 선생의 부담을 좀 덜어주고 싶을 따름이야. 어차피 선생은 그 일을 해야 하니까. 그리고 난 선생도 이 일을 하고 싶을 거라 생각해."

"무슨 근거로 그렇게 생각하십니까?"

"선생도 피해자니까. 대실종 때 가족을 잃었잖아."

노인이 콩 서너 개를 한꺼번에 입에 넣고 깨물었다. 작은 동물의 뼈가 부서지는 것 같은 소리가 났다. 노인의 눈가에 유쾌한 기색이 돌았다.

"손님을 초대하려면 그분이 누구신지는 알아야지. 전직 영어 선생이라는 것도 중요하지만 어떤 삶을 살았는가도 중요하지 않겠어? 그래서 좀 보다 보니까 선생 집안에 우환이 있더라는 걸 알게 된 거지. 부인께서 사립 중학교 수학 선생이었던데. 재단과 안 좋은 일이 있었고. 재단이 금품을 받고 자격이 부족한 교사를 채용했다는 뭐 그런 이야기를 바깥에 떠들고 다니셨다고……. 아, '떠들고'는 내가 들은 대로 말하는 거요. 아무튼 그래서 그 뒤에 고초를 좀 겪으셨다고 들었어요. 교재 선정 대가로 명품 핸드백을 받았네, 동료 교사와 수상한 관계네, 뭐 그런 소문도 돌고 그랬지요? 학생에게 인격 모독적인 발언을 했다고 해서 수업 배제도 됐고. 듣기로는 그 학생도 평소에는 안 그러던 애가 그날따

라 말을 좀 세게 했던가보던데. 위선자니 뭐니. 꼭 누가 시키기라
도 한 것처럼 말이야. 아무튼 부인께서 그러다가 사직을 했지. 그
리고 얼마 안 있다가 실종됐고."

나는 대꾸하지 않았다. 노인이 말을 이었다.

"자, 선생, 아무래도 마음이 약간 안 좋을 수는 있어. 어쨌거나
애를 속여야 하는 거니까. 그래, 뭐, 내가 거기까지는 인정하지.
애를 속이는 거 맞아. 마음이 불편하겠지. 하지만 더 크게 봐야
돼요. 지금 이 상황을 그냥 놔둘거야? 우리가 언제까지 과거에
발목이 잡혀야 할까? 잘 생각해야 해요, 선생. 그건 그냥 사람의
형태를 하고 있을 뿐이야. 사람이 아니라고. 과거의 망령, 해결될
수 없는 골칫거리의 상징일 뿐이오. 알겠어? 여우가 둔갑한 거랑
똑같아. 겉모습에 속으면 안 된다고."

"그래서 애를 인질로 엄마를 끌어내자는 겁니까? 비겁하게?"

내가 말했다.

"응? 무슨 소리야?"

"애를 미끼로 묘진 씨를 유인하겠다는 거 아닙니까."

"우리 지금까지 같은 사람 얘길 하는 줄 알았는데?"

노인이 눈썹을 찌푸렸다.

"누이는 어디서 뭘 하든 상관없어. 그래서 내가 저 멍청이한테
욕을 한 거란 말이야. 그게 사람 눈 딴 데로 돌리는 수작인 것도
모르고 쓸데없는 데 힘을 낭비한다고. 그런데 똑똑한 선생까지
그러면 안 되지. 진짜 처리해야 하는 건 **그 아이**라고. 내 조카. 그
아이 때문에 지금 이 난리가 나고 있단 말이야. 정말 몰랐나?"

알았다.

알고 있었다. 언제부터 알고 있었는지는 모르겠다. 하지만 확실한 건 내가 그 사실을 알아차린 게 소년의 생일이 대실종의 첫번째 실종자가 나온 6월 10일이라는 걸 알았을 때나, 묘진이 불사의 존재라는 사실은 거부감 없이 받아들이던 인쇄소 멤버가 묘진이 아이를 낳았다는 말에 경악하였을 때나, 곰 선생이 쐐기 가설을 꺼냈을 때는 아니었다는 점이다. 그건 그저 확인 절차에 불과했을 뿐이다. 어쩌면 나는 노아가 소년에게 명함을 줬다는 말을 들었을 때부터 이미 알고 있었는지도 모르겠다.

이 명함이 꼭 필요한 사람이 분명 있을 테니까요.

아니면, 정말 어쩌면, 사무실 문을 열고, 나를 올려다보던 연갈색 눈동자를 바라보던 바로 그때부터 알고 있었는지도 모른다. 내가 아무것도 모르던 그 순간부터.

"실망인데."

노인이 말했다.

"똑똑한 사람인 줄 알았는데. 뭐, 아무튼 좋아. 설사 그렇다 해도 우리 얘기의 요점이 달라지진 않으니까. 하지만 아까도 말했듯 선생한테 선택권은 없어요. 그냥 하는 거야."

"뭘 얻기로 한 겁니까?"

"응?"

"가족을 팔아서까지 뭘 얻겠다고 이러는 거냔 말입니다."

"가족은 양방향이오, 선생."

노인이 말했다.

"나한테 다른 방향의 가족도 있다는 사실을 잊으면 안 되지. 선생 뒤에 있는 저 머저리 말이야. 잊어버렸을지 모르겠지만, 쟤도 내 가족이오."

등 뒤에서 회초리 남자가 피식 웃었다.

"꼭 택해야 한다면 외가보다는 친가지. 아무리 멍청한 손자라고 해도 손자는 손자요. 저놈이 내 대를 잇는 거라고."

"그렇다면 더더욱 거절하겠습니다. 이 세상은 좋은 유전자만 남기에도 좁으니까요."

말이 끝나기도 전에 머리가 젖혀지면서 몸이 뒤로 기울었다. 회초리 남자가 내 머리채를 잡고 나를 내려다보았다.

"너무 많이 까불어, 너."

노인은 손자를 말리지 않았다. 회초리가 손을 놓자 나는 의자와 함께 바닥에 나동그라졌다. 앨리스와 노인은 내가 비틀거리며 일어나 의자에 앉는 모습을 무표정하게 지켜보았다.

"가족 욕은 하는 게 아니지. 이번에는 나도 어쩔 수 없었어."

노인이 말했다.

"뭐 싫을 수는 있어. 내 그 맘은 이해해. 하지만 이건 생각해봐야지. 선생이 지금 움직이지 않으면 뼈들은 계속 나올 거고 새들은 계속 땅에 내려앉아 있을 거라는 사실을 말이야. 어쩌면 그보다 더 끔찍한 일이 일어날지도 몰라. 정말 이 난리가 이 정도로 끝날까? 난 아니라고 생각해. 과거는 무섭고, 역사는 악의로 가득 차 있거든. 말해보쇼, 선생. 세상이 망하길 원하나? 애초에 존재해서는 안 될 꼬맹이 하나 때문에? 그게 선생이 원하는 건가?

날 위해서 하는 게 아니야, 선생. 세상을 위해서 하는 거야. 그걸 알아야지. 똑똑한 양반이."

나는 대답하지 않았다. 다시 침묵이 흘렀다. 해가 높아지면서 노란 햇살이 거실 안으로 들어왔다. 노인이 나를 바라보았다. 어쩌면 이름을 가질 수도 있었던 원숭이의 해골도 빛바랜 공허로 가득 차 있는 눈구멍을 통해 나를 바라보고 있었다.

"하나만 묻겠습니다."

내가 말했다.

"어차피 제가 해야 할 일이라면서, 만화 속 악당도 아니고 이렇게 길게 사설을 늘어놓은 이유를 모르겠는데요. 그냥 내 목에 칼이라도 들이대고 시켰으면 될 일 아닙니까."

"만화 속 악당?"

노인이 키득거렸다.

"갑자기 또 똑똑해졌네? 사람이 뭘 이렇게 오락가락하나?"

노인이 감탄하는 건지 비웃는 건지 알 수 없는 투로 말했다.

"뭐 그렇게 하면 편하기는 하지. 하지만 조금 전에도 말했듯이 모든 일에는 절차라는 게 있고, 난 그걸 따르는 게 좋아. 내가 이 나이에 창피한 줄도 모르고 이렇게 수다스러웠던 데는 몇 가지 이유가 있어요. 우선은 가능하면 선생이 자발적으로 이 일에 나섰으면 싶어서 그랬지. 반응을 보니 텄다 싶지만. 또 하나는, 나도 가끔은 옛 추억에 젖고 싶을 때가 있어요. 내가 살아온 인생이 어땠는지 생각해보고 싶단 말이야. 그렇다고 이런 얘기를 구청 자서전 쓰기 강좌에서 털어놓을 수는 없으니까. 그리고 마지막 이유는, 회의란 게 원래 그래서 그래. 참 하기는 싫은데 막상 하게 되면 이 말 저 말 나온단 말이지. 신기한 일이야."

　노인이 손을 뻗어 원숭이의 머리뼈를 슬쩍 들어올렸다. 그 아래 깔려 있던 조그만 무선 마이크가 모습을 드러냈다. 어딘가에서 휴대폰이 진동하기 시작했다. 앨리스가 내게 휴대폰을 내밀었다. 나는 휴대폰을 건네받고 통화 버튼을 눌렀다.

　곰 선생이 전화기 저편에서 말했다.

　"회의 끝났어. 이제 일 시작하자고."

귀향

차를 갖다주었던 중년 여자가 거실로 들어왔다. 나와 회초리, 앨리스가 먼저 집을 나섰고, 중년 여자가 휠체어를 밀면서 뒤를 따랐다. 노인은 우리가 엘리베이터를 탈 때까지 복도에서 시선을 떼지 않고 지켜보았다.

세단이 아파트 입구를 빠져나가는 동안 앨리스가 라디오를 켜서 교통방송을 확인했다. 여전히 곳곳에서 새떼 때문에 교통체증이 일어나고 있었다. 앵커가 소방서와 경찰서에서 나온 인원들이 새를 포획하고 있지만 작업이 언제 마무리될지 현재로서는 정확히 예상할 수 없으며, 오늘 하루는 가급적 대중교통을 이용하길 권장한다고 말했다. 뒤이어 비둘기는 유해조수로 지정되어 있고 전염병을 옮길 수 있으며 기타 확인되지 않은 조류에 접근하는 행동은 삼가달라고 덧붙였다.

"전략적 제휴야."

통화에서 곰 선생은 그렇게 말했다. 목소리만으로도 곰 선생의 득의만만한 표정이 눈앞에 보이는 듯했다.

"하여간 노아 선생이나 경해 선생이나 똑같은 사람들이야. 말을 안 해요, 말을. 알고 있는 게 있으면 바로바로 얘기를 해줘야 하는 거 아닌가? 혼자 잘난 척하면서 돌아다니면 안 되지. 이쪽도 다 귀가 있고 눈이 있는데."

"회의를 열 예정이긴 했던 겁니까?"

내가 말했다.

"그럼, 지금 여기 다 앉아 있어. 송 선생이 안부 전해달라는데? 우리도 두 사람 대화를 흥미진진하게 들었다고. 모르던 걸 하도 많이 알아서 뇌가 묵직해진 기분이라니까. 우리도 곧 그 아파트로 갈 거야. 경해 선생은 아이를 데려오기만 하면 돼. 나머지는 우리가 다 알아서 할 거니까."

"기분이 무척 좋으신가 봅니다."

"무슨 뜻이야?"

"유괴 살인이 어떤 사람들에겐 보람찬 일이긴 하죠."

"입조심해."

곰 선생이 날카롭게 말했다.

"내가 말했지. 그건 그냥 잘못 박힌 쐐기야. 모양만 사람이라고. 회장님도 조금 전에 그렇게 말씀하셨잖아. 내가 감을 키우라고 그랬지. 아직까지도 사람이 그렇게 둔해?"

"여기 이분도 회장님이시군요. 회장님과 인연이 참 많으신 것 같습니다."

250

전화기 너머가 조용해졌다. 잠시 뒤 곰 선생이 툭 내뱉고는 전화를 끊었다.

"노아 선생이나 당신이나 똑같아. 없는 문제도 사서 만드는 사람들이지."

아내는 학교에 사표를 낸 다음 사흘을 내리 잤다. 사흘째 되던 날 밤, 오늘까지도 자고 있다면 병원에 입원시켜야겠다고 마음 먹고 집으로 돌아왔을 때, 아내는 평상복 차림으로 소파에 앉아 텔레비전을 보고 있다가 태연한 표정으로 내게 인사했다. 내가 옆자리에 앉자 아내가 말했다.

사표 냈어. 기쁘게 받아주더라. 고생했다는 인사도 없던데.

나는 아내가 말을 잇기를 기다렸다. 이를테면 이런 말들을 내게 퍼붓길 기다렸다. 그래, 네 뜻대로 했어. 무서우니까 관두는 게 아니라 더러우니까 관두라고 그랬잖아. 네 말대로 했다고. 네 말대로 사서 문제를 만든 건 나니까, 내가 책임을 진 거야. 아무도 나서지 않은 일에 나선 건 나니까, 내가 책임을 진 거야. 이제 만족하지? 이제 밤중에 말없이 끊기는 전화는 없을 거야. 네 메시지 창에 모르는 번호로 나에 관한 소문이 들어오는 일도 없을 거야. 네 말이 맞아. 바뀌지 않는 건 바뀌지 않더라. 신고를 하고 청원을 넣고 호소를 해도 아무것도 바뀌지가 않았어. 네 말대로 쓸데없는 분란만 일어났을 뿐이고, 모두가 불편했을 뿐이고, 학생들이 학습권을 침해당했을 뿐이고. 기쁘지 않아? 네 생각이 옳다는 게 증명되었잖아. 틀린 건 나지. 언제나 그랬듯이 옳은 건

너야. 늘 현실적이고, 늘 이성적이고, 늘 뒤로 물러서서 지켜보는 너. 언제나 네가 옳아. 이번에도. 그렇지? 너만 잘났지?

하지만 아내는 다시 텔레비전으로 고개를 돌렸고, 그때 나는 내가 중요한 기회를 놓쳤다는 사실을 깨달았다. 아내와 나 사이에 생겨난 틈, 마치 별을 관측할 때 아주 약간 잘못 조정했던 각도가 끝내 한없는 심연 같은 오차를 낳듯이 그렇게 생겨난 틈이 있었고, 말을 하건 행동을 취하건 그 틈을 건넜어야 했는데, 방금 막 그 기회가 사라진 것이었다. 그러나 내게는 무언가 해야 한다는 막연한 느낌만 있었을 뿐, 정확히 무엇을 해야 하는지는 알 수 없었다.

다음날 아내는 친정에 가겠다고 했다.

아내가 없는 동안에도 나는 무엇을 어떻게 해야 할지 알 수가 없었다. 내가 손에 잡힐 듯 분명하게 느꼈던 건 밉고 싫은 마음뿐이었다. 지금 이 상황이, 아내가, 아내를 이렇게 만든 사람들이, 여기까지 상황이 흘러가는 동안 아내에게 어떤 의지도 되지 못했던 나 자신이. 그 상처는 내가 생각했던 것보다 훨씬 컸고, 아내가 친정으로 떠난 다음에는 거의 폭발하다시피 터지면서 내 마음을 할퀴어댔다.

그러나 여전히 그건 내 상처였을 뿐이다. 당사자의 상처가 아니라.

앨리스가 공영주차장에 차를 댔다.

"잘하고 와, 시궁쥐. 우리 영감 성질 아까 잘 봤지?"

회초리 남자가 말했다.

"까다로운 노인네지. 지랄같이 까다로워. 욕심도 욕심인데 엄청 집요해. 지가 원하는 결과가 나와도, 안 나와도 지랄이야. 말은 어찌나 많은지. 당신한테 자기 옛날 얘기 할 때 꼭 평생 묻어뒀던 비밀이라도 꺼내는 것처럼 말하는 거 보고 내가 웃겨서 죽는 줄 알았네. 설마 그 얘길 다 믿는 건 아니지? 말이 몇 번이나 바뀌는지 몰라. 그 포로 얘기도 그래. 한 번은 일본도로 목을 잘랐다가, 또 어느 날은 착검한 총으로 찔렀다가. 난 그 영감이 정말 제가 말하는 일을 겪기는 한 건지도 모르겠다니까. 그거 시끄러우니까 좀 꺼."

앨리스가 교통방송을 껐다. 회초리 남자가 계속 말했다.

"숨어 살기는 개뿔. 평생 지 하고 싶은 대로 잘 살았다고. 역사의 저주니 뭐니 말은 번지르르하지. 세상 억울한 건 자기가 다 짊어지고 살아, 아주. 심지어 이제는 살았는지 죽었는지 모를 것까지 집안에 끌어들이고 지랄이야. 대체 족보를 어디까지 꼬아놓으려고."

"그럼 떠나."

내가 말했다.

"뭐라고?"

"마음에 안 들면 독립하라고. 얼굴에 콩이나 처맞지 말고. 어른이잖아, 아냐?"

"입이 또 뚫렸나, 시궁쥐?"

"머리도 심었겠다, 뭐가 문제야."

차 안이 성적표를 받아든 학생처럼 조용해졌다. 앨리스는 앞만 보고 있었다. 나는 계속 말했다.

"그만 징징거리란 말이야. 난 네 아빠도 삼촌도 아냐. 할 말 있으면 네 할아버지한테 똑바로 해. 못하겠으면 닥치고 있던가."

회초리 남자가 말없이 나를 바라보았다. 눈동자가 물에서 건진 것처럼 차갑게 식어 있었다. 나도 그를 똑바로 마주보았다. 그에게서 무언가가 벗겨진 것 같은 기분이 들었다. 아니면 내게서 뭔가 벗겨졌거나.

"일이나 똑바로 해, 학원 강사 선생."

회초리 남자가 말했다. 나는 차에서 내렸다.

어린이공원에는 비둘기가 보이지 않았다. 산책로와 주변이 젖어 있었는데, 아마도 피를 물로 씻어낸 듯했다. 하지만 나뭇가지와 길바닥에는 깃털들이 흩어져 있었다. 나는 학교로 가면서 지난 며칠 동안 이 장소가 얼마나 내게 익숙한 곳이 되었는지 생각했다. 종이를 잔뜩 쌓은 소형 트럭 한 대가 내 옆을 스쳐 지나가 다시피하며 인쇄소 골목으로 들어갔다.

교문 앞에는 태권도 학원과 영어 학원 승합차, 걱정스러운 얼굴로 대화를 나누는 학부모들이 있었다. 나는 한별을 기다리면서 교문에서 소년을 데리고 바로 도망친다면 어떨지 생각해보았다. 분명 곰 선생은 인원 중 일부를 이쪽으로 보냈을 것이다. 나는 주위를 둘러보았다. 곰 선생이나 송 선생은 보이지 않았다. 하지만 내가 얼굴을 모르는 동료들이 어딘가에서 나를 지켜보고 있을 가능성이 컸다. 얼굴도 모르는 사람들을 '동료'라고 불러야 할지는 생각해봐야 할 문제겠지만.

어쩌면 아무도 이쪽으로 보내지 않았을 수도 있다. 왜냐하면 그들은 알고 있으니까. 만약 내가 소년을 데리고 가지 않는다면 땅은 뼈들을 끝없이 토해낼 것이고 새들은 끝내 하늘을 거부하며 사람들은 피 맛을 계속 보리라는 것을. 나 역시 그 사실을 알고 있다는 것을. 그러니 날 믿는 것이다. 내가 함부로 행동하지 않을 거라고.

10여 분 뒤 학생들이 교문 밖으로 쏟아져 나오기 시작했다. 태권도 학원 선생들이 승합차로 오는 아이들을 한 번씩 끌어안은 다음 차에 태웠다. 학생들의 절반 정도는 장난을 치면서, 나머지 절반은 스마트폰 게임을 하느라 고개를 푹 파묻고 나오고 있었다.

나를 알아본 한별이 내게 다가왔다.

"아빠는 연락 없어요?"

나는 고개를 저었다. 우리는 학교 앞 횡단보도에서 신호를 기다렸다.

"새들이 막 돌아다닌다면서요? 어제 우리가 본 게 그거죠?"

소년이 말했다.

"학교에서 그러든?"

"방송 나왔어요. 바로 집으로 가래요."

"학원 차에 애들 타던데."

"걔들은 거기가 집이죠. 학원이 반은 돌봄교실이에요. 엄마 아빠 돌아올 때까지 애들을 맡아주거든요. 요즘 다 그래요."

나는 고개를 끄덕이며 횡단보도 건너편을 바라보았다.

만난 지 오래되었지만 송 선생의 수염은 한 번 보면 잊을 수가 없다. 그 수염이 길 건너에 멀거니 서 있었다. 결국 그들은 날 믿지 않기로 결정한 것이다. 현명한 생각이었다. 나중 일이야 어찌 되건 일단 소년을 데리고 달아나는 쪽으로 마음이 기울어진 참이었으니까.

신호등이 바뀌었다. 나는 한별과 함께 길을 건넜다. 송 선생은 길을 건너지 않고 횡단보도 앞에서 딴청을 피웠다.

"아까 아저씨 수염 보셨어요?"

횡단보도에서 멀어지자 한별이 말했다.

"못 봤는데."

"그걸 못 봤어요? 사극에 나오는 수염이랑 똑같은데?"

곰 선생을 발견한 건 그때였다. 그는 편의점 앞 파라솔에 앉아 휴대폰을 들여다보고 있었다. 나는 곰 선생을 못 본 척했다. 물론 곰 선생 역시 나를 못 본 척했다.

또 누가 와 있을까? 몇 명이나 여길 어슬렁거리고 있나? 두 사람 외에 다른 동료가 더 있건 없건 이제 조용히 여길 벗어날 방법은 없었다.

"잘 들어."

나는 천천히 걸어가면서 한별에게 말했다. 멀리 주차장이 보이기 시작했다.

"널 납치하려는 사람들이 있어."

"네?"

"자세히 설명할 시간은 없다. 가능하면 둘 다 벗어날 수 있는 방법을 찾고 싶었는데 어렵겠어. 너 혼자 가야겠다.”

“혼자요? 어디로요?”

“이 근처에 가장 가까운 경찰서가 어디 있니?”

“경찰은 싫⋯⋯”

“그런 걸 따질 때가 아니야. 이 근처에 경찰서 없니?”

“없어요.”

“알겠다. 그럼 지금 여기서 소리를 질러.”

“소리요?”

“살려주세요, 이 사람이 저를 납치하려고 해요, 뭐 그런 거. 그런 다음⋯⋯ 저 인쇄소로 뛰어가. 대원인쇄. 거기서 경찰을 기다려라.”

“그럼 아저씨는요?”

“내 걱정은 할 필요 없다. 시간 없어. 준비됐니?”

한별이 머뭇거리다 고개를 끄덕였다.

“좋아, 그럼 하나, 둘⋯⋯”

그때 손에 들고 있던 휴대폰이 진동했다. 나는 무심코 액정을 봤다가 그 자리에 저도 모르게 우뚝 섰다. 소리를 지르려던 한별이 의아한 표정으로 나를 올려다보았다. 나는 잠깐 기다리라는 손짓을 한 다음 전화를 받았다.

“경해 씨!”

노아가 밝은 목소리로 말했다.

“오랜만입니다. 오래 자리 비워서 미안해요. 할 일이 좀 있었거든요.”

"뭐 하다 이제야 전화를 해……요."

하마터면 고함을 칠 뻔하다가 송 선생과 곰 선생이 떠올라 겨우 목소리를 낮췄다. 한별이 눈을 동그랗게 떴다.

"죄송합니다. 죄송해요. 상황이 좀 복잡해서 연락이 약간 늦었습니다."

"약간 늦었다고요?"

"인생에 대한 깨달음에 비하면 그렇지 않을까요? 그사이에 그렇게 큰일이 일어날 거라는 생각은 못했습니다, 사실은."

"지금 충분히 큰일을 겪는 중입니다만."

내가 말했다.

"네, 압니다. 실은 그 일 때문에 전화를 걸었어요. 지금 뒤에 곰 선생과 송 선생이 따라오고 있지요, 그렇죠?"

나는 주위를 둘러보았다. 노아 비슷한 사람은 눈을 씻고 봐도 없었다. 노아가 계속 말했다.

"실은 한 명 더 있습니다. 오 선생이라고, 경해 씨는 모를 거예요. 아무튼 시간이 없으니 그 얘긴 나중에 하죠. 그쪽 현장에 있는 제 친구가 경해 씨 전화번호를 모른다고 해서요. 그래서 저보고 대신 연락을 해달라고 해서 전화를 한 겁니다."

"전화번호요?"

나는 멍하니 노아의 말을 따라 했다.

"네. 아무튼 그게 중요한 게 아니고, 경해 씨가 타고 온 세단 있잖습니까, 계속 주차장으로 가세요. 가서 그 차를 타면 됩니다. 한별 소년도 같이요. 서두를 필요는 없습니다. 가던 대로 계속 가세요."

나는 대답하지 않았다. 노아도 말을 멈췄다. 한별이 나를 빤히 바라보고 있었다. 노아가 다시 입을 열었다.

"경해 씨가 무슨 생각을 하고 있는지 압니다. 하지만 저를 믿어줬으면 좋겠어요. 제대로 설명을 하지 않은 건 미안합니다. 하지만 지금으로서는 상황을 바로잡으려면 제 말을 따라주시는 게 최선이에요. 부탁합니다."

나는 여전히 대꾸하지 않았다. 전화기 저편에서 달그락거리는 소리가 들리더니 다른 목소리가 흘러나왔다.

"윤인태입니다. 이쪽으로 와주시면 좋겠습니다."

나는 한별을 보았다. 소년의 눈에 의구심이 가득했다.

"곧 가겠습니다."

"감사합니다. 기다리고 있겠습니다."

나는 전화를 끊고 한별에게 말했다.

"가자."

"어딜요?"

"모르겠다. 하지만 아빠가 기다리고 계셔."

우리는 공영주차장으로 갔다. 세단에 가까이 다가가자 운전석 창문이 열리면서 앨리스의 얼굴이 나타났다. 그가 턱짓으로 뒤를 가리켰다. 나는 세단 뒷문을 열었다.

뒷좌석은 비어 있었다.

회초리 남자는 보이지 않았다. 남자가 앉았던 쪽 차창에 손자국이 찍혀 있는 게 눈에 띄었다. 손바닥 모양도 있었고, 주먹을

쥔 채 창을 두드리다가 생긴 것 같은 자국도 보였다. 등받이 시
트에 흙이 묻어 있었고, 가죽도 조금 찢어져 있었다.

하지만 회초리 남자는 없었다. 자취도 없이 사라져버렸다.

나는 앨리스를 바라보았다. 그가 사이드미러로 내 얼굴을 보
고는 어깨를 으쓱했다. 나는 한별과 차에 탔다. 앨리스가 시동을
걸었다.

차가 국도로 접어들자 앨리스가 내비게이션을 끄고 카 오디오
를 틀었다. 심장을 노크하는 것 같은 진중한 베이스음이 스피커
를 따라 빙글빙글 돌더니 브러시 드럼이 끼어들고, 그 위로 달콤
한 색소폰 멜로디가 얹혔다. 무슨 곡인지 알 수는 없었지만 오디
오가 고급 제품이라는 점은 분명해 보였다.

"지금 어디로 가는 겁니까?"

내가 물었다. 앨리스는 대답하지 않았다. 나는 룸미러로 그를
보았다. 그도 룸미러로 나를 보았다. 호의도, 적의도, 냉소도, 심
지어 무관심도 느껴지지 않는 눈빛이었다.

세단은 국도를 벗어나 일반도로로 접어든 뒤에도 한 시간을
더 달렸다. 해가 천천히 기울어갔지만 하늘은 아직 밝았다. 스피
커에서는 계속 재즈 음악이 흘러나왔고, 한별은 잠이 들었다.

차가 양옆에 논이 펼쳐진 흙길을 달리며 속도를 줄였다. 논에
도 새떼가 앉아 있었다. 비둘기는 없었고, 까마귀와 까치와 참새
였다. 세단 맞은편에서 경운기가 다가왔다. 경운기 뒤로 야트막
한 산봉우리가 보였다. 경운기 운전자가 차 옆을 지나가면서 세

단을 신기한 듯 보았다.

앨리스가 산길 입구에 차를 세웠다. 나는 한별을 깨웠다. 우리는 차에서 내려 산길을 올라갔다. 앨리스가 앞장서 걸으며 가끔씩 뒤를 돌아보았다. 나는 말없이 걸었고, 한별도 고개를 숙인 채 걸음을 옮겼다.

그러다 갑자기, 그 집이 나타났다.

정확히 말하면 집이라기보다는 집의 흔적 같은 단층 주택이었다. 언제 지었는지 짐작도 가지 않을 정도였다. 비와 바람과 먼지로 더러워진 벽에는 창틀도 없이 창만 뻥 뚫려 있었고, 칠이 벗겨진 슬레이트 지붕에서는 노출된 석면이 흐리멍덩한 회색을 띠고 있었다.

노아와 거인이 그 앞에 서 있었다. 한별이 거인에게 달려갔다.

"엄마는요?"

한별이 말했다.

"저 위에 있다."

"가요, 얼른."

거인은 대답하지 않았다. 그가 아들의 어깨에 손을 올렸다. 한별이 거인을 올려다보았다.

"무슨 일 있어요, 엄마한테?"

"아무 일 없다. 가자. 엄마가 기다리고 계셔."

거인이 나를 보았다.

"감사합니다."

"아닙니다."

거인이 미소를 지었다. 적어도 그러려고 노력하는 것처럼 보였다. 그가 무언가 말을 하려다 입을 다물고는 우리에게 가볍게 목례를 한 뒤 아들과 함께 주택 옆에 난 작은 오솔길을 걸어 올라갔다. 그들이 올라가는 오솔길 사이로 또 다른 건물이 어렴풋이 보였다.

"수고하셨습니다."

노아가 앨리스에게 말했다. 앨리스가 고개를 끄덕였다.

"만약 조금이라도 일이 불리하게 돌아갈 것 같다 싶으면 곰 선생에게 제가 협박했다고 말하면 됩니다. 무슨 협박을 했느냐고 하냐면⋯⋯"

노아가 잠시 생각에 잠겼다.

"**나침반** 문제 때문이라고 하세요. 그럼 이해할 겁니다."

나는 거인이 그랬던 것처럼 앨리스에게 가볍게 목례했다. 앨리스가 내 인사에 답례하고는 성큼성큼 산길을 내려갔다.

노아와 나만 남았다.

"저기 보이는 건물은 학교입니다."

노아가 내게 말했다.

"학교였죠. 헐어버려도 좋겠지만 그러는 데도 시간과 비용이 드니 그냥 놔두는 겁니다. 자연스럽게 잊히게요. 예전에는 가끔 이 동네 학생들이 담력 시험도 하고 술도 마시러 오곤 했다고 하네요. 그 학생들이 지금은 저 아래서 농사를 짓고 닭을 치고 있습니다. 여기서 있었던 일에 대해서는 입을 꾹 다물고 말이지요."

노아가 계속 말했다.

"마을 사람들이 밤에 저 학교로 모였습니다. 공비에 협력한 부역자를 가려내야 한다고 저곳으로 데려갔죠. 한 명이라도 도망갔으면 좋았겠지만 아무도 그러지 않았어요. 소변이라도 마려운 척하면서 중간에 몰래 빠져나갔으면 군인들도 적당히 눈을 감아줬을지 모릅니다. 하지만 대열을 이탈하는 사람은 아무도 없었죠. 다들 아무 불평 없이 지시에 따랐습니다. 거기서 밤을 보낸 다음 학교 뒤편 골짜기로 끌려갔지요. 선별 작업은 없었습니다. 애초에 할 생각이 있긴 했는지, 사정상 건너뛰기로 했는지는 알 수 없었어요. 사실 어느 쪽이건 상관없었습니다. 그때쯤엔 누가 부역자인지는 중요하지 않았으니까요. 실제로 부역자가 있는지 없는지도 중요하지 않았습니다. 시체를 어떻게 처리할 것인지가 중요했죠. 군인들은 시체에 기름을 끼얹고 불을 질렀습니다."

우거진 나뭇잎 사이로 스며든 늦은 오후의 햇빛이 습하고 생기 없는 땅 위에 떨어졌다. 공기에서는 젖은 풀 냄새가 났고, 숲은 꾹 다문 입술처럼 고요했다.

"묘진 씨가 깨어난 건 밤이었습니다."

노아가 다시 입을 열었다.

"눈앞에 커다란 늑대 한 마리가 있었다고 했어요. 늑대가 개울물을 마시면서 자기를 보고 있었다고 하더군요. 자기가 죽은 게 분명하고, 이곳은 저승이 분명하다고 생각했습니다. 그런 다음 정신을 잃었고, 다시 정신을 차렸을 때는 늑대가 자기 목을 물고 산 깊은 곳으로 들어가고 있었고요. 늑대는 수많은 뼈가 있는 동굴 같은 곳으로 자기를 데려갔다고 합니다. 동물과 사람의 뼈가 쌓인 곳이었다고 기억하고 있어요. 그곳에서 며칠을 있었고요. 여전히 그곳이 저승이라고 생각하면서.”

노아가 씁쓸한 미소를 지었다.

“그 동굴은 찾지 못했습니다. 어쩌면 진짜 저승이었는지도 모르겠어요.”

나는 주위를 둘러보았다. 어디에나 있는 평범한 숲. 약간 쓸쓸하다는 것 외에는, 수십 년 전 문을 닫은 학교가 있다는 것 외에는, 거기서 수많은 사람들이 자신이 저지르지도 않은 잘못으로 인해 죽었다는 것 외에는, 그리고 거기서 살아남은 단 한 사람이 있다는 것 외에는, 아무 특별한 것이 없는 숲.

“이사장 일은 늘 후회하고 있었습니다.”

노아가 말했다. 마치 본인이 묘진이 된 것 같은 말투로.

“그때는 그렇게 생각했던 겁니다. 자신이 살아남은 이유는 복수를 위해서라고. 복수를 마치면 죽을 수 있는 몸이 될 거라고. 늙고 병들 수 있는 몸이 될 거라고. 그녀에게는 그게 삶이었죠. 하지만 이사장이 죽고 나서도 달라지는 건 아무것도 없었습니다. 아니, 정확히 말하면 죽었는데 또 죽은 것 같은 기분을 느꼈죠. 그리고 깨달았어요. 타인을 죽음에 이르게 하자 자신의 정신이 죽어버렸다는 걸. 묘진 씨는 그제야 알았습니다. 이것은 그런 식으로 해결될 일이 아니라는 걸.”

“그럼 어떻게 해결해야 하는 겁니까?”

노아가 거인과 소년이 올라간 오솔길을 바라보았다.

“이제 그걸 정해야 합니다.”

264

노아가 말을 이었다.

"지금까지 이 문제를 원만하게 해결할 수 있는 방법을 찾으려고 노력했습니다. 하지만 성공하지 못했어요. 확실히 징조가 좋지 않습니다. 쐐기가 박힌 틈이 점점 벌어지고 있죠. 그 안에서 뭐가 튀어나올지 모를 상황입니다. 지금은 당사자와 직접적인 관계가 있는 것들만이 나오고 있지만, 틈이 더 벌어지면 어떻게 될지 몰라요."

"그 틈이라는 것도 비유인가요?"

"비유이자 실재이죠. 눈에 보이지 않는다고 없는 게 아닙니다. 생각은 눈에 보이지 않지만 사람들은 생각에 따라 행동하죠. 우리가 살고 있는 세계란 그런 거예요."

"알겠습니다. 그래서, 뭘 정해야 한다는 겁니까?"

노아가 다시 오솔길을 보았다.

"제가 보여드렸던 그 거울, 기억하십니까?"

"네."

"묘진 씨가 지금 그 거울을 가지고 있습니다. 그래요, 곰 선생이 찾았다고 기뻐하고 있을 거울은 일제죠. 늘 속이는 재미가 있는 사람입니다."

노아가 희미하게 미소를 지었다.

"자, 다시 한번, 세계는 비유이자 실재입니다. 그리고 그 거울은 그 거울을 보는 사람의 진짜 모습을 비춰주지요. 그렇다면 거울 앞에 세계를 놓았을 때 거울이 **세계의 진짜 모습**을 비춰주지 말라는 법도 없습니다. 논리적인 비약이 있는 아이디어이지만,

한번 머리에 떠오른 생각은 잘 사라지지 않지요."

노아가 말을 이었다.

"저 학교에는 묘진 씨가 밤을 지새우며 앉아 있던 교실이 있습니다. 젖먹이 아이를 품에 안고 가족들과 함께 앉아 있던 교실이죠. 경해 씨가 오기 전에 우리는 거울을 통해 그 교실을 살펴보았습니다. 거울 속에는 **아무것도** 비치지 않았어요. 맞아요, 그 장소는 철저하게 무(無)가 되어버린 겁니다. 죽음과 절망과 좌절이 통과했으니까요. 하지만 딱 한 곳, 교실로 들어오는 문이 거울에 비춰 보였어요. 마을 사람들이 아직 이 모든 것이 조만간 지나갈 일이며, 살아서 아침을 맞을 수 있다는 희망을 품고 들어왔던 입구 말입니다."

"잠깐만요."

내가 노아의 말을 가로막았다. 그가 무슨 소리를 하려는지 알 것 같았다.

"그게 가능할 리가 없습니다."

"왜요?"

"왜냐하면 그런 문이 있다 쳐도 그건 거울 저편에 있고…… 여기에 있는 건……."

나는 말을 멈췄다. 노아가 울적한 표정으로 나를 바라보았다. 문득 팔에 소름이 돋았다. 마치 아내가 사라진 그날 문 너머에서 스며 나온 안개가 다시 한번 내 팔을 휘감기라도 하듯.

"그 문 너머로 한별 소년이 가야 합니다."

노아가 판결을 내리듯 천천히 말했다.

나는 노아의 얼굴에 주먹을 날렸다. 노아는 피하지 않았다. 주먹은 노아의 턱에 명중했고, 나는 주먹을, 노아는 턱을 감싸 쥐고 비틀거렸다.

"그러자고 여기까지 데려온 겁니까?"

내가 소리치듯 말했다.

"똑같은 결과를 보려고?"

"다릅니다."

노아가 턱을 문지르며 말했다.

"그 친구들은 한별 소년의 **목을 자를** 생각이었으니까요. 적어도 그 노인, 한별 소년의 외삼촌은 그럴 생각이었어요. 그건 물리적으로 제거하겠다는 의미입니다. 그래서는 안 되는 거죠."

"한별이도 그렇게 생각할까요?"

"바로 그 생각에 대해 지금쯤 이야기하고 있을 겁니다."

노아가 말했다.

"여러모로 고민해봤습니다. 하지만 결국 이 방법을 강요할 수는 없겠다는 결론에 이르렀어요. 그래서 한별 소년의 가족이 이 문제에 대해 의견을 나눈 다음 그들의 뜻에 따르기로 했습니다. 그 사람들이 이 해결책을 받아들일 수도, 거부할 수도 있습니다."

"그게 말이 돼요? 그런 위선이 어디 있습니까? 외통수잖습니까. 그 사람들이 이 제안을 어떻게 거부해요? 안 그랬다간 더 큰일이 벌어진다는데!"

"왜 못합니까?"

노아가 받아쳤다.

"누구나 행복할 수 있는 권리가 있습니다. 그들은 자신들이 부당하게 짊어진 역사에 대해 자신의 주장을 펼 권리가 있어요. 더 큰일이 벌어진다고요? 세계가 멸망한다고요? 그런 세계가 앞으로 지속될 가치는 있을까요? 왜 저 사람들이 그걸 생각해야 합니까?"

"그러다가 해결책을 거부하면요?"

"그럼 그걸로 끝입니다."

노아가 단호하게 말했다.

"더 이상은 방법이 없어요. 누군가에게 희생을 요구하고 싶다면 그 정도 각오는 해야 하는 겁니다."

"열 살입니다. 겨우 열 살이라고요. 그런 것까지 어떻게 생각합니까?"

"열 살이건 백 살이건 마찬가지입니다. 열 살이면 자기 존재에 대해 생각하기에는 충분한 나이예요. 게다가 한별이는 생각이 깊고요. 경해 씨도 이미 보셨잖습니까."

나는 대꾸하려다 입을 다물었다. 사실 대꾸할 말이 없었다. 노아가 옳았다.

"그럼 우리는 이제 뭘 하면 됩니까?"

"기다려야죠. 한별 소년의 가족들이 결정을 내릴 때까지."

노아가 말했다.

우리는 폐건물 안으로 들어가 기다렸다. 나는 부뚜막이었던 곳에, 노아는 문턱이었던 곳에 걸터앉았다. 밤이 깊어졌다. 밤하늘에 초승달이 빛났다. 풀벌레가 울고 서늘한 바람이 불었다.

"때려서 미안합니다."

내가 말했다.

"폭행을 하고 나서 무려 한 시간 반 만에 사과하신 거지만 받아들이겠습니다."

노아가 말했다.

"그럼 이제 저를 조수라 부른 이유를 해명해주시죠."

"갑자기 너무 훅 치고 들어오시는데요."

"제가 맺힌 게 있나 보죠."

"저를 탐정이라고 소개하다 보니 그렇게 됐습니다."

"그러니까 애초에 그게 문제였군요."

"아이 눈높이에 맞추려다 보니까요."

나는 헛웃음을 터뜨렸다. 노아도 같이 웃었다.

"혹시 카일리 기억나나요?"

노아가 말했다. 나는 고개를 끄덕이려다가 밤이 깊어서 서로의 얼굴이 보이지 않는다는 사실을 깨닫고는 소리 내어 대답했다.

"그럼요."

"다시 탈출했습니다."

"이런."

"몇 년을 절치부심했던 모양입니다. 전관 변호사께서 연락을 하시더군요. 제가 카일리를 빼돌리기라도 한 것처럼 말씀을 하셔서 상호 간의 신뢰가 없이는 일을 맡을 수 없다고 말씀을 드렸습니다."

"잘하셨네요."

어둠 속에서 휴대폰 액정이 빛났다. 노아가 휴대폰을 내게 내밀었다. 발신자 표시 제한 번호로 보낸 문자메시지였다. 늙은 닥스훈트의 얼굴을 찍은 사진 밑에 앙증맞은 글씨체로 메시지가 적혀 있었다. **가장 안전한 곳**.

"잘됐군요."

"네, 잘된 일이죠."

"이 일이 끝나면 앞으로 어떻게 하실 겁니까? 곰 선생이 단단히 벼르고 있던데."

내가 물었다.

"그게 참, 곤란하죠. 당분간 사무실은 못 돌아갈 것 같습니다. 가더라도 곰 선생이 마음에 들어 할 만한 일을 하나 마련해서 가야겠죠."

"어떤?"

"글쎄요. 도서정리협회의 미래에 기여할 수 있는 일이어야겠죠. 전에도 말씀드렸지만 곰 선생은 사명감이 너무 강해요. 아마 이번 일을 맡은 것도 그 때문일 겁니다. 그 노인이 정재계 쪽에 친구가 많거든요. 협회의 위상을 높일 기회라고 생각했겠죠."

"그렇다고 사람을 죽이려고 합니까?"

"곰 선생의 그 주장이 아예 틀린 말이라고는 할 수 없습니다. 한별 소년이 엄밀한 의미에서 우리가 말하는 사람은 아니에요. 그런 관점에서는 사람의 형태일 뿐이라고 볼 수도 있겠죠. 그러나 인간이란 때로 형태가 곧 본질입니다. 그렇지 않으면 오류에 빠지게 되죠. 저 사람은 사람이 아니라는 주장으로 우리가 얼마나 많은 사람들을 괴롭혀왔을까요?"

대화가 끊겼다. 나는 노아가 아내 이야기를 일부러 하지 않는다는 사실을 알았다. 그가 뉴스를 못 봤을 리가 없었다. 감람석 반지를 알아보지 못했을 리도 없었다. 내가 노아를 만나 아내를 찾아달라고 했을 때 가장 먼저 꺼낸 이야기가 그 반지에 대한 것이었으니까. 하지만 그는 아직 자기가 나설 때가 아니라는 걸 알았다.

저는 우리가 가능한 한 좋은 사람이어야 한다고 생각합니다.

밤이 어둠보다 더 깊어졌다.

눈을 떴을 때 눈앞에 길쭉한 실루엣이 서 있었다.

나는 눈을 깜박이며 거인을 올려다보았다. 노아도 천천히 자리에서 일어섰다. 하늘이 검푸른색에서 연한 노란색으로 물들어가고 있었다. 우거진 나뭇잎 사이로 햇빛이 스며들었다. 바지와 신발이 축축했다.

"아내와 한별이가 여러분에게 고맙다고 전해달랍니다."

거인이 예의 바르게 입을 열었다.

노아가 고개를 끄덕였다. 거인의 표정은 오솔길을 올라갔을 때와 달라진 게 없었다. 여전히 피곤해 보이고, 여전히 슬퍼 보였다. 그리고 덩치가 작아 보였다. 여전히 큰데, 정말로 작았다. 오른손에는 백팩을 들고 있었다. 플라스틱 테두리가 닳기 시작한 녹색 백팩.

거인이 나를 보았다.

"한별이가 선생도 충분히 훌륭한 탐정이라고, 앞으로도 용기를 가지라고 했소. 그렇게 말하면 알 거라던데."

나는 고개를 끄덕였다.

"아내 얼굴이 생각이 안 납니다. 방금 전까지 같이 있었는데."

거인의 목소리가 떨렸다.

"한별이 얼굴도요."

그의 얼굴이 기억을 쥐어짜듯 일그러졌다. 거인이 누구에게랄 것 없이 말했다.

"내가 이제야 죗값을 치르기 시작하는 겁니까?"

노아도 나도 대답하지 않았다. 숲속에서 산새가 지저귀는 소리가 들렸다. 어젯밤에는 한 번도 들리지 않았던 소리였다. 뒤이어 나뭇가지와 나뭇잎이 재빠르고 경쾌하게 흔들리는 소리가 공중으로 치솟아 올랐다.

금요일

바다

돌아올 때는 기차를 탔다. 역에서 내리자마자 가장 가까운 경찰서로 가서 실종자 확인 신고를 했다. 접수를 담당한 경찰관은 현재 유류품을 분류하는 중이기 때문에 오늘 중에 연락이 가지는 못하겠지만 최대한 절차를 신속히 진행해서 조만간 내가 직접 확인할 수 있도록 조치하겠다고 했다. 나는 고맙다고 인사하고 경찰서를 나왔다.

사무실에 도착해 창문을 열어 환기를 시키고 청소를 했다. 녹차를 끓인 뒤 정 부인에게 전화를 걸었다.

"당분간 빚을 갚기 어려울 것 같습니다."

"어머나."

정 부인이 말했다.

"어디 멀리 가나요?"

"일을 잠깐 쉴 생각이라서요. 그만두는 건 아니니 걱정 마시고요. 부인께서도 제게 빚을 약간 지셨으니 기다려주실 거라 믿습니다."

"저를 계속 놀라게 하네요. 제가 언제 경해 씨에게 빚을 졌을까?"

"제가 부탁한 정보를 저와 친하지 않은 사람들에게 넘겼으니까요. 제 신상까지 깨끗하게 포장해서 말이죠."

"너무 나쁘게 생각하지 말아요."

정 부인이 다정하게 말했다.

"저도 그 회장님께 예전에 신세진 게 조금 있거든요. 무슨 말인지 알죠?"

"압니다. 'great_missing'이라는 아이디로 인터넷에 글을 쓴 건 누구에게 무슨 빚을 져서인가요?"

확신은 없었다. 하지만 경찰이 아니면서 경찰의 정보에 그렇게 접근할 수 있는 사람은 내가 아는 한에서는 한 명뿐이었고, 경사에 놓은 공은 중심을 향해 굴러가게 마련이었다.

전화가 끊어진 게 아닌가 싶을 정도로 긴 침묵이 이어졌다.

"며느리요."

정 부인이 입을 열었다.

"아들은 며느리가 실종되고 나서 저와 연락을 끊었어요. 이제야 다시 조금씩 왕래를 하고 있죠. 노력은 하지만 쉽진 않네요. 그 글은 그때 내가 할 수 있는 최선이었어요. 그 이상 저를 드러낼 수는 없었죠."

"저도 읽었습니다."

"그렇군요."

"정보를 넘길 때 그 사람들이 한별이를 어떻게 할지 알고 있었습니까?"

"아뇨. 하지만 내가 그걸 왜 신경 써야 하죠? 그 아이가 태어나지 않았으면 우리 가족이 그렇게까지 고통받을 일은 없었는데. 난 내 잘못에 대해 충분한 벌을 받았어요. 지금 이 순간에도 며느리와 나눴던 마지막 대화가 또렷이 기억나요. 수없이 곱씹었죠. 앞으로도 수없이 곱씹겠죠. 내가 그렇게 말하지 않았더라면, 다르게 말했다면, 그 애는 지금도 살아서 나를 미워하고 있을 텐데. 나도 그 애를 미워했을 텐데. 그렇게 서로 미워하며 살아가면 됐는데. 아니지. 그 아이만 태어나지 않았다면 그랬을 텐데. 그렇지 않아요?"

나는 대답하지 않았다. 본인의 말이 해묵은 죄책감에 차 있고 앞뒤가 맞지 않는다는 것은 당사자가 더 잘 알고 있을 테니까. 정 부인이 짧게 한숨을 쉬었다.

"경해 씨라면 이해할 거라고 생각했어요. 저와 같은 고통을 겪었으니까."

"이해합니다."

내가 말했다.

"고마워요. 용서는 하지 않아도 돼요."

정 부인이 전화를 끊었다.

사무실 문을 잠근 다음 열쇠를 쓰레기통에 버렸다. 어차피 열쇠 같은 거 없어도 아무나 잘 들락거리는 사무실이니 들어가고 싶은 사람이 있다면 어떻게든 방법을 찾을 것이다.

항구도시까지는 비행기를 타고 갔다. 해가 지기 전에 바다에 가고 싶었다.

카페가 있던 자리에는 술집이 들어서 있었다. 젊은이들이 테라스에 앉아 해변을 보며 맥주를 마시고 있었다. 나는 바다로 걸어갔다. 문득 아내와 내가 왜 이곳을 좋아했는지 기억이 났다. 아내도 나도 서로에 대한 아무런 확신이 없었을 때, 있는 것이라고는 막연하고 불안하지만 동시에 언제까지나 그 안에 머물러 있고 싶을 정도로 포근한 어떤 감정뿐이었을 때, 바로 이곳에 서서 오랫동안 온갖 시시한 이야기를 나눴다. 마법에라도 걸린 것처럼 둘 다 그 자리에 서서 꼼짝도 하지 않았다. 부드럽게 치는 파도가 발목 깊이까지 차올랐다가 물러갔고, 우리는 신발이 다 젖은 줄 알면서도 그렇게 계속 바다를 보았다.

이 소설을 쓰는 동안 집에서 멀지 않은 도시에 다녀왔다. 깨끗하고 조용하며 오래된 것과 새로운 것이 서가에 나란히 꽂힌 두 권의 책처럼 또렷한 경계선을 그리며 맞닿아 있는 도시였다. 기차역 앞 시장과 시청 근처 공원과 백화점이 들어선 번화가를 배회하던 중 문득 내가 이 도시 사람들의 삶에 멋대로 침입하려 들다가 계속 튕겨나가고 있는 것 같다고 느꼈다. 사람들에게는 목적이 있었고 내게는 아무 목적이 없었다. 사람들은 어딘가로 가거나 무언가를 하기 위해 그 장소에 있었고 나는 그냥 그곳에 있었다. 그들에게는 자신만의 삶이 있을 텐데 나는 그것을 결코 알지 못할 것이었다.

이 감정은 당연히 자기연민이다. 자기연민은 소설의 적이다. 스스로를 과도하게 궁휼히 여기는 자는 남을 이해하는 데 인색해진다. 그런 이들에게 타인의 본질은 두세 단어로 요약 가능하고 세계는 선과 악의 전장에 불과하다. 하지만 소설 쓰기란 다른 이가 품고 있는 비밀과 수수께끼를 언어로써 들여다보는 과정이기도 하다. 남에게는 두세 단어짜리 가십일지 몰라도 자신에게는 삶 그 자체인 비밀을. 그 비밀과 수수께끼는 때로 물에 던진 나트륨 덩어리처럼 폭발하면서 세계를 위협하고 겁줄 수 있다. 한 사람의 삶에서 응축된 에너지를 얕봐서는 안 된다.

그렇다고 자기연민을 버리는 게 가능할지는 모르겠다. 자신을 바라보고자 애쓰지 않는다면 글을 쓰기 시작할 때 발 디딜 곳을 찾기가 어렵다고 생각한다. 이때 자기연민은 스스로를 이해하고자 하는 노력에 따르는 약소한 보상이다. 왜냐하면 사실 나는 작고 보잘것없으며 우주는 내가 보인 관심에 호응할 의향이 별로 없으니까. 이는 당의를 입혀야 삼킬 수 있는 진실이다. 그래서 특히나 일인칭 화자가 이끄는 소설에서 많건 적건 풍기는 달달한 멜랑콜리의 향기는 어쩔 수 없는 면이 있다. 하물며 비밀을 파헤치고 이면을 들쑤시려 드는 화자라면 말할 나위가 없다. 들쑤셔진 비밀과 이면은 파헤치는 자의 기대를 늘 배신할 테니까.

작업을 하면서 이런 것들을 생각해보았다.

이 소설은 문예지 『Axt』에 2017년 여름부터 2018년 여름까지 연재했던 원고를 고치고 보완한 것이다. 그 과정에서 몇 가지 새로운 아이디어를 추가했고 결말을 변경했다. 수정의 폭이 작지는 않지만 첫 연재분을 쓰기 시작할 때 막연하게나마 떠올렸던 상에서 크게 멀어진 것 같지는 않다. 연재 당시에는 즉흥적이라고 생각했던 결정이 결과적으로는 필요한 것이었다는 사실을 깨닫기도 했다. 아전인수일까? 이미 둬버린 수를 물릴 수 없다 보니 자기합리화에 몰두하는 중일까? 그건 내가 판단할 문제는 아닌 듯하다.

　소설 후반에 언급되는 사건은 역사적 사실에서 모티프를 얻었으며 관련 저술과 자료를 참고했다. 특정 사건을 직접적으로 옮겨오지는 않았고 실존 인물과도 연결 짓지 않았다. 묘사와 서술에는 작가의 상상이 상당 부분 가미되었다. 다만 글을 쓰는 내내 신중하고 조심스럽게 접근하려 노력했으며, 실제 역사 속 희생자들의 명예와 존엄에 누를 끼치지 않고자 최선을 다했다. 그럼에도 만에 하나 미흡한 점이 있다면 그건 작가의 몫이다.

2020년 3월

최민우

발목 깊이의 바다

1판 1쇄 발행 2020년 3월 6일

지은이 · 최민우
펴낸이 · 주연선

총괄이사 · 이진희
책임편집 · 김서해
표지 및 본문 디자인 · 이다은
책임마케팅 · 김진겸
마케팅 · 장병수 이한솔 이선행 강원모
관리 · 김두만 유효정 박초희

(주)은행나무
04035 서울특별시 마포구 양화로11길 54
전화 · 02)3143-0651~3 | 팩스 · 02)3143-0654
신고번호 · 제 1997—000168호(1997. 12. 12)
www.ehbook.co.kr
ehbook@ehbook.co.kr

잘못된 책은 바꿔드립니다.

ISBN 979-11-90492-29-4 (03810)